胭脂河

红叶李 著

陕西新华出版传媒集团
太白文艺出版社·西安

图书在版编目（CIP）数据

胭脂河 / 红叶李著. -- 西安：太白文艺出版社，2016.9（2023.2重印）
ISBN 978-7-5513-1025-3

Ⅰ. ①胭… Ⅱ. ①红… Ⅲ. ①长篇小说－中国－当代 Ⅳ. ①I247.5

中国版本图书馆CIP数据核字(2016)第215921号

胭脂河
YANZHI HE

作　　者	红叶李
责任编辑	李　玫
封面设计	钱克方书衣坊
出版发行	陕西新华出版传媒集团 太 白 文 艺 出 版 社
经　　销	新华书店
印　　刷	三河市嵩川印刷有限公司
开　　本	880mm×1230mm　1/32
字　　数	200千字
印　　张	9
版　　次	2016年9月第1版
印　　次	2023年2月第2次印刷
书　　号	ISBN 978-7-5513-1025-3
定　　价	45.00元

版权所有　翻印必究
如有印装质量问题，可寄出版社印制部调换
联系电话：029-81206800
出版社地址：西安市曲江新区登高路1388号（邮编：710061）
营销中心电话：029-87277748

我有商山君未见,清泉白石在胸中!

——题记

目录

1. 胭脂河　　/ 1
2. 大庙镇　　/ 6
3. 青石峡谷　　/ 12
4. 苦命胭脂　　/ 18
5. 天使梦魇　　/ 25
6. 韩子清　　/ 31
7. 时光如梭　　/ 37
8. 明天他将成为别人的新郎　　/ 41
9. 《劈山救母》　　/ 45
10. 春水东流去　　/ 51
11. 姐妹反目　　/ 55
12. 生活变故　　/ 60
13. 平淡生活　　/ 66
14. 戏剧人生　　/ 70
15. 飞来横祸　　/ 75
16. 死水微澜　　/ 81
17. 城市的天空　　/ 85
18. 飘零的浮萍　　/ 90
19. 明星企业　　/ 95
20. 记者工作　　/ 102

21.城中村　　　/ 107

22.洗头妹　　　/ 110

23.彩霞进城　　　/ 114

24.花花世界　　　/ 119

25.秦之声　　　/ 122

26.燕徘徊　　　/ 127

27.约会　　　/ 135

28.城市婚宴　　　/ 142

29.燃烧　　　/ 147

30.酒会　　　/ 153

31.台商梅先生　　　/ 157

32.胭脂河的女儿们　　　/ 161

33.豆腐西施　　　/ 166

34.城墙根儿　　　/ 172

35.刘江的生活　　　/ 178

36.铁蛋的城市生活　　　/ 183

37.古城重逢　　　/ 187

38.焚烧　　　/ 192

39.还有一个故人　　　/ 196

40.野火烧不尽　　　/ 199

41. 春风吹又生　　　/205
42. 无可奈何花落去　/210
43. 缘起缘落叹人生　/214
44. 重返青石峡　　　/217
45. 峡谷风光　/222
46. 胭脂河客栈　　　/228
47. 李映辉　/233
48. 生存更重要　　　/237
49. 燕归来　/243
50. 彩霞满天　/247
51. 经济互助组　/250
52. 我们结婚吧　/254
53. 戏剧大舞台　/258
54. 度尽万劫回头看　/262
55. 相逢一笑泯恩仇　/268
56. 人生是一场修行　/272

尾声　/275

后记　/277

1 胭脂河

混沌初分,天地生成。秦岭东部,与西岳华山遥遥相望的草链岭上,山崖陡峭,荆棘丛生,禽鸟野兽无法栖身,毒蛇频现,天下大旱,草木枯萎,性灵捶胸顿首,遥望天宇……这时,遥远的西方传来袅袅梵音,只见一团胭脂色的红光从西山飘来,一对面色红润的童男女,手拉着手,在红光笼罩下来到草链岭。在山巅之上,红光稍驻了片刻,童男女就地转了个身,随着红光就地消失了,但见周围枯萎的草木开始变绿,奇珍异兽慢慢复苏,荆棘、白石之下竟渗出水来。一股山水,向西顺着山势流去,取名脂水河,向东流出的,取名胭水河。

脂水河水势湍急,流速迅猛,流程短,直奔山外平原,所及之处,沃野千里,滋养着生灵栖居繁衍,取"滋养"之意,被称作为滋水河。后来,平原上出了一个很霸气的男人,在功成名就之后,为炫耀其霸业,改其为灞水,又称灞河,并筑"灞桥"。再后来,一个草莽出身的豪杰在灞水西边的塬上,密谋了一场驰名古今中外的宴会,扭转了乾坤,在灞水西边平原上兴建起帝都王城。于是,男人的阳刚和霸气在秦岭北麓的这条河岸呈现得淋漓尽致。因循自然规律,阴阳调和,先民们开始在灞水两岸筑堤植柳,以弥补阴柔之气。阳春时节,柳絮随风飘舞,宛若雪花,于是有了"灞柳飞雪""灞桥折柳"的奇观景致。灞桥是进入王城的主要通道,从东西两方面

胭脂河

出入峣、潼两个关口,必须从此经过。先民送客多至此,折柳赠别。"昔我往矣,杨柳依依;今我来思,雨雪霏霏","柳"与"留"谐音,借此表达依依不舍之情。柳树生命力极强,柳条插土就活,年年插柳,处处成荫。阴阳调和,风调雨顺,以佑灞水西边的王城历经了千年的繁荣。在最鼎盛的那个年代,汇集于王城的文人墨客,写下了诸多如"年年柳色,霸陵伤别""长安陌上无穷树,唯有垂杨管别离"等关于灞水、灞桥、灞柳的绝唱诗篇。历史的车轮滚滚,新世纪,又是灞水西边的那个塬上,一位文学巨匠,用他的一部鸿篇史书,让"滋水河"这个名字又回到人们的视野。

相比脂水河的阳刚和霸气,胭水河就显得柔弱、荡气回肠了许多。胭水顺着山势蜿蜒绵长向东,在秦岭腹地千回百转,匍匐前行,哺育着沿途的花草树木、山川生灵。然山野生息不易,灾祸不断,水患最为致命。传圣贤伏羲氏之女投入胭水河中,胭脂般的面容从此消逝。先民以为"胭"同"淹",不吉利,遂叫作"胭脂河"。上古时期,轩辕黄帝与大臣探秘"河之源",受一只口衔玉匣的金凤引领,得河图。至山谷深处,见绝壁青石,下掩一汪清泉,黄帝口渴,饮泉水,顿觉清凉、甘甜无比,此潭得名青龙潭,此峡谷为青石峡谷。后来仓颉为黄帝南巡,登上胭脂河畔的阳虚山,观察田地山川的变化,研究日月星辰的走势,受山水间珍禽异兽足迹启示而灵感大发,镌刻记事符号于石柱之上。于是,这里成了汉字故里,华夏文明的发源地,人类由结绳记事迈入文明昌盛的时代。后来,那个从帝都洛阳出发,沿河而上的才子,在胭脂河边与美丽绝伦的河神相遇,演绎了一段缥缈迷离的人神之恋,人神殊途同归,流传下一段悲伤怅惘之情。

相比英雄辈出的灞河两岸,胭脂河畔则多出美女。此乃秦岭腹地,此地的女子多因长年山地劳作,身材挺拔、高挑;此处气候湿润,水质极好,女孩多肌肤红润,似天生涂了胭脂。此地多美女,然而自古美女多薄命，女人长得越漂亮，越难善终，因此，也有人说"胭脂河"是女人的眼泪汇集而成的。笔者实在不喜欢这种说法，可是这里的女孩子大多都长得很美，确实是真的。当我们的主人公精灵般地出现在读者面前，你就会知道，"胭脂河"绝不是徒有虚名的。

二十世纪八十年代，一个阳光灿烂晴空无云的夏日，七个十一二岁活泼可爱的小姑娘嬉戏在胭脂河畔，她们稚嫩的脸庞洋溢着欢快的笑容，她们行走在胭脂河畔，如一道亮丽的风景，正应了胭脂河的风貌。灵秀聪颖的赵春燕，机敏灵活的苏小卉，白净秀丽的惠秀珍，端庄文静的王彩霞，活泼开朗的张爱花，她们五个十二岁了，刚读完小学，暑假后就升初中了。黛眉朱唇的江莲叶和稚气可爱的栗红十一岁，也该升到毕业班了。这七个女孩子以赵春燕为首，一块儿上学，一块儿放学，一块儿玩耍，穿过小镇街道时，宛如山间晴朗的夜空中皎洁的月光，使没有路灯的街道顿时发亮。

赵春燕，小名叫燕子。燕子的娘，当年是随着自己的娘，沿丹河溯水而上，在瓣瓣如蒜头般根基相连的商山深处盘桓，翻越草链岭，顺着溪水流，走出青石峡谷，来到大庙镇的。燕子娘的爹去世早，可怜的燕子娘姐弟三人跟着寡母苦苦度日，直到燕子娘长大嫁人，贫苦艰难的日子才有所改观。燕子出生以后，娘就把全部希望寄托在她的身上，从小娘就教诲她，一定要好好念书，将来一定要走出大山，去山外的世界生活。

江莲叶的外爷是一位老艺人，有一手吹拉弹唱的绝活——一人抵七人演奏的静板书。遇上山民求神问仙、乡里乡亲红白喜事，他一个人一张桌椅即可说唱助兴。"文革"期间，江老汉的演唱中断了十几年，二十世纪八十年代，他又开始支撑起杂耍摊子。江老汉膝下无子，给独苗女儿招赘了一女婿，实指望能为老江家添一男丁，可是，江莲叶却还是一个女孩。江莲叶从小就喜欢跟着外爷转,喜欢动外爷的各种乐器玩意儿,随口都可以哼唱几段。江老汉很疼爱自己的外孙女,却不希望她将来走上这种乡村艺人之路,从小限制她学唱戏,希望她能好好念书,将来能有一个好的归宿。

在奶奶身边长大的苏小卉,最大的愿望就是将来能找到娘。娘是在她三岁的时候神秘失踪的。她相信娘一定还活着,她发誓,将来一定要走出大山,到山外去寻找娘。

这七个姑娘都是地地道道山里长大的孩子,十一二岁的年纪,充满着对山外生活的向往。七个女孩子沿着胭脂河逆流而上,一直来到龙王潭。龙王潭是大庙镇方圆几十里最神圣的地方,是村民们用来祈雨的地方,祖祖辈辈都把龙王潭视为祈求福祉的祥地。七个女孩子坐在龙王潭旁边的大青石上,秘密地商议一件大事:华阳县新成立的艺术学校,面向全县招收、培养一批秦腔小演员,她们跃跃欲试。一旦被县艺术学校录取,就成了吃商品粮的学生,毕业后就直接去县剧团工作,一辈子就算是跳出了"农门",这才是几个女孩子向往的事情。祖祖辈辈都是居住在连绵不绝的大山里的农民,几个心高气傲的十一二岁的女孩子,最大的理想就是能够跳出农门,干上一份公家的差事,将来能够过上自由自在的生活。

大庙镇自古民风淳厚,文化积淀较深,吹拉弹唱的艺人颇多。在大人的熏陶下,每个小孩从小都会哼唱几句秦腔。而胭脂河自古多美女,女孩子大多水灵、高挑。县艺术学校专门在大庙镇设立了一个初试考点,已经广播通知,后天来大庙镇现场招生。

"燕子,你是我们中间最聪明的,学习那么好,肯定能被招上。"文静的王彩霞刚一说出口,几个女孩都跟着说燕子是最有希望的。苏小卉说:"燕子,成了县剧团的演员,可别忘了我们哦。""对,别忘了我们。"几个女孩跟着一起嚷嚷。

赵春燕不是她们中间年龄最大的,但在平日玩耍和学习中,却是她们之中的绝对老大。她聪慧灵巧，无论是学习还是玩耍总能带动其他人。

看着大家冲着自己嚷嚷，燕子忽闪着机灵的大眼睛调皮地说："苟富贵，勿相忘。不如我们结拜为姐妹?！"话音刚一落，几个伙伴立即响应。七个女孩子学着评书中的"桃园三结义"情景，虔诚地跪下，异口同声地说："皇天在上，后土在下，龙王潭龙王为证——"

王彩霞说："我，王彩霞，大姐。"

张爱花说："我，张爱花，二姐。"

赵春燕说："我，赵春燕，三姐。"

惠秀珍说："我，惠秀珍，四姐。"

苏小卉说："我，苏小卉，五姐。"

江莲叶说："我，江莲叶，六姐。"

栗红说："我，栗红，七妹。"

大家异口同声地说："自愿结拜为异姓姐妹，无论贫贱、富贵，永不相忘！"

叩拜完毕，几个女孩子似乎一下子长大了，坐在一起说着知心话儿，憧憬着美好的未来，欢快的笑声在峡谷口回荡。然而，她们的"秘密"却被一个最令她们讨厌的人给撞见了。铁蛋赶着几头牛从青石峡谷口走出，正好看见几个女孩子跪拜的情景。

"小妖精们，又整啥幺蛾子哩?！"铁蛋朝着她们翻白眼，挑衅地喊着，并发出怪异的笑声。

欢笑声戛然而止。几个女孩的目光齐刷刷地投向铁蛋。

铁蛋卷着一高一低的裤腿，双手懒散地抱在胸前，放牛鞭子直插在肘弯间，在乱糟糟的头发上一晃一晃的，丑陋的脸上露出怪异的笑容。

铁蛋是上王村的人，与大庙镇一岭之隔。铁蛋与王彩霞她们是同班同学，今年小学毕业考初中，他是班里唯一没有考上初中

5

的。铁蛋年长她们几岁,学习却很差,又爱骂人,同学们都不喜欢他,他就更加见人就骂了。铁蛋从小没有了父亲,母亲一个人拉扯几个孩子不容易,他从小缺吃少穿的,没少受人欺负,而他却经常捉弄女同学。铁蛋是那种典型的既可怜又可恨的人,人人都看不起他,他就对任何美好的东西都有一种说不出的憎恨。对于几个同班的女同学更是如此,他嫉恨她们的聪明,从小就比自己学习好;嫉恨她们长得漂亮,招人喜欢。上学时,一有机会,就捉弄、欺负她们。

几个女孩子回过神来,看着铁蛋近乎滑稽的身影,又忍不住捧腹大笑。

铁蛋被她们的笑声惹恼了,竟开口骂道:"呸,别看现在书念得好,将来还不是一堆烂货。"

七姐妹的笑声在铁蛋的咒骂声中戛然而止,美好的心情被铁蛋恶毒的话语所击破,她们在讨厌铁蛋可恶的同时,似乎也意识到了未来的渺茫,就在那么一刻,阴影爬上了每个人的心头。可是就是那么一瞬,笑靥又爬上了她们的面庞。纯真的年代,稚嫩的心,有着太多的憧憬和梦想,似乎一切美好的东西都在掌控之中。可惜人一生中最纯洁、最美好的时间太短暂了,短暂得让人还没来得及回味,就从指间匆匆滑过。

2 大庙镇

大庙镇的得名源于流传已久的禹王庙。

草链岭的潺潺溪水,顺着山势,沿着沟坡,穿出青石峡谷,沿途经过一段以褐红色的铁矿石为河床的地段,细小的涓流在褐红色河床的映衬下,泛起淡淡的红光,宛如女人两腮的胭脂,被称作胭脂河。此处山势开阔,河水流速减缓,滋养出千亩良田,很早就形成了人口集聚的村镇,这里便是名扬四境的大庙镇。胭脂河再往下流,沿途不断有山泉、小溪流注入,绕过华阳县城,继续向东,被称作洛河,到河南洛阳附近注入黄河,所经之处便成为秦岭南麓华阳县境内归属黄河流域的部分。草链岭东西走向,是洛河与灞河的分水岭,草链岭南边的溪水则流到丹江汇入长江,因此,此山也是中国长江流域与黄河流域的分水岭。"青龙潭"是胭脂河的源头,胭脂河是洛河的上游,据史书记载:"滚滚洛水横灌举山,夏禹至华阳峪口,导洛自熊耳山下,东汇伊川,人民方始安居乐业、繁衍生息。"为纪念禹王治水的功德,在华阳县境内自古以来就有"十里一洛王(禹庙)"的传说。据说,大庙的禹王庙是建在河床中央的一块巨石之上的,因此,大庙古地名为"庙河"。斗转星移,沧海桑田,此处的禹王庙早已圮毁,河床中央的巨石也早已在圆滑、干净的鹅卵石之下沉睡百年,只留下"大庙"这个地名让后人沉思。如今,华阳县幸存的禹王庙仅有尖角境内禹王阁一座,屹立在胭脂河畔,任河水暴涨,洪峰再高,其阁仍然安稳,万无一失,也算是奇迹中的奇迹。前代诗人留有咏禹王阁七律一首:"千年禹庙柏森森,十里莺啼紫阁新。古屋龙蛇粉壁画,荒庭花木常如春。熊耳导洛原有据,龟背负书传青文。九畴洪范秘全露,启智化育爷功勋。"从简洁的文字之中,禹王阁的昔日胜景今人可窥一斑。

没有了禹王庙,只留下禹王庙传说的大庙镇,却保留着另外一座庙宇。大庙镇南北走向的狭窄街道两端各连接着官路的出口,中街地段有一条丁字路口,沿丁字路口出了街道,有一座华严寺,据说为南宋时期金人所建,历经几个朝代不断地修补保留至今,一些稀奇古老的壁画还依稀可见。传闻曾经在此住持的和尚极其凶残,烧杀抢掠,无恶不作。百姓惧怕,连当地的官府也畏惧三分。华严寺内有一秘密的通道，能从大庙镇的山脉腹内直通到另一个川道的庙宇。华严寺的香火很旺，初一十五都有善男信女前去上香，可是，前去上香的略有姿色的女人过后都会离奇地失踪。失踪的人数不断增多，引起了官府的重视，可是在追查的过程中，大多无疾而终。后来华阳县出了一位铁县长，在明察暗访、证据确凿之后，联络当地的驻兵包围了华严寺，活捉了恶和尚，从寺内的地窖里解救出陆续失踪而被囚禁起来的女人。据说，解救出来的几十个女人已经被折磨得面目全非，走出华严寺，她们面对着河面，看着水中自己似人非人、似鬼非鬼的模样，想着惨绝人寰的经历，禁不住号啕大哭，大多疾哭而终。当时领兵活捉恶和尚的铁县长和将军一怒之下，下令将十几名作恶多端的恶和尚埋在土地里只露出头颅，让士兵扮作农夫耕地状，用耕地的犁铧把恶和尚的头颅活活地斩掉。因此，此地的华严寺又名斩头寺。

尽管华严寺曾经出过骇人听闻的惨事，但它依然是虔诚信徒的朝拜之处。尽管庙宇很小，在早些年前香火却是很旺的。山里山外的赶集人，都要到此拜一拜。早些年前，山外（当地人对秦岭北麓的关中人，以及黄河北边的山西人的统称）的骡马商人成群结队地沿着崎岖的山路，翻越秦岭来到大庙，用马匹驮来棉花、大米、铁器以及时兴的洋玩意儿与山里人交换木材、大麻、贵重的药材和山货。镇子街道便有了热闹的集市，不同口音的人群在热烈地交谈着，讨价还价。街北头，有几家骡马店，常年不息地住着山里山外的骡马商人。街道后面的河滩上形成了偌大的木材交易市场，这个景象一直持续到二十世纪八十年代。在全国乱砍滥伐最为严重的六七十年代，这种景象最为壮观，只不过骡马队少了些，新修的公路上多了些运送木材的大卡车。

华严寺的对面是一座绘有彩色壁画的古戏楼，这里，曾经是整个镇子最热闹的地方。山里山外的骡马队集聚、赶集的时候，大戏唱个不停,"生旦净末丑"角儿轮番上场,一出接着一出,不停地上妆、卸妆,洗脸水一盆一盆地倒出,汇集到从戏楼边淌过的小河里,河水便失去了往日的清亮,泛起一层淡胭脂色的泡沫,一种甜腻呛鼻的气味就漂浮而起——这也是胭脂河得名的一种传说。后来尽管破败不堪,可是它依然是镇子里的人们集会、议事的地方,也是孩子们玩耍的好去处。

华阳县艺术学校招生初试的考场就设在古戏楼上。艺术学校的几位老师,也是县剧团的几位老演员,担当考官。一大早,大庙镇街道热闹得如过庙会一般,连久不出门的妇人都走出家门看热闹。戏楼前围满了前来应考的孩子、父母和看热闹的人们。

燕子本来和几个姐妹商量好,一起报考,可是燕子娘坚决不同意她报名,说她天生一副公鸡嗓子,就不要去丢丑了。燕子心里不服气,镇子上年龄相仿的女孩子就数自己聪明,小姐妹们都说自己最有希望,娘凭什么要这样打击自己的女儿?燕子生气地坐在院子剁猪草。

院子的木门响了一下,门缝里伸进来两个小小的脑袋,是二姐张爱花和六妹江莲叶。她们的小辫梳得整整齐齐,搽过胭脂的脸蛋红扑扑的,看来都是经过娘精心打扮的。"三姐,快走,四姐和小七妹已经去了!"一脸稚气的江莲叶小声叫着。燕子的一双大眼睛充满羡慕,却只无奈地冲着她俩撇了撇嘴,示意她们先走。燕子飞快地剁完一筐猪草,收拾停当,正准备偷偷溜出大门,被娘叫住了,"去,把上王村送来的那些红纸剪成窗花。"燕子只好折回身,极不情愿地坐在炕沿上剪窗花。

燕子娘是识文断字的女人,心灵手巧,做得一手好饭菜和农活,最令人钦佩的是她会剪各种各样的窗花。燕子娘剪的窗花,不仅图案好看,人物栩栩如生,而且还很有说道。比如说君子荷花、国色牡丹、五福临门、天女散花等,特别是她剪的"连年有余"窗

9

花,那才叫一绝:胖嘟嘟的小男孩骑着大鲤鱼在荷花池中穿行,小男孩的神态栩栩如生,荷花饱满,荷叶翻卷,鱼身下面的水波里竟藏着莲藕。燕子娘是当地人眼中的"巧娘",每逢过年过节都有人请燕子娘剪窗花,结婚喜庆之事,更不例外。上王村的张家月底给儿子迎亲,早早地就把红纸送过来,让燕子娘偷空给剪双喜字、五福临门、龙凤呈祥的窗花。燕子从小跟着娘学着剪窗花,十一二岁的年纪,剪出的窗花快要赶上娘了。娘常年只剪固定的那几个图案,而燕子与娘不同,她学会了娘通常剪的那些图案外,还能根据自己的所见、所闻、所想,剪出不同的图案。比如说在固定的茶碗图案上加一朵山茶花,把"连年有余"图案上骑着鲤鱼的男孩改成女孩。娘是不认可的,说祖辈传下来的图案是有说道的,随意剪,算怎么回事!

燕子极不情愿地坐在炕沿上剪大红双喜字,可是她的心却早已飞到古戏楼,她似乎听到了那里的欢笑声。燕子拿着红纸和剪刀趁娘不注意,偷偷地溜出了家门,一溜烟地朝戏楼飞奔而去。

燕子从人群后愣是挤到戏台前,她一屁股坐在戏台前的空地上,边看应考的学生表演边剪窗花。

考官按照事先报名顺序叫名字上台,先目测,再提问,再试唱。有很多孩子,走上台,主考官连话都没有问就让下台了。张爱花、苏小卉、惠秀珍各唱了一段戏曲就下来了。当黛眉朱唇的江莲叶一上台,考官们登时眼前一亮。考官提问完毕,江莲叶用清脆的嗓音唱了《刘海戏金蟾》中的一段,考官连连点头,又让她劈叉、翻了跟头,她都能够轻巧地完成。

江莲叶在台上演唱的时候,燕子看得欢喜,情不自禁地按照江莲叶的形象,剪出了一个小人来。台上的一个主考老师下台来,经过燕子身边时,被她的剪纸所吸引,她拿到手中看着她剪纸上的小人,竟看到了一个活脱脱的小青衣。这位主考老师年过四十,是县剧团有名的青衣演员俞晴。俞晴问燕子剪的是谁,燕子指了指台子上的江莲叶,俞老师仔细瞅瞅,发现眉目间竟有些神似。俞晴没有想到在这穷乡僻壤间,竟有如此充满灵气的孩子。她上下打量了燕子,被她一双会说话的眼睛所吸引,她当即拉着燕子上了戏台。燕子对考官的提问对答如流,考官让她唱几句,可她怎么也唱不出来。平日里熟悉的戏文和唱腔在她的脑子里打转,可是她就是张不开嘴。俞晴亲切地对燕子说,别紧张,唱首平时在学校里唱的歌吧。燕子唱了首《妈妈的吻》,可是刚唱了两句,台下就传来一片笑声,考官们皱起了眉头,燕子第一次觉得自己的声音竟如此难听,窘迫地停下来。俞晴拉过燕子,让燕子喝自己杯子里的红糖水,润润嗓子再唱,可是燕子喝完了一杯红糖水,还是唱不了一首完整的歌。俞晴不舍地摸了摸燕子的头,对其他几个老师说,这孩子太有灵气了,将来肯定不一般!她接着说,太可惜了,可惜不是唱戏的料。

燕子并不在意俞晴说自己有灵气,她只知道她在大庭广众之下出了丑,平日里事事要强的她,受不了这样的委屈,她伤心地一路哭着跑回了家。燕子不明白自己是怎么一回事,平日里和小姐妹一起唱歌、唱戏,都好好的,今天怎么就唱不出来呢?娘说:"你平日里和大家一起唱歌,那是滥竽充数呢,你的嗓子天生就不好。"燕子哭着问:"娘,我真的不如小叶子(江莲叶)她们?"经历过世事磨难的燕子娘把她揽在怀里,摸着她的头说:"人都有自己的长,也有自己的短,你不可能样样都比别人好。"燕子似懂非懂地听着娘的劝,心里还是难过极了。

江莲叶通过了初试后,按照通知的时间去县城,又一路通过了严格的复试和笔试,正式被县艺术学校录取,在姐妹们羡慕的目光中,从此成了吃国家粮的学生、未来县剧团的小演员。

秋季入学的前几天,江家大摆筵席,宴请乡亲,吃的是"上酥肉下丸子"的"九碗菜"。"流水席"时间拉得很长，为的是观赏江老汉的绝活：一人抵七人的吹拉弹唱。一张桌子摆放在院子中央，桌子两边竖起的木棍上吊着大锣、小锣，桌面上仰放着小铜镲，桌腿上捆着脚踏梆子。江老汉膝盖下绑着四片竹板，怀抱三弦，自弹自敲，唱了中篇《八仙传奇》。江老汉音韵洪亮、吐字清晰，唱到动情之处，沉浸剧情，一副超然物外的样子。他唱《吕洞宾戏牡丹》这一折，语言诙谐幽默，表情顽劣，获得了大家长久不衰的喝彩声。宴席结束，乡亲们纷纷祝贺，言语间无不流露出羡慕之意，此时的江老汉却手握酒杯，微醺半醉地眯着双眼，望着村前流淌的胭脂河意味深长地说了一句："咱这胭脂河呀，阴阳失调！"

3 青石峡谷

　　神秘的草链岭上，荆棘、白石之下渗出潺潺泉水，其中一股跃过悬崖峭壁，渗过一片灌木丛，穿过第四季冰川石海，漫过一处较平缓的高山草甸，顺着山势继续向东，沿途一会儿是欢快的小溪水，一会儿是浪花飞溅的瀑布，一会儿又是一汪宁静深邃的潭水，伴随着山势的变化，形成了景色分呈的峡谷溪流。小溪流在快要淌出大峡谷的地方，两边山坡是清一色的崖石，形成了极窄的峡谷，弯弯曲曲几十公里。这就是青石峡谷。
　　青色崖壁最陡峭的地方，一会儿如直立的墙面，拔地而起，一会儿又如雄鹰展翅，突兀地伸出一角。最窄处，两边山崖之间就只剩下一条上山的小路和时断时续的小溪流了。人行走在其中，双手支撑着两边的崖壁抬头望向天空，天空只剩下一条灰白色的带子，此处被称作"一线天"。峡谷到了最逼仄之处，眼看着两边的崖石几乎合拢,山势一转,豁然开朗——小溪流流出了峡谷,晶莹剔透地漫过一片平缓的大崖石。崖石下方有一汪一米见方的水潭,潭底由一整块石头构成,漫过崖石的小溪流无声无息地注入潭内,片刻再由潭下方的些许小石缝中悄悄渗出,这样,使得潭水看起来总是满的,不溢不流,清澈见底,颇有几分韩愈笔下"小石潭记"之意趣。这便是大庙有名的"龙王潭"了。龙王潭的水是不能乱动的,这是当地人的规矩,是当地人连小孩子都知道的规矩。据说,龙王潭的水永远都是满的,大旱之年,潭水也不见减少或干涸;暴雨之时,也没有被冲垮。祖祖辈辈的人们把龙王潭视为祈求福祉的祥地。遇到大旱之年,大庙人一直保持着自己独特的祈雨方式,派童男童女去刮龙王潭,潭水只要刮得见底,老天必定下雨。只是有身孕的妇女和来月事的女人是绝对不能动龙王潭的水,否则,龙王一定会惩罚村民。这是祖祖辈辈流传下来的故事。美丽的传说、一年四季永不间歇慢慢流淌的溪水与纵横蔓延的山脉共同验证着自然的永恒,而一代又一代的人又会为这传说添加上重重的一笔。

幽幽长长的青石峡谷在当地人眼中是司空见惯的,没觉得有什么独特之处,可是在外来的文化人眼中,青石峡谷、青龙潭、龙王潭却蕴涵着神秘的色彩和浪漫的气息。

韩子清,大庙镇街道南头中学的语文教师,一个清瘦白净的小伙子。初到镇子上的时候,是满腹的埋怨,他怎么也想不明白,自己在千里之外的城市读书,毕业后怎么就分配到这么一个偏僻、狭窄、贫穷、落后的地方。

二十世纪八十年代末的大庙,已经失去了昔日繁华的景象,山外的人有了更好的营生,不再到山里来了,镇子上的街道显得越发萧条。镇子是建在山谷里的,所谓的街道不过是一条上上下下的坡路,不足十米宽,在韩子清的眼里,叫街道实在是很勉强。

街道上零散地分布着镇政府、派出所、工商所、税务所,有一家邮局,几家杂货店和两家家庭式餐馆,还有一个青年经营着的照相馆和收录机修理铺。街道的两头最热闹,南头是一所小学和一所中学;北头是一户信奉基督教的人家,定期在大院子里做礼拜。丁字街口的华严寺和古戏楼如今破败不堪,已是宁静之地了。

韩子清学的是中文,爱好的是文学,有文人的激情和敏感,在大学里,常常有豪迈隽永的文字见诸报刊。他积极上进、博才多学,一心想在文学上搞出一点名堂。可是偏偏就是那年,毕业分配压根儿就没有好去处,城市的机关单位和市区的学校突然不再需要毕业生,所有同学几乎都是按照就近原则分配回本县。韩子清原本是可以回到灞河边上的小县城教书的,可是,阴差阳错却被分配到华阳县。华阳县作为贫困县,教师资源奇缺,向上级部门打报告要人,却没有当地生源的大学毕业生,韩子清作为与华阳县一岭之隔的邻县的大学毕业生,理所当然地被派去支援邻县。

韩子清从古城出发,乘坐古城至华阳县每天一趟的客车,翻越秦岭。客车在秦岭云雾缭绕的山路上盘旋,韩子清内心五味杂陈。"云横秦岭家何在?雪拥蓝关马不前"的诗句在他脑海里不断呈现,韩子清从诗人韩愈晚年因"朝奏"而"夕贬"的命运骤变,联想到自己眼下的境遇,竟然禁不住潸然泪下。

华阳县教育部门考虑到大庙镇初级中学师资薄弱,而韩子清科班出身,文凭高、能力强,就把他充实到这里,希望他能够带动提高当地的教学质量。

韩子清尽管有一肚子的委屈和不满,但他还是来到了大庙。初到镇子的初级中学,他颇有一些怀才不遇之感,总是以挑剔的眼光来看这个偏僻、贫瘠的地方。他看不惯学校里的老师不敬业,不认真教书,不思进取,不求上进;看不惯镇上机关干部不学无术,无所事事;看不惯当地农民的愚昧和陋习。每当有好的构思却因缺乏灵感而不能借助文字表达出来时,他总是会归结为是因为不喜欢这个地方。刚来大庙没多久,一次大概是韩子清的激情受挫,在课堂上,他竟对学生讲,这个地方真奇怪,死人竟比活人住得高(因为山里人的坟墓一般都建在山坡上,而村庄一般都在山谷里),阴气压着阳气,他想练气功都不行。

可是,这些并不影响韩子清对工作的认真态度。大庙地处山区,地广人稀,失学率高,初级中学在校学生二三百人,教师不到二十人。教学质量很差,学生的学习风气也不怎么好。每年的中专和高中升学率,几乎是零。学习风气不好,教师的能力姑且不论,工作责任心的确是很差。韩子清是一个例外,不喜欢这个地方归不喜欢,但决不随波逐流。他精心备课,认认真真地讲解每一篇课文、每个词句,他常常激情饱满地在讲坛上吟诗诵词。

韩愈的《小石潭记》是他最喜欢的文章之一,他饱含激情的讲解,获得了学生的阵阵掌声。他带的班上有个学生仿照《小石潭记》的风格,写了一篇名为《龙王潭记》的作文,韩子清看完这篇作文,他简直不敢相信,如此优美的文章竟出自一个十几岁的学生之手!起初,他以为是学生全文抄袭的名家的文章,一打听,才知道,大庙附近确实有一个"龙王潭"。带着探秘的心情,韩子清第一次沿着胭脂河向上,走到青石峡口,亲眼看见了那个学生笔下灵动的龙王潭。他被青石峡口的自然风光和龙王潭的神奇所震撼,更为能够如此感受自然之美,并写出优美文章的学生而震撼!

韩子清慢慢地喜欢上了这帮学生,他发现他们其实也是很聪明的孩子。兴奋时,他还会在课后给学生读一些自己写的散文、诗歌,谈一下自己的读书心得体会。他教的学生都喜欢上他的课。课余时间,他除了备课,就是看书,他仔细地研究秦岭南北的地形,了解草链岭、胭脂河、大庙的地理位置,他惊奇地发现,这里同自己的家乡、秦岭北边的那个县有着如此分割不开的渊源:滋水河

胭脂河

与胭脂河同宗同源,山外平原上长大的自己与大庙人共饮一个水源;而这里发现的花石浪猿人遗址,经考古证明花石浪猿人与蓝田猿人同宗同源。山里、山外,人类同步进化,自己同大庙人有共同始祖。滋水河与胭脂河,一西一东分别流入渭河与洛河,绕了那么大的圈,最终还是化为一体——汇入黄河,世间的事物就是这么奇妙,分分合合,殊途同归。

宁静的山区夜晚,万籁俱寂的校园里有一盏灯长久地亮着。韩子清饱含深情地阅读着,四位隐居商山的须发皓白的秦末隐士飘然若仙地浮现在他的眼前——从陶渊明的《桃花源诗》到《桃花源记》,韩子清惊喜地发现,四皓隐居的商山,竟然是陶渊明的精神家园。他想象着陶渊明当年,归隐十多年后的一次春游,行至华山峪,观赏春色美景,在一片红霞掩映的苍山翠碧之中,看得入迷。一边观赏,一边前行,不知不觉中竟然迷失了方向,翻越秦岭大山进入峡谷,只听见溪水潺潺、飞鸟呢喃。沿着溪水,走出峡谷,豁然开朗,只见青松翠竹掩映之下,数十间茅舍忽现,长髯如雪、服饰古雅的老人悠然在溪水边。陶翁感叹:"真乃世外桃源!"他回到玉泉院,展纸命笔,一气呵成流传至今的《桃花源记》。

韩子清认定,陶渊明当年所经历的峡谷就是青石峡谷,所述的世外桃源,就是大庙。为此,他查阅了大量的古籍资料,拜访了当地的老人,在和江莲叶外爷的深入交谈中,他被江老汉的睿智、哲思所震撼,他更加坚信自己的判断,他甚至认为江老汉就是四皓之后。

韩子清为自己先前的偏见而感到羞愧,他开始用一种接纳的眼光审视这个地方。他发现,大庙是一个富有浪漫色彩的地方:有上古仓颉造字的文明渊源,有秦末四皓的足迹;有古老的庙宇、戏楼、世俗罕见的壁画以及关于它们的传说;有江莲叶外公这样神奇、睿智的老艺人;有充满诗情画意的自然风光。胭脂河、龙王潭、青石峡谷,它们的名字,本身就是一个美丽的故事。青石峡谷,清一色的崖石,是大自然的鬼斧神工,崖石上间伫立的一株苍松,崖石缝隙间散见的野菊花,崖面上伸展开的一树红叶。龙王潭是有灵性的,韩子清认为,也许正是这一汪清泉,使得胭脂河与众不同,正是这一条美丽的小河,使得小河边的少女更加婀娜多姿。

这便是生活的神奇之处。韩子清灵感大发,热血沸腾,午后没课时便一个人沿着曲曲折折的胭脂河散步,站在小河边,思绪联翩,一切关于生活的、自然的美好,都会那么强烈地被感受到。走进幽幽长长的青石峡谷,他的思绪飞扬,有时候,他会沿着峡谷的岩石爬上,坐在峭壁之上,望着山谷和天宇,一些优美的诗句、散文便涌上心头。偶尔,他也会去听江莲叶外公的弹唱,在与这位年过半百的老艺人的攀谈中,他获得了些许人生智慧和启迪。

更多的时候,韩子清会驻足静立在胭脂河的石板桥上,想入非非。"胭脂河上遇胭脂,胭脂流水暮秋迟。"韩子清自己也会吃惊,竟吟出了这样的诗句。

落日的晚霞映红了整个村落,几个妙龄少女隐约从红霞中走出,走来,走近——"韩老师好!""好。"韩子清慌乱地点着头。

韩子清感觉自己已经渐渐地爱上了这个地方。

韩子清开始有了一种莫名的惆怅,他有时候会静坐发呆,望着跌宕起伏的大山陷入遐想;有时候又慌乱不安,如产蛋的母鸡,涨红了脸,在小河边走过来,走过去。

二十三岁的韩子清心里有了难以启齿的秘密,当他明显地意识到这一点的时候,他发现自己已经不可救药地陷入一种情感之中——他开始恋爱了。自己和自己恋爱了,在心底不断地倾诉,诉说自己的感觉,自己的情愫,而那个美丽的少女就住在他的心底,在倾听着他的诉说。她忽闪着一双明亮的大眼睛,冲着自己微笑,她纤细的身影总是不停地在他眼前晃动,他握笔的手竟不自觉地在教案本上写下了一个个"燕"字。他觉得欣喜,又觉得恐慌,更多的时候他告诉自己这是冥冥之中注定的缘分,要不,自己生长在千里以外的平原上,怎么偏偏就会来到这么个偏僻的地方?!

4 苦命胭脂

斗转星移,转眼六妹江莲叶去艺校学戏快满三年了。苏小卉和大姐王彩霞、二姐张爱花、三姐赵春燕、四姐惠秀珍也快初中毕业了,七妹栗红上初中二年级。中考在即,几个姐妹进入紧张的复习之中。十四五岁的孩子,有了对未来生活的思考和努力,可是未来的生活,到底会是什么样子,每个人都不可能知道。

几个姐妹中,苏小卉的学习成绩相对差一些,家境也最为贫寒。苏家的祖上是从湖北一带逃荒来的"下户人",在这秦岭深处的大庙镇落户,靠的是吃苦耐劳、勤俭持家。

苏小卉的爷爷孩童时就跟着自己的父亲在山野和田间讨吃食,练成过日子的好手。他种庄稼,在方圆几十里都叫一个好:阳坡地种小麦,阴洼地种苞谷、土豆;河套地栽种水稻,平展的田地种上茎麻;房前屋后,犄角旮旯,栽瓜种豆。尽其所有,充分利用。遇到天气大旱,阴洼地的苞谷、土豆丰收;雨多水涝年间,阳坡地的小麦有好收成,阴洼地长不成的庄稼就只能喂猪养鸡,贴补家用,瓜果搭配着,勉强可以耐活一年。

茎麻种在平展的田地里,旱涝都是有收成的。苏家爷爷会侍弄茎麻,他种的茎麻长得又高又直,麻籽饱满,出油率高。当地麻籽榨的油,其香味赛过芝麻油,号称"香油"。茎麻长势好的年份,苏家榨的麻油,除去留给自家食用的,还可以拿出一部分到山外去换钱。当然,拿到山外换钱的主要还是茎麻的外皮纤维,即麻丝。秋寒时,苏家爷爷把收割好的茎麻去籽扎捆晾干堆放,待到数九寒天,拉到泉眼边的沤池里沤泡,待到麻皮脱胶,捞出晾干。扯下的麻皮,留下少量的麻丝做家用(搓麻绳、纳鞋底),其余大部分被苏家爷爷扛到山外换钱。因为当地的麻丝纤维极好,苏爷爷卖麻丝换来的钱,又被换作上等的棉花,扛回来,供家人纺线织布做衣裳。多出的银钱则换些细粮改善伙食,更多的银圆藏在瓦罐埋在堂屋的脚地下。

苏家爷爷过日子,精打细算、井井有条,对待独苗儿子狗儿,也就是苏小卉的爹,更是细心呵护,含在嘴里怕化了,捧到手上怕冷着,从小好吃好喝尽饱。狗儿从小就是坑爹的痞子:山里人日子苦,白面短缺,见天吃的都是苞谷面窝窝头,狗儿从小吃小灶白面馍馍;过年时,家里蒸白面馍馍,他偏偏要吃黄面窝窝头,大年初一,哭闹着,苏家爷爷只好手牵着儿子在街坊邻居家讨要窝窝头。

苏家爷爷自己大半辈子吃苦,舍不得独苗儿子吃半点苦头,平日家里地里的活,自己料理得好好的,从不让儿子插手,一心让儿子念书。新中国成立前,狗儿已经上了三年学堂,新中国成立后,接着读,读完小学,读中学,一直到高中毕业回家。麦收季节,人们忙着"龙口夺食",狗儿却捧着一本书在后院看书,苏家爷爷累死累活也不弹嫌儿子一句。后来,入社了,狗儿却不能按时参加劳动,他爹四处求人,狗儿才被抽调做了民办教师。当年,苏家用一罐子银圆迎娶了胭脂河畔最漂亮的姑娘——貌若天仙的小卉娘。不久,苏家爷爷作为漏划地主成了被批斗对象,不久便去世了,苏家快速败落,苏小卉的爹也因生活作风问题被劳教三年。劳教完了回家后,狗儿却不能按时参加生产队的劳动,还经常发脾气、打老婆。可怜的小卉娘,在缺吃少穿的境况下,还要伺候这么一个老爷痞子,只能忍气吞声抹眼泪,及至小卉出生后,小卉娘就有点疯疯癫癫,精神失常,不久,就离奇地失踪了。

　　因为狗儿是能写会算的文化人,又做了多年的生产队会计,靠投机取巧拿工分过日子。包田到户后,村民的生活都有了很大程度的改善,可苏家相对而言更差了。苏小卉的爹不好好种地,每年收的粮食都不够吃,年年靠政府扶贫救济,苏小卉的哥哥到了婚娶的年龄,却因为家里的窘迫和爹的坏名声,打问了几家姑娘,都被回绝了。在这种情况下,苏小卉还能坚持读完初中,已确属不易了。

　　苏小卉自小没娘,家庭状况更令她感到自卑,总是觉得自己不如其他几个姐妹。赵春燕的聪颖和灵气是人一眼都能看出来的,处处得到的是赞赏和羡慕。张爱花活泼、开朗,学习成绩又好,家里景况相对好一些。王彩霞很乖巧,成绩又好,也在老师表扬之列。惠秀珍虽然学习不怎么好,可是她母亲是镇供销社售货员,前几年她随母亲"农转非",成了商品粮户口,等到初中毕业就可以参加县上统一的招工考试,去国营单位做正式的工人。七妹栗红,比她们小一岁,低一个年级,学习也不怎么好,但她父亲能说会道、头脑灵活,是大队支书,家里是大庙镇首先富起来的"万元户"。苏小卉常常在内心把自己和好姐妹对比着,越想她越自卑,十四五岁的年纪就开始郁郁寡欢,和姐妹玩耍时,心里就有些不是滋味,与其他姐妹不交心。这种情况,只有在体育课上,才能得到平衡。体育课上,身材高挑的苏小卉是最引人注目的,长跑、短跑、跳高、跳远,都是她的强项,经常会受到体育老师陈民的表扬,更重要的是,体育老师陈民对她的关注远远超过其他几个姐妹,这多少使得她的内心得到一些平衡。每当这时,她的内心是喜悦的,这多少满足了女孩子的虚荣心,因此,小卉的内心是多少有点感激陈民的。

　　体育教师陈民其实是一个缺乏知识、没有文化、内心空虚麻木、卑鄙下流的人。民办教师转正，在中学教书，拿着稳定的工资，衣食无忧，这对他来说已经是很好的生活了。他没有多少文化知识，对书籍也不感兴趣，生活没有多少压力，不求上进也没有机会做官，不图发展也没有机会发展，每天除了上几节体育课，就无所事事。

　　二十世纪八十年代末的山里，还是比较落后的，小镇上没有什么娱乐活动，镇上吃公家饭的人，消遣就靠喝酒和打麻将。陈民一打麻将就输钱，后来就不打麻将了，喝酒的时候居多。几杯酒下肚，人就开始有些晕乎，人一晕乎就开始琢磨女人那点儿事：自己的老婆是不用琢磨的，街道北头黑蛋的老婆真风骚，拧着屁股走来走去，见着吃公家饭的男人就打俏；学校对门杂货店的老板娘真有味道，奔四十的人，腰还是那么细，一双满胸的大奶子，最勾人的是眼神，二十出头的小伙子、正当壮年的汉子、花甲的老头，照单全收，眉眼乱飞；街道上的月娥最瓜，仨瓜俩枣，三五下就能搞定了。陈民觉得很刺激，枯燥乏味的生活有了乐趣。这种污秽的事情做得多了，刺激也就渐渐小了，他又开始把目光转向学生，一些发育早熟的女学生也开始有了女人的韵味——稚嫩的脸蛋，微鼓的胸脯，简直就是含苞待放的花骨朵，一想着是学生就更刺激。陈民谈不上爱与不爱，他就是寻求刺激，更谈不上道德感，他觉得男女天生就是做这种事儿的。他也知道大家都讨厌他，索性就更加不管不顾了。

　　陈民很早就垂涎于胭脂河畔的几个美少女了。他最终把目光锁定苏小卉，是经过反复权衡的。陈民很荒诞，兽性十足，但他却很会自我保护，能做到不惹火上身。凡是与他有苟且之事的女人，都是一些自甘下流或者是吃了亏也不敢声张的胆小懦弱的女人。对学生他也得逞过，都是一些学习比较差，升学无望，且家境贫寒、父母很老实的离家较远的住校生。找机会给学生提供方便，喝点开水,塞几张饭票,如果不拒绝,就可以找机会下手,而这种学生一般吃了亏,也就自己认了,不会张扬惹事。

几个美少女是走读生,不住校,每天在自己家里吃饭、睡觉,很难找到机会下手。赵春燕、张爱花学习好,太招人了,关注她们的人太多,不能动;王彩霞,谨慎、胆怯,好接近,但她父亲是民办教师,在镇小学教书,弄不好会惹出事;惠秀珍是学校对面杂货店老板娘的女儿,当然不能动;栗红的父亲是大庙镇北村大队支书,更不敢惹。苏小卉,在体育课上得到他的表扬后,表现出了很明显的喜悦,这便使陈民有了可乘之机。

在离中考只剩下两个月的时候,陈民终于找到了机会。一次体育课上,自由活动,苏小卉站在操场边,陈民装作若无其事走到她身边,有意无意地说:"该毕业了,以后有什么打算?"苏小卉低着头,看着自己的脚尖,不吭声。她的内心很悲凉,大庙初级中学每年考上高中的也不过三两个,而自己考上高中的希望很渺茫,高中都读不了,将来怎么能走出大山,怎么去山外找娘?陈民接着说:"你在你们班是很有优势的学生,你的体育成绩很不错,争取去读高中,将来报考体育类的大学很容易。"似乎有一丝希望在苏小卉心中升起,苏小卉抬起头,看了看陈民又低下头。陈民觉察到苏小卉的内心反应,趁机走近一步,压低声音说,我会以你体育成绩优异竭力向高中推荐你的。苏小卉有些激动,虽然她不十分相信陈民所说的话,但是她内心对于自己渺茫的未来升起了一丝希望,她宁愿相信是真的。陈民肮脏的脸上露出了一丝难以觉察的淫笑,这些都是苏小卉这样年轻的女孩不易觉察的。"好好复习吧,这个消息不要告诉别人,我会尽力为你争取的。"撂下这句话,陈民转身走了,苏小卉依然没有吭声,木木地望着蓝天发呆。

苏小卉也有自己的想法。虽然她并不是完全相信陈民,但是她觉得这是一线希望。自己的家境,无能的父亲,窘迫的日子,可怜的娘,自己的命运只能靠自己来改变,所以任何一点希望都应该紧紧抓住。关于陈民的兽行,苏小卉多少是知道一点的,她们几个私下也议论过,苏小卉也很不耻陈民的行径,但是陈民偏偏只对自己有青睐,多少满足了她的虚荣心,也使她与其他几个姐妹相比达到了心理平衡。她想她会提防着陈民。十五岁少女的心,拥有了太多的幻想和侥幸,她想既然陈民对自己有好感,何不利用一下呢?只要自己多加小心就行。这么想了,苏小卉当然就没有把这件事告诉燕子她们,尽管她们曾经信誓旦旦地说,要成为亲密无间的姐妹。现在,为自己的未来着想,也不能顾及那么多了。

自从那天以后,苏小卉就自以为很有心计地与陈民周旋,不远不近。陈民过于殷勤的时候,她故作高傲,陈民冷落的时候,她却很热情,主动陈老师长、陈老师短地问候。陈民对于女人无所谓爱,只不过满足性欲,寻求刺激。对于苏小卉也不过如此,看着她自以为聪明地对自己耍小心眼,觉得她小儿科的伎俩更富有刺激,这些更激起他的占有欲。可怜的苏小卉自作聪明,以为陈民拜倒在自己的石榴裙下,甚至还为自己的巧妙利用而沾沾自喜,殊不知横祸正悄然而至——

一天晚自习后,陈民找苏小卉,说是有一张表格要填,苏小卉很兴奋,竟然毫无戒备地去了陈民宿舍。陈民就轻而易举地把她按倒在床上,夺走了她的贞操,撕破了她少女时代的美好梦想!

山风在吼,松涛在叫,古老的戏楼在哭泣,胭脂河在流泪——龙王潭愤怒了,大庙镇竟下了一夜的滂沱大雨!

苏小卉病了整整一个星期,不吃不喝只是昏睡。迷迷糊糊,她的眼前不断地晃动着奶奶讲过的故事:胭脂河是脂粉堆积而成的。从前,大庙有一个大财东,贪恋女色,妻妾成群,据说每天妻妾、丫鬟梳洗的水都能够汇成一条小河。后来,家大业大,上下乱伦、荒淫无道,很快就败落了。这个地方历代都会发生一些下流的

胭脂河

事情：下院的刘家祖祖辈辈都会出下流的事情，老刘家的姑奶未出阁时，曾与大队会计私通，苟合以后又给那男人喝了酒，大队会计回到家就死了；刘老汉与儿媳私通，活活气死了儿子，不久刘老汉就遭到报应，下肢突然瘫痪，在床上躺了十多年；街北头邢寡妇年轻时家里开骡马店，仗着人长得美，同山外的商人眉来眼去，一次与人私通，被丈夫抓了个正着，丈夫一怒之下砍了那山外商人，自己却被正法。从此，这女人成了寡妇，在人们的唾弃和羞辱之下，为整日仇恨她的公婆养老送终，一个人养大了一双儿女——

苏小卉不敢再想了，难道自己的人生也应了这令人讨厌的河的名字？自己的清白就这么被毁了，传出去以后有何面目见人？

苏小卉那天晚上淋着大雨跑回了家，蒙头大睡，奶奶和父亲只以为是那天淋了雨，感冒发烧了。燕子她们天天去看望她，叫她一块儿去上学。大家都没有发现这个可怜的姑娘的变化，苏小卉在被窝里任凭泪水无情地滑落，在家人和好姐妹面前却只能强装笑脸。她知道，这件事不能让任何人知道，否则自己将会让流言蜚语淹死，就像爹一样，当年做民办教师时，与女学生有染，被劳教三年，娘的悲苦人生就是从那件事开始的。苏小卉想到了娘，她模糊的记忆里有娘白净温暖的脸庞。听人说，娘当年是胭脂河畔最漂亮的姑娘，白净的脸上，有一双大眼睛……想到此，苏小卉就更加憎恨父亲，她觉得这冥冥之中的祸事是父亲的报应落在了自己妻女的头上。

然而，失去的就永远地失去了。十五岁的苏小卉曾经多少次想象着自己的未来，想象着自己能够自强、自立地生活，能够自由地谈恋爱，也期待着自己一见钟情地爱上某个男孩，然后把自己的一切交给他，并自始至终地爱着一个人。可是，当她还没有机会感受这一切的时候，却永远地失去了这个资格。少女的贞操、少女的圣洁，碎了，一切都破碎了，包括她幼小的心。她悔恨不已，她恨那个禽兽不如的恶人;她恨自己虚荣侥幸的心理;她恨自己的家庭,更恨胭脂河的传说,恨这个生她养她的地方!

一个星期以后,苏小卉的眼泪流干了,在几个好姐妹的陪同下回到了学校,尽管她一再装出很平静的样子,但燕子她们明显觉得她变了,变得心事重重、沉默寡言了。一个巨大的恶魔侵占了苏小卉的内心,改变了她一生的命运。

一个月很快过去了,她们初中毕业了。苏小卉永远地告别了她的学生生涯。

5 天使梦魇

十五岁的赵春燕朦胧中有着对自己未来恋情的幻想。她幻想着有一天,在一个美丽的海滨,自己一袭白色的长裙,飘逸的长发,漫步在沙滩上,不经意地一回头,一个俊美的少年,满眼柔情地望着大海,然后他们的目光相遇了;接着一起谈学习、谈生活、谈理想;多次情投意合的交谈后,成为手牵手在海边散步的恋人。这些是偶尔在燕子脑海中闪过的幻想,尽管自己的家乡离大海很遥远,自己还没有穿过白色的连衣裙,但是她还要固执地这么去想。多少年后,经历了世事沧桑,燕子早已模糊了当初的这种幻想,有时不经意在脑海里一闪,她也会觉得这似乎是她在少女时代做过的一个梦。

可是,燕子怎么也没有想到,自己竟然是这样被卷入了一个感情的漩涡。

十五岁的那年夏天,中考前夕,大庙镇突然流言四起,这流言起源于写有"燕"字的一张纸条。

胭脂河

一天傍晚,陈民喝得半醺,拿着一瓶酒,跌跌撞撞地走进韩子清宿办合一的房间,嚷嚷着要韩子清陪他喝酒。彼时,韩子清正在发呆,他原本不喜欢喝酒,更不喜欢和陈民这样不学无术、品行不端的人打交道,可是,陈民偏偏总是喜欢找他。在陈民看来,俊朗健硕的韩子清简直就是一个另类:平日里,中小学的几个年轻女教师围着他转,取悦讨好他,可是他的朗目剑眉,都很难为她们抖动一下;大家同住一院校舍,晚间同事们喝酒、打牌,他从不参与;同事们想找他聊天扯闲传,他却在自己房间的墙壁上贴上"请君闲谈莫过十分钟"的字样。越是这样,陈民越喜欢找他,这样自律的男人,他的内心是一个谜。

那天晚上,韩子清喝了几杯酒,在陈民的"循循善诱"下,话多了起来。他说自己青睐的女子应是"手如柔荑,肤如凝脂,领如蝤蛴,齿如瓠犀,蛾首蛾眉,巧笑倩兮,美目盼兮"——韩子清自顾自地吟诵着诗句,陈民只听出了巧笑、美目等字眼。韩子清的思绪飘忽到胭脂河畔,他眼前呈现出那个少女的倩影,他情不自禁地对陈民说:"她有一双黑葡萄般的大眼睛。"韩子清醉了,陈民扶他离开书桌去床上,一张教案纸从桌上滑下。陈民捡起来一看,偌大的一张纸上,写了几个小小的"燕"字,陈民心里纳闷,把纸片翻过来,看见了一行小字:"你明亮的双眸谜一般地吸引着我,于是胭脂河便成了我梦寐以求的地方,长长的青石峡谷留下了我如痴如梦的遐想。午后,散步在青石峡,成了我一天最美妙的时光,我想,你便是上天赐给我的那个姑娘……"陈民登时大脑清醒,一下子联想到学生赵春燕。看着酒醉酣睡的韩子清,陈民脸上露出了一丝嘲笑,心想,到底是男人,大家都一样!

陈民窥探到韩子清内心的秘密,却并不打算声张,毕竟人家是未婚的青年,有点隐情也是可以理解的。可是,事情坏就坏在陈民荒诞无耻的私生活上。一天,他在和镇子上的女人月娥打情骂俏,赵春燕姐妹几个正好放学经过,陈民瞟了一眼燕子,顺口说了句:"那是韩子清的菜!"月娥一愣,一副探秘、暧昧的神态,追问发展到什么程度。陈民遂说出他看到纸条的事情。

生活如一个浅口的盘子,无知的人总喜欢用浅薄的想法去诠释。有一团火苗在月娥胸内燃烧,她要把这个"惊人的消息"尽快吐出去,不然她一定会被憋死。刚一转身,月娥就把"消息"说笑给邻家嫂子,嫂子用暧昧的神态,绘声绘色的语言传播着流言,不出半天工夫,大庙镇街道的小媳妇、大姑娘都在窃窃私语。等传到韩子清的耳朵里,变成了"韩子清约自己的学生赵春燕在胭脂河畔、青石峡口幽会",还有比这种说法更难听的,有的甚至说得有鼻子有眼,似乎亲眼看见什么似的。

流言在阴暗潮湿的角落滋生、蔓延,经过一颗颗粗俗的心,随心所欲地漫入雾气沉沉的胭脂河,添盐加醋地浸入大庙镇,弥漫在镇子的上空,弥漫在每一个阴暗潮湿的角落,混淆视听。韩子清,好端端的一个山外人,为啥被分配到山里来教书?在学校就不是一个好东西,被贬到山里来了;来到山里,还不安心教书,勾引女学生!燕子那女子,别看年纪小,猴精猴精的,你看那一双大眼珠子,骨碌骨碌转,满脑子主意,和她娘当年一个样——

燕子娘,河南南阳人,十三岁随娘来大庙投奔她爹林先生。林先生是文化人,早年间林家是当地殷实人家,家有良田,雇有长工。他年轻时外出求学,诗文书画颇为精通,科学民主新论略有了解。正当踌躇满志、报效国家之际,家里给定下一门上好的亲事,当地名门望族李家三闺女。李家家教严格、思想开明,很早就接受新思想,女孩一律都不用缠脚,行动自由,但不去外边读书,家里请了先生专门教女孩识字,更多的是在家学礼仪,练习女红。男孩到了一定的年龄则一律到南阳府念书。李家看重的是林先生的才气,定亲以后,李家老爷以抗战胜利后国内形势不明朗为由,催促林先生回家早日完婚。林先生返乡,娶得知书达理、贤淑美貌的娇娘,亦不再外出奔波,守在家里读书作画,间或被县里叫去抄写文书。女儿,也就是燕子娘出世后,她记事的头三年,享受了富足的家庭生活,她常去外公家里,对大户人家的排场、规矩,也算略有见识。

十年后,林先生云游至商山,看到这里山清水秀,欢喜地居住下来,在大庙镇街道帮人看病抄处方,帮山里人辨认药草,讲解简单的药理知识,结识了几个在当地颇有威望的朋友,遂有举家迁户至此的意愿。于是,家书妻儿,言称找到了宜于养生的地方。大家闺秀出身的燕子的外婆,恪守"夫为妻纲",遂带着娇儿幼女,来到大庙落户。谁料世事无常,燕子娘的爹却一病不起,不久便撒手人寰。可怜的燕子娘孤儿寡母,流落他乡。

燕子娘从十三岁起,参加生产队劳动挣工分,和娘一起承担起养育弟妹的责任。燕子娘看到大庙周边的沟坡里长满桑树,就用自己带来的蚕卵偷偷地养蚕、收丝,拿到街上去卖钱,被工作组的人抓住了,她伶牙俐齿,讲了一大堆养蚕的好处,且反问工作组干部:既不浪费沟坡里野生的桑叶,又不会耽误下地劳动,为何不能养蚕呢?工作组年轻的干部,被她说得张口结舌,不好驳斥,只得送她回家,交给她娘管教。谁知,后来那个工作组干部竟托媒人上门提亲。工作组的干部是县上派下来的,端着公家饭碗,人长得白净,燕子娘有些心动,可是,燕子的外婆却坚决不同意,她一门心思要把闺女嫁给前来提亲的燕子爹。自幼家庭教养良好的老太太,在经历了大半生的人生跌宕起伏之后,自有她辨识人的功夫。她说,当年她们母女初到大庙,丈夫重疾病危,她前去买药,因为钱不够而急得险些要向人下跪时,是身为药店调剂员的燕子爹看她们外乡人可怜,拿出自己仅有的五元积蓄,垫补了药费,还给燕子娘的小弟弟送了半块烧饼。老太太说,三岁看老,燕子爹本性醇厚,娶了自己的大闺女,定能照看好自己的一双小儿女,也能为她养老送终。燕子娘看不上黑不拉叽的燕子爹,想跟着工作组的干部走,却不忍心离开苦命的娘。最终还是听了娘的安排。

这个事件在当时很轰动,大庙镇街道有待出嫁的闺女的人家,都很不服气:逃荒而来的人家闺女,吃公家饭的干部为啥偏偏会看上?被抽调到公社卫生所当调剂员的燕子爹,多厚道的小伙子,有那么多的好姑娘想嫁给他,而他却偏偏娶了她?那妮子一定不简单,有狐媚劲,会勾人!粗俗的内心下着鄙陋的结论,以减轻内心的不满。多年的往事渐渐被新的流言替换,而当燕子长到当年娘那么大年龄的时候,如同往事重演,同样引起了人们的嫉妒和愤懑,更多的则是无聊的人们为了给平淡无奇的生活增加一点谈资罢了。

关于她的流言,燕子是最后才知道的。大姐王彩霞对人们这么过分地议论燕子和燕子娘实在看不下去,悄悄地告诉了她。随后,几个姐妹才陆陆续续告诉她人们的各种传言。燕子登时就哭了,她不知道娘听了这种传言,会怎么想。当燕子红肿着眼睛跑回家不知道该怎么对娘解释时,娘却似乎并没有在意她红肿的眼睛。那天晚上,娘陪她睡在一个被窝里,娘把她揽在怀里,又一次详细地给她讲述了娘小时候在她外婆家过的优渥的生活。娘说,她外婆家是个大家庭,兄弟妯娌孩子几十口人,加上丫鬟、长工,上百口子人,为一点小事,都会有口舌之争。丫鬟、老妈子做活时最喜欢叽叽喳喳,说长道短,编撰传播流言。老太爷常常教导子女儿孙,决不要理会下人的流言,每个人做好自己的本分,流言自会烟消云散。娘抚摸着燕子带泪的双颊接着说道:"记住,你现在的正事就是好好复习,争取考上中技。你把书念成了,离开这里,别人说什么都不重要了。"那一夜,燕子睡得很香,她做了一个甜甜的梦,梦中有娘,有外婆,有从未谋面但经常听外婆和娘提起的娘的外公、外婆……

燕子放心了,娘不认为是她的错,是对她最大的安慰。可是她还是恨透了那些恶毒无聊的长舌妇,恨那些流言蜚语,恨透了家乡的愚昧落后。从那时起,她就发誓要好好学习,争取远离这个偏僻、愚昧的地方,将来一定要过上另外一种生活。

韩子清是燕子最敬仰的老师之一,她很喜欢听他的语文课,尤其是喜欢听他念他写的文章。韩子清教课认真负责,燕子把他当作自己的榜样,她也想将来报考师范,毕业以后回到镇子上,像韩老师一样做一名优秀的语文老师。到时候如果还能碰上韩老师,她会向他学习,一块儿切磋教学,一块儿谈论文学,然而,却发生了这样的事情。不管她多么痛恨街道上的长舌妇,但是事情终归是因韩子清而起,让她无端地受到了如此非议。一想到这里,燕子就有些恼韩子清了。她也有些慌乱,她不知道该怎样面对韩子清,该怎么去上他的语文课。她这才记起,韩子清已经好长时间没有给他们上课了,他们的语文课基本已经学完,由另外一位女老师带领他们班复习。谢天谢地,韩子清请假了,不然怎么去上他的课呢?燕子在心里祈祷,韩子清不要回来。这祈祷可灵验了,直到中考,燕子都再也没有见到韩子清。

终于熬完中考,成绩出来后,大庙中学初三两个班的毕业生,只有张爱花一个人考取了中专,燕子、王彩霞和另外一个男同学考上了重点高中。苏小卉和惠秀珍落榜了,这对她们来说,也就意味着将永远与学校无缘。

新的学期开始了,张爱花去了州城读师范,她一想到自己即将摆脱农民身份,就禁不住沾沾自喜,一边庆幸自己的好命,一边憧憬着美好的未来。燕子和王彩霞进入县城重点高中读书,这对她们来讲已是非常幸运了。新的学习环境,新的生活,燕子庆幸自己离开了大庙,她满心欢喜地以为从此就可以把韩子清带给她的影响彻底抛掉,可是她万万没有想到,这件事情竟然会继续困扰她两年之久。

6 韩子清

韩子清青春年少的生活被弄得一塌糊涂。当他沉浸在自己内心翻腾的美妙情愫之中时,大庙镇街道把他和燕子的事传得沸沸扬扬。韩子清有一种光天化日之下被人剥光了衣服的感觉,仿佛自己内心的情感变化都在他人的监控之中。他怎么都想不明白,人们对于没有的事情怎么就能说得有鼻子有眼呢?非议自己算不上什么,关键是燕子,人家小姑娘听到了流言蜚语,怎么承受这样的非议?眼看着中考在即,影响了燕子的学习……想到这里,韩子清不能多想了。燕子是他认为班上最具升学潜质的学生,他绝不想因此事而毁掉她。他忐忑不安地想给燕子解释,可是能解释什么呢?韩子清在听到流言之后的第二天,立即向学校请了长假,他觉得他无法站在课堂上面对燕子那双纯净的大眼睛,他逃也似的离开了。

一个多月的时间,韩子清在外四处晃荡,去了一些风景秀丽的地方,自然山水变换,可他看在眼里的全是青石峡谷的风景。最后,在洛阳,他索性在白马寺里小住了几日,以期按捺下这份情感,可是临走时他却留下了"白马寺住白马郎,胭脂河上遇胭脂"的诗句。韩子清没有想到自己对燕子的情感竟如此痴迷。

中考结束了,韩子清回到学校。他想,无论如何都应该给燕子一个解释,可是解释就等于表白。他一次次地徘徊在胭脂河畔,望着燕子家的方向犹豫,当他鼓足勇气出现在通往燕子家的巷道

胭脂河

时,迎面碰上了燕子娘。当他惊慌得不知所措时,燕子娘开口了,她不愠不怒地说:"谢谢韩老师,感谢大庙中学多年的培养,燕子考中了重点高中!以后念大学就会多一分希望了!"韩子清慌张地逃开了,他根本没有想到,农家妇女的燕子娘能有如此震慑人的魄力。他不敢再在燕子家巷口徘徊了。直到秋季开学的前一天,韩子清央求自己的学生王彩霞帮忙,给他和燕子创造一次见面的机会。燕子在去王彩霞家的巷子口转弯的地方"邂逅"了韩子清,她急忙掉头往回走,韩子清慌不择言:"燕子,我是真的喜欢你,绝没有想伤害你、影响你学习的意思!"等他说完,燕子已经跑得不见了踪影。

  自己到底怎么了?是道歉,是表白?韩子清后悔了,后悔不应该见燕子,后悔说出去的那句话,他应该把这份美好的情感埋藏在心底。暗恋是世界上最美好的情感,为什么要说出来呢?可是不说出来,他还是不会甘心,然而,说出来了就甘心了吗?

  韩子清期待看到燕子的反应,哪怕是一个笑容,可是他看到的只是她落荒而逃的背影。他有时候也觉得对不起正在求学的燕子,可是他又怎么对得起自己呢?韩子清痛怨燕子,为什么就不能给他一丝的安慰呢,哪怕仅仅是一个谅解他的笑容?

  韩子清在燕子她们离开大庙中学那年被调到邻县的一所中学,以后他在那一片山区辗转不知被调过多少地方,可是,无论到哪个地方,他都觉得自己的心依然是留在青石峡谷,留在了胭脂河畔。他爱恋着燕子、思念着燕子,他怨恨着燕子,可是他还是感谢上苍让他遇见了燕子。他不知道自己到底做错了什么,难道真心爱一个姑娘也会有错?他有时又幻想燕子可以给他一丝希望,好让他苦楚的初恋有一丝霞光;他更多的时候怨恨燕子铁石心肠,自己的血都流尽了,却不能打动她给他一丝亮光。可是,他没有想到,也不愿意承认他这一番相思、这一番苦恋,实际上是自己跟自己打了一场仗,这个时候的燕子其实并不完全理解他的这份情感,也不会处理这种事情,相反,燕子同样感到委屈,她感受到的是羞愧、害怕和不知所措。这就是人生所谓的错,他们错在了时间里!

韩子清在自我的世界中苦恋、伤痛、自残、发疯,直到自己精疲力竭,伤痕累累,他清楚地知道他不可能拥有她、也不应该再去打扰她时,他下定决心给燕子写下最后一封信,告诉她也是告诉自己从此以后再也不会联系。可是,过不了多久,他又控制不了自己给燕子写信。他觉得自己似乎患了精神病,当然他周围的人早就这么议论他,而他却并不在乎。他爬上人字形屋顶,赤脚走在屋檐上。他甚至在寂静的夜里,独坐灯前,割破手指,看着殷红的鲜血慢慢地滴下而哈哈大笑……这样的日子他也不知道过了多久,直到有一天,他在痛并快乐中完成了为燕子、也为自己初恋的情怀所做的一首长诗,从此结束了他近乎悲惨的初恋。

告别青石峡

仓颉造字的圣贤,
谱写不出我与你相遇的奇缘;
补天造人的女娲娘娘,
造不出你姣好的容颜。
青石峡口的小妹哦,
你是游走人间的精灵!
永不枯竭的龙王潭水,
哺育了你离合的双眸;
神秘梦幻的青石峡谷,
是你谜一般的性情。

胭脂河

我沿着胭脂河畔走呀走,
走进了奇幻美妙的峡谷,
把自己遗失在最原始的荒野——

彷徨、纠结、迷乱,难以描写,
甜蜜和苦涩,伴随你容颜呈现。
想念、思慕、眷恋,无法言传,
痛苦和疯癫,在青石峡谷蔓延。
峰回路转,别有洞天,
我的希望永远是峭壁之上的"一线天"!

想升天,变成主宰宇宙的神仙,
让我始终看见你灿烂的笑颜。
然而青石峡谷叮咚的泉音,
却是我绝望的呜咽。

一个人能有多少眼泪,
为什么总要无尽地挥洒在一片土地上?

听人说,为值得落泪的事落泪,
也是真正的男子汉。
于是,我沿着青石峡谷悄悄地走,
却怎么也走不到峡谷的尽头。
唉,无情的青石峡谷,
为什么这么狭长、逼仄?
让我怎么也看不清峡谷之上的蓝天。

世界上从来没有比绝望,
更让人失望的事情。
青石峡口的小妹哦,
只能是我梦中的红颜。
怀揣这一颗滴血的心,
把深情狠狠地滴入秋地。

我挥泪告别,
告别爱恨汇集的青石峡谷,
告别那个不堪的自己。
于是,从九月七日到十一月七日,
生活走过了白露、秋分、寒露、霜降,
以至于走到冰冷的冬的边缘,
我才敢提笔问候你,朋友。

青石峡口的小妹,
请早早穿上棉衣,
在这冬的季节里你独自生活,
饮食起居,不会有父母照应。
请千万不要在料峭的山口读书,
真的,我知道你会珍惜自己。

真的,这话就好像我在劝自己。

还会记得我吗?
胭脂河畔,夕阳西下的余晖里,
你我相遇,

胭脂河

那是我一天当中最美好的时辰。
那个扎着羊角小辫行走在石子路上的小妹,
是轻狂少年心中难以启齿的秘密。

我挥手告别,
告别洒满泪水的青石峡谷。
在水一方的女子,
是我心中永远的佳丽。
人生如同奔腾入海的河流,
我欣赏的浪花我将永远注视。

天上只能有一个月亮,
尽管发光的星体很多,
但是,她们只能使我忆旧。
世间有很多美景,
可是,在我的心中,
青石峡谷是最美的风景!

冬天来了,
请早早穿上棉衣。
最后,我是真的劝慰你:
冬天来了,请别为了赌气,
而站在冰冷的风地里读书。
烦恼时,请忆起,
我也是你的朋友!

韩子清写完这首长诗,亲自给燕子送去,他想再最后一次看看燕子。可是到了县高中后,他才觉得他不能真正地面对燕子,真正面对面看见她,他都不知道自己该说些什么。事实上,几年来,他对燕子的恋情都是单方面的臆想,他从来没有和燕子真正面对面地相处过,哪怕是简单的面对面交谈,都没有。当他正犹豫着是不是直接把信交给燕子的时候,他碰上了燕子的好姐妹,也是他的学生王彩霞。他像碰上自己的知心朋友一样,向她倾诉了自己这么多年来对燕子的情怀,拜托她代他向燕子说声对不起,并把信交给她。他这样做了,他以为这段情也该就此了结,尽管,从此以后他再也没有给燕子写过信,可是这段苦情对他的折磨却并没有停止,在他以后的岁月里,这段情缘折磨了他很久、很久……

7 时光如梭

当燕子和王彩霞在县高中挑灯夜读的时候,她们的小六妹江莲叶也正在县文化艺术学校勤学苦练。华阳县艺术学校除了开设简单的基础课政治、语文外,主要是学习表演、乐理和舞台基本功,是为县剧团培养后备演员的。专业课教师主要由县剧团的演员担任。江莲叶是那种聪慧乖巧的女孩,一样一样去学,一样一样去练,赢得了剧团里老师们的喜爱,大家都亲切地称呼她小叶子!基本功练习的老师说,小叶子,你的基本功不错,身体的柔韧性和协调性一定要练好,它是你登台演出的基础。小叶子便每天比别人早起坚持基本功的练习。花旦老师说,小叶子,你的音域宽广,音质甜美,嘎嘣脆,最适合唱花旦,跟我学花旦吧。小叶子说,好。一有空就跟着咿咿呀呀吊嗓子、扭步子。青衣老师俞晴从不主动和学生交谈,可是她还是破例称呼她为小叶子,她对小叶子的基

胭脂河

本功练习要求很严格,从不指点她该朝哪一方面发展,但是她看着小叶子的眼神却与别人是不相同的。小叶子感觉到那是一种舞台上才会有的眼神,心里明白青衣老师也是看重自己的,于是就更加留心学习青衣老师的表演技巧。剧团的"台柱子"、过去是唱小生的上官桥,现在三十多岁开始挂须唱须生了,他对待艺校的小演员很和蔼、有耐心。他说,小叶子,现在最主要的是练基本功,不要急着去想登台扮演的角色,把握好现在的时光,多方面的学习,对以后的登台是有好处的。小叶子以后就在各方面都留心,乐理、器乐和舞台基本功等都认真地练习。

小叶子学得很辛苦,也很寂寞,离家太远,一个月也难得回家一次。不过,她最开心的时候是星期天的下午。星期天的下午在县高中读书的三姐燕子和大姐王彩霞会结伴来找她玩,她会拿出平时节省下来的饭票请她们在艺校的食堂吃饭,因为她现在已经是吃国家粮的人了,她的饭票是艺校给发的,不用自己出钱。这一点燕子她们是很羡慕的。有时候她也去学校看望她们,听着校园里传出的琅琅读书声,她也有那么一丝向往,可是就那么一丝,很快就消失了,因为她还有太多太多的东西需要学习。

在这一寸光阴一寸金的日子里,燕子、王彩霞、小叶子她们一头扎进学习里,而此时,她们的另外几个好姐妹是怎么样度过的呢?

苏小卉离开了学校,从此也就告别了自己的学生生涯,每当燕子她们上学时,她总是赶着牛在后山的小路上羡慕地张望,然后偷偷地抹眼泪。她不单是为自己的失身落泪,更多的是为自己缥缈不定的未来而垂泪,为自己没有能力出去找寻娘而伤心。张爱花去州城读师范,惠秀珍在母亲承包的杂货店里帮忙,等待着招工的机会。转眼栗红也初中毕业了,她们家在大庙镇街道上开了一个小餐馆,家里是全镇出了名的"万元户",上不了学,她也不怎么在乎,忙时就在小餐馆帮忙,一有空,就去找惠秀珍玩。两个人亲密地连头上的头花都是互相交换着戴的。她俩也去镇子北头找苏小卉,可是她待她们再也不如以前亲密了,去了几次,她俩也就不再去了。

苏小卉羡慕张爱花和小叶子离开了农村,羡慕燕子和王彩霞有学上,她知道惠秀珍迟早也是要离开的,栗红家境富裕而无忧无虑,她觉得自己和她们是不一样的人,和她们再也玩不到一起了。

光阴飞快,一年多的时间过去了。苏小卉的生活似乎有了一点希望。开始有人向苏小卉提亲。在农村,像她这样的年龄是非常普遍的事情。尽管苏小卉家境贫寒,但人长得漂亮,又读到初中毕业,在农村的女孩子中,算是很拔尖的了,所以提亲的人很多。但苏小卉都不是很满意。直到刘家沟的李家托人来提亲,苏小卉才有所心动。

刘家沟李家只有一个老人在家,儿子一直在部队上,五年前儿媳和孙子随军去了青海。这次儿子全家回来探亲,主要是想给孙子李东在当地订一门亲,结婚后带走,等将来退了休回老家,方便一家人回来定居。

苏小卉的爹很乐意这门亲事。主要是因为对方出手大方,彩礼高出别人家几倍。况且,人家是吃商品粮的,或许还能带小卉随军,结上这门亲事简直就是高攀!在女儿的婚事方面,苏小卉的爹的贪婪、虚荣、奴颜婢膝的性格,表现得淋漓尽致。

在父亲的压力下,苏小卉有一些心动,对方不是农民,还能带自己离开山区,到时候自己也能出去工作,临时工也好,总比一辈子待在贫穷落后的山区、守着静默的大山和几亩薄田过日子的好。自己出去工作,有收入,就会有机会找寻娘。娘呀,苦命的娘。随着年龄的增长,苏小卉对娘的思念更加强烈。

胭脂河

经过两次短暂的见面之后，他们定亲了。苏小卉并不了解李东，大体印象还不错。李东跟当地人相比，人斯文些，皮肤白皙，带了副眼镜。苏小卉对李东谈不上喜欢与不喜欢，但是她很满意，她满意的是看到了未来生活的一丝希望，然而年幼无知的她还不知道在这丝希望中，只是添加了自己太多的对未来生活的憧憬罢了。她渴盼的，不是婚姻的本身，而是自己编织的未来生活。

一年后，十六岁的栗红也定亲了，订婚的那天，苏小卉和惠秀珍都前去喝喜酒。苏小卉自从和李东定亲以后，因为对生活多了一些憧憬，与惠秀珍和栗红的来往就多了一些。栗红的父亲是大队支书，又是镇子上有权有势的头面人物，为栗红挑选的人家是邻村有名的富户崔家。崔家历来就比较殷实，崔建军的父亲在外地工作，有一官半职，母亲贤良能干，深受当地人爱戴，曾经当选过县人大代表，也算当地的头面人物。母亲连生了三个闺女，人到中年得了崔建军这样一个宝贝儿子。栗红是家里长女，崔建军是家里的宝贝，这样的两家人结亲订婚，当然要办得热闹。亲戚朋友、镇政府的干部都来贺喜。双方父母挨个桌子敬酒，栗红能说会道的父亲和崔建军大方得体的母亲很是登对，反而是一对年轻人躲躲闪闪不知道该怎么做，毕竟他们还是不谙世事的孩子。崔建军大栗红三岁，他俩看着这一场热闹，懵懂中似乎觉得这是大人的事情，感觉不出是自己的人生大事。

栗红订婚不久，惠秀珍被招工到县糖果厂当工人了。

订婚以后的苏小卉和栗红待嫁闺阁，两人在一起窃窃私语，一起想象着未来的婚姻生活，更多的时候，栗红是不愿意多想，她的心思还停留在贪玩上。

苏小卉一直在等待，等待李东带她去青海的消息。然而她等来的却是李东父亲退休、全家返回老家的现实。当时，城里企业已经开始裁员了，李东在青海没有正式工作，待业关系依然在青海，回老家后,无法安排工作,暂且待在家里。苏小卉很失望,但她认命了。

时光飞逝,姐妹们的进步都很快:张爱花已经从师范毕业,在她们曾经就读过的大庙镇小学教书,燕子和王彩霞去省城读大学了。苏小卉想自己的日子也应该有点起色,不过此时,她已经现实了许多,对生活也不再抱太多的幻想,她相信,在农村,她会凭着自己的勤奋和努力,把日子过好。不久,苏小卉和李东结婚了。就这样,苏小卉步入了没有爱情、没有激情,甚至看不见未来和希望的婚姻生活。

8 明天他将成为别人的新郎

转眼崔建军和栗红订婚已有四年,栗红叫了崔建军的母亲四年"妈",崔建军也叫了栗红的父亲四年"爸";每年的元宵节、端午节、中秋节栗红都是被请到崔家过节的,每个节日都有过节的礼品,一身衣服或者几百块钱。当然逢年过节崔建军也都按照当地的风俗习惯给未来的老丈人家送节日礼品。两个人按照当地固有的风俗习惯谈着"恋爱",偶尔也会相约去县城看戏或者买新衣服,但每次都有崔建军的姐姐陪同。崔建军有三个姐姐,都结婚嫁人了,全家唯一的一个宝贝弟弟的婚事是每个姐姐最牵挂的。所以,要出门办事或游玩时,几个姐姐总是争先恐后地陪同照顾,生怕他们两个小孩子出了什么差错。

终于到了法定的结婚年龄,一切水到渠成,两家人就筹划把他们的婚事给办了。

两个孩子虽然是到了结婚的年龄,而实际上在家庭的保护伞下,他们却没有承担过任何生活责任。初中毕业以后,栗红平时在家,忙时在小饭馆打打下手,闲时就是闲逛或者兴致来了做点针线活。崔建军是家里最小的独子,从小被父母、姐姐们娇惯着,一般不下地劳动,农村的日子慢慢也好了起来,崔家本来就殷实,所以并没有指望儿子在地里劳动。就这样崔建军初中毕业以后的几年,实际上都是闲逛瞎混的,没有学到任何一技之长,只是结交了不少酒肉朋友。崔建军为人豪爽,出手大方,一些游手好闲的青年都喜欢和他交朋友。好在他从小母亲家教严格,他在闲逛的几年里也没有惹出什么事情,就是沾染上了打麻将,偶尔去小赌几把。由于惧怕母亲,他便不敢太放肆,加上早早定了亲,未来岳父家就在镇子上,且是有声望的人家,他在赌博的时候还是很收敛的。

结婚前夕,两个人到县城定做结婚家具,是崔建军的大姐相陪的。大姐忙前忙后,悉心照顾二人,自己贴进去不少的钱,心里却是乐意的。拍婚纱照是二姐相陪的,从选婚纱到挑照片,二姐不辞劳苦,颇费精力。买新婚衣服、首饰时,是年龄长他四岁的三姐一起去的。不过每一次去县城,栗红都会约上自己的结拜姐妹——四姐惠秀珍。惠秀珍向工厂请了假,全程陪同。

四年的时间似乎在栗红的身上没有发生太大的变化,她的个头没有长高,依然是肉嘟嘟的娃娃脸,白白胖胖的身子。可是惠秀珍在这几年里拔节似的疯长了,足足高出栗红一头。她们俩手挽着手走在前面,崔建军和大姐走在后面。崔建军看着高挑丰腴的惠秀珍昂首挺胸,一袭长发瀑布般地在她平展的背上飘动,他的眼神就有些迷离。他赶紧低下头,可是一双眼睛却停在惠秀珍晃动的两条腿上。他猛然觉得自己浑身燥热,很不自在。大姐没有注意到他的变化,很欣赏地看着惠秀珍对弟弟说,在县城当工人就是和农民不一样,你看秀珍的穿着打扮多洋气。三姐看到惠秀珍现在的模样时,背过栗红,直接对弟弟说,其实她和大姐、二姐当初是看好惠秀珍的,可妈妈却坚持选定栗红,说栗红是好人家的女儿。她不就是嫌人家惠秀珍妈妈在街道开个杂货店结识的人多嘛,人家妈妈长得漂亮,女儿也漂亮,这本来就是事实嘛!三姐只管自己说话,根本就没有注意到弟弟的反应,在她们眼里,弟弟还是个孩子,是不懂这些的,弟弟在任何事情上都应该接受家里人安排的。

崔建军以前是真的不懂得这些。农村人挑媳妇,主要看的是一张脸。崔建军妈妈常说,你看小红的脸长得多喜庆,一看就知道,将来是个有福气的人。男人长得有福气,只能给自己带来好运气,而女人就不一样,长得有福气,会给全家带来福气的。崔建军听惯了这些话,也觉得栗红的娃娃脸很可爱,因为三个姐姐基本都是这样的长相。可是就在结婚的前夕,尤其是他注意到惠秀珍平展的背和修长的双腿以后,他才明白了女人的美,除了俊美的脸蛋之外,还有别的地方。

崔建军有些犹豫,他不想早早地结婚,他觉得这个世界上还有那么多他不知道、没见过的事情,他不想就这么和栗红结婚,稀里糊涂过一辈子。他想他应该去外面的世界看看,不能总窝在这个小地方一辈子。

崔建军吞吞吐吐地把自己的想法告诉了母亲,母亲大怒,说自己白养了个儿子,她中年得子,熬到这把年纪就是想抱个孙子,儿子却说出这种大逆不道的话。"你就是想出去闯世界,也可以结了婚再去,这跟结不结婚有什么关系?难不成你还想去外边不回来了?再说了,婚期已经定好了,让我给小红家和亲戚朋友怎么交代?"

母亲的态度很坚决,一连几天不和他说一句话。三个姐姐轮番地劝导他,崔建军只好收起自己本来就不成熟的想法,像个木偶人一样看着大家忙碌着给自己准备婚事。

胭脂河

小七妹要结婚了,惠秀珍向工厂请了假专程回来参加婚礼,她和已经嫁人的苏小卉一起赶来帮忙。说是帮忙,其实就是陪伴待嫁的小七妹栗红说说女儿家的闺房话。栗红说,她现在感觉很幸福,崔建军一家人待她很好,她喜欢他们,崔建军是她见过的最英俊的男人,她要好好地和他过一辈子,为他生一堆娃娃!

崔建军的婚事有家里人操持,他几乎没有什么可做,他也不知道该做什么。就这样在全家人为他的婚事忙得团团转的时候,他这个主角却显得无事可做。新郎官要在结婚前一天下午理发,他磨蹭了大半天才去了大庙镇街道的理发馆。理发馆的人知道他要做新郎官了,理发就格外地仔细,鬓角和额头做了认真的修饰。天麻麻黑的时候,崔建军才走出理发馆,他有些失落地望了望天空,山区的天空真小!他收回目光的瞬间看见惠秀珍母亲的杂货店亮着灯,惠秀珍颀长的身影在灯光中晃动。他不知不觉地走进了杂货店。

惠秀珍的家在离镇子十几公里外的村子里,母亲一直在镇子的供销社上班,父亲在家务农,她从小跟着母亲在大庙镇长大。她回来参加栗红的婚礼,母亲趁机让她晚上照看杂货店,就回家去了。

惠秀珍正低着头专心地整理货架上的商品,以至于崔建军轻轻走进来的时候,她都没有觉察到。崔建军站在她的身后,看着她平展的背,翘翘的臀部,透过白皙的脖颈,他甚至看见了她坚挺白皙的前胸。崔建军的心怦怦直跳,呼吸急促起来。惠秀珍感觉到有人,猛一转头,看见头发理得整整齐齐的崔建军突兀地站在自己的身后,她一个惊吓。她耳边响起栗红前一天晚上说的崔建军是她见过的最英俊的男人。的确,崔建军是那种难得一见的英俊青年,一米八几的个头,浓眉大眼,轮廓分明的脸庞。惠秀珍就在心里纳闷,以前怎么没有觉出来呢?嘴上说的却是,新郎官怎么跑出来了？

　　崔建军没有说话，只是双眼定定地看着惠秀珍。她被他这么死盯着看得傻了眼，一时不知道说什么才好。崔建军二话不说，伸出双手一把把惠秀珍揽到怀里，喘着粗气说："我心里一直喜欢你！当初给我定亲的时候我的三个姐姐看中的也是你。"他说完这两句话，把惠秀珍抱得更紧了。他已经明显地感觉到她丰满的双乳压在他跳动的胸腔上！

　　三姐在街道喊着他的名字。开席拜客的时间到了，却找不见新郎官。大庙的习俗是结婚头一天晚上主要招待男方家的亲戚，结婚的当天主要招待女方家送亲的亲戚。快要开席了，要新郎官挨桌敬酒，母亲才发现崔建军理发还没有回来，便派三姐去找。三姐听理发店人说他刚走不久，情急之下便在大街上呼喊他的名字。

　　崔建军听到三姐的呼唤声，才松开惠秀珍，他低头在她的脸颊上轻轻一吻便快步离开了。留下了惠秀珍在原地莫名其妙地发呆。

　　第二天，当惠秀珍在送亲队伍里再次看到前来迎亲的新郎崔建军时，感觉似乎一切都改变了。再看看身旁的新娘子栗红，感觉到浑身很不自在，内心也多了一份莫名的惆怅。

9《劈山救母》

　　江莲叶在县艺校读书七年，毕业后直接进入县剧团，跟着剧团的老师在舞台上学习表演，成为一名真正的戏曲演员。第一次登台，她混在人群中以"末角"出场，从戏台一边上场，绕戏台转一圈，从另一边下场。就这么一遭，她紧张得满身大汗，台下的观众如何，她一概不知。后来，她陆续上过台，在《铡美案》中，秦香莲上场时手中拉着的一双儿女，其中的一个便是她。别的演员演这个小角色时，只是随着秦香莲的唱腔时不时地抹点眼泪就行了，而小叶子却不同，她跟在饰演秦香莲的青衣俞晴老师的身边，听着她的唱腔，揣摩着俞晴的情绪变化，随着她的情绪由伤感到愤怒，自己也进入情节，把一个随着母亲千里迢迢寻找父亲的孩子的心情形象地表现出来。花鼓剧《刘海戏金蟾》中，作为众狐仙中的一个，她的唱腔也被很好地展示出来。慢慢地她开始出演折子戏，《柜中缘》里的那个俏花旦，扮相俊美、俏皮，笑声如银铃一般。

几年的舞台配角以后，该是担当主角上场的时候了。县剧团根据当地流传久远的传说《劈山救母》重新改编排练了大型秦腔剧《劈山救母》，由须生老师上官桥担任导演，小叶子主演"三圣母"。在排练的过程中小叶子喜欢上了这个在当地流传久远的故事：

> 相传，有一年王母娘娘寿诞，大摆蟠桃会，各路神仙齐来拜寿赴宴。二郎神的妹妹三圣母和殿前金童二人四目相对，会心地一笑。众仙认为这种轻浮的行为破坏了蟠桃大会的庄严，有失仙家体面。玉皇大帝知晓，勃然大怒，把三圣母贬到华山雪映宫，金童被打下凡尘。
>
> 金童托生到一户刘姓人家，名玺，字彦昌，聪明伶俐，自幼攻读诗文，二十岁考中秀才，适逢皇上开科，他便上京赶考。路过华阴，与雪映宫的三圣母娘娘相遇，三圣母认出他竟然是玉帝殿前的金童转世！她顿时悲喜交加，施法与他结为秦晋之好。
>
> 后来，三圣母的哥哥二郎神杨戬得知此事，大骂三圣母不知羞耻，私配凡夫，违反天条有失仙体，立即把她压在华山

西峰顶上的一块大石头下。

刘彦昌上京赶考,高中进士,被派到洛州当知县。三圣母却被压在西峰,历尽千辛万苦,生下一子,取名沉香,怕被二郎神害死,写下血书,差丫鬟灵芝送往洛州,父子才得团聚。

沉香十岁,得知身世,决心奔上华山,救出娘亲。沉香上华山见到吕祖,起早贪黑,潜心学艺,终于十八般武艺,样样精通。师父赐他兵器和仙丹,沉香救母成功,母子相会。刘彦昌也弃官不做,来到华山全家团圆。

一开始,小叶子喜欢的是故事里的小沉香,被小沉香救母心切、潜心学艺的精神所感动。后来在不断地排练、演出的过程中,她喜欢上了三圣母和刘彦昌曲折离奇的爱情故事。她在演绎戏剧中的人物、揣摩人物心情时所体验到的情感碰撞,让她更加深了对剧中人物的理解,尤其是在上官桥老师扮演的刘彦昌的眼神引领下,她感受到了男女春心萌动的魅力!她迷恋上了三圣母这个角色!

小叶子出神入化的表演,赢得了剧团上下的一致好评。公演的那天,剧团邀请了县上的各级领导、文化名人前来观看,她也请了自己的父母和几个好姐妹一起来。剧院里观众爆满,掌声经久不息。人们看到了飘逸若仙的小叶子在舞台上精湛的表演,她把三圣母仙女的气质、凡人的真情,通过飘逸翻转的水袖,迷离哀怨的眼神,委婉纯正、饱含激情的唱腔淋漓尽致地演绎出来。而上官桥扮演的刘彦昌,尤其是在挂了须以后的出场,他怀抱小沉香讲述身世,以及后来一家人华山下团聚的场景,更是把该剧推向了高潮。上官桥的沉稳、厚重突出了小叶子的娇媚;刘彦昌的沧桑衬托出了三圣母寂寞思夫的愁苦心情。之前在排练的时候,扮演刘彦昌的演员原本定的是和小叶子一同从艺校毕业的男同学,可是

胭脂河

在排练的过程中,大家发现扮相俊美的小生,无论音质多么洪亮都无法演绎出刘彦昌的风骨,更无法衬托出三圣母的仙气和柔情,于是在公演彩排期,才临时换由上官桥出演刘彦昌。因为他是导演,一直参与排练,他一上场很快就融入角色。

公演取得了意想不到的成功,在观众热烈的掌声中,演出人员谢幕持续了很久。演出结束以后,县政府有关领导到戏台上向剧团领导和演出人员祝贺,主管文教、卫生的张副县长握着小叶子的手连声说:"后起之秀!后起之秀呀!"

《劈山救母》的公演在县剧院持续了十多天,又下乡去各乡镇巡回演出,随后又作为代表作参加了州城举办的文艺创作会演,并被推荐参加了全省戏曲创作会演。江莲叶、上官桥等几个人被评为优秀演员。上官桥因此被提拔为县剧团的副团长。

小叶子的事业如同"小荷才露尖尖角"的池塘——春意盎然!少女的情怀也如荷叶上的蓓蕾——红晕慢慢地泛开……

小叶子思春的情怀是从出演《劈山救母》开始的。以前的小叶子只知道勤学苦练,对男女之情很懵懂,当然她也知道男大当婚、女大当嫁的道理。可是排练《劈山救母》时,在唱腔、表情以及表演的动作上要刻画一个春心萌动、思郎情切的女子,要不断地揣摩人物的心理。小叶子揣摩着三圣母的心情,在上官桥老师富有磁性的唱腔和传神的眼神引领下,慢慢地体会到男女两情相悦带来的美妙感觉。在演出的舞台上,她完全忘我地表演,似乎自己就是那个经历了天上人间的三圣母,辗转反侧经历曲折,就是为了与前世今生的情郎刘彦昌相遇、相爱、结婚、生子、团圆!走下舞台,回归到现实生活中的她常常在想,自己的前世是什么样子呢?今生又会是什么样子呢?而自己命中注定的那个情郎又会是谁呢?

《劈山救母》在县剧院公演,小叶子成了剧团里的明星,每次演出完毕,都有一群穿着喇叭裤、烫着卷发的年轻小伙子,跟到后台来看她。其实他们也进不去，道具组的老师会把他们拦在化妆间的门外，他们也不在乎，依然站在门外冲着正在卸装的小叶子边吹口哨，边喊"三圣母、三圣母"。有节奏的口哨声和叫喊声，一直持续到她卸装完毕离去才结束。剧团下乡巡演，每到一处，这帮年轻人都赶到当地助阵呐喊。起初，小叶子很反感这帮流氓习气的年轻人，慢慢地觉得其实他们的喊声听起来很舒服，观众叫喊着戏剧人物的姓名，说明自己扮演的角色吸引人。后来，她走在县城的大街上，也会有人喊她"三圣母"，她就不怎么生气了。

从省城会演回来晋升为副团长的上官桥来找小叶子，他说，小叶子真是天生唱戏的料，表演能力很强，舞台掌控能力也不错。只是有点可惜了，没有生对时候，现在全国的戏曲演出都在走下坡路，真正喜欢听戏的人越来越少，戏曲前景黯淡。上官桥心情沉重地说，剧团自改制以来，入不敷出，尽管这次创作的新剧有所突破，但这只是黑暗到来之前的最后挣扎，再怎么创新，也扭转不了全国的大形势，剧团终将解散。上官桥沉重地说，剧团若解散了，他都不知道能干些什么，而像小叶子这种在戏曲方面有天赋的年轻人，真是可惜了。上官桥接着问，小叶子当初如果不考艺术学校，继续念书，现在也该考上大学了吧？

小叶子还沉浸在首次主演取得成功的欢愉中，她压根就没有去想剧团的现状和自己未来的出路，经上官桥这么一提醒，想到近两年大街小巷涌现出的录像厅，这才意识到剧团的发展前景不容乐观，脸色便黯淡下来。她说，从小一起长大的结拜姐妹，大姐和三姐已经在古城读大学了。

上官桥说："你还年轻，还会有其他选择。"说到这里，上官桥才把话题转到这次来找江莲叶的真正目的上。他是受命向小叶子保媒提亲的！

在小叶子掀起的"三圣母"热潮的"粉丝群"中，有一个打扮时髦的年轻人叫张超,他看上了长相乖巧的小叶子。他的父亲是《劈山救母》第一次公演时上台祝贺演出人员的领导之一,是那个与小叶子握手的张副县长。张副县长当天与爱人一起观看小叶子的演出,对她精妙的表演也很喜欢。张副县长的秘书把这个情况告诉给剧团团长,团长便把这个任务交给刚晋升为副团长的上官桥,因为他与小叶子同台演出,比较熟悉。

张超从小在父亲的庇护下长大,上学时不好好学习,勉强读完高中后招干到县文教局,平时工作很轻松,大多数时间还是同过去的一帮哥们儿闲逛。县剧团排练出新戏,本来对戏曲一窍不通的一帮年轻人却因为能够很容易搞到首次公演的免费戏票而前来观看。观看时,戏曲的表演和情节没有看懂多少,几个年轻人却对扮相俊美的小叶子着了迷。前后十几场的公演,这一帮年轻人一场不落,剧团下乡巡演,他们也去凑热闹。张超其实对女人并不太会欣赏,哥们儿都说小叶子貌若天仙,他也就觉得她确实漂亮。哥们想追求她,他便觉得她应该是自己的,他就把想娶小叶子的想法告诉给当副县长的父亲。

上官桥眼里的小叶子是那种晶莹剔透的女孩子,温柔、善良,有极强的悟性和灵气,是那种需要男人用心呵护的女人。在他心底里认为,张超这样的花花公子是不懂欣赏她的。他本来不愿意保这个媒,可是团长亲自交代下来了,不说又不行。转眼想想,剧团现在这种境况,不知道勉强还能支撑几年,小叶子还年轻,万一剧团解散了,没有其他所长,将来的生活都很难有着落,不如趁着现在风华正茂,找一个好人家嫁了。这么想了,他就觉得张超还算是一个很不错的人选,他有着优越的家世,说不准这才是小叶子最好的归宿呢!上官桥在内心矛盾中给小叶子说了这件事。

小叶子此时对张超还没有多少印象,既然是自己最敬重的上官老师介绍的,她便说,让她考虑考虑。

张超对小叶子展开了追求,在他的一帮哥们儿的簇拥下,只要小叶子有演出,他都要送一束鲜花到后台,他们一群小伙子只是把花送到就走,已经不再对着她喊"三圣母"了。一开始,小叶子说不上来对张超喜欢不喜欢,时间一长,不知道是女人天生爱花的缘故,还是她入戏太深,小叶子看到手捧鲜花冲着自己满眼含笑的张超就有了一种三圣母看见刘彦昌的感觉。慢慢地他们开始约会,他请她吃饭,看电影,上街。张超出手阔绰,每次小叶子都能得到女人虚荣心的满足。张超在她面前话语不多,只是说她的戏真好看,却并不谈论一句戏剧的内容。

　　半年以后,由文教局的一位领导和上官桥做媒,小叶子和张超正式订了亲,不久他们就举办了婚礼。小叶子的父母和亲戚为小叶子能够嫁给县长的公子而感到自豪。唯有小叶子的外公,在宝贝孙女的整个婚事过程中始终保持冷静审视的态度。

10　春水东流去

　　惠秀珍在县糖果厂上班,工厂效益差,工人工资低,她每月的工资不足以应对自己的花销,还需要家里贴补。她从小跟着经营杂货店的母亲,算是过惯了不缺零花钱的日子,平时在穿衣打扮上也比较讲究,这些开支都是她现在的工资应对不了的。

　　父母养着这么一个爱花钱的大姑娘,很是着急,希望早点给她找个人家嫁了,也就省去了供养她的这笔开支。

　　说来也奇怪,长相漂漂亮亮的惠秀珍在婚事方面一开始就很不顺利。几年下来,也有热心的人不断地给搭桥牵线,工厂里也不乏追求者,可是却很难有合适的,不是她觉得人家不好,就是人家觉得她傲气不好接近；好不容易碰上个各方面条件相当的，交往不了多久，人家就嫌她大小姐脾气，花销太大，难伺候。

糖果厂库管科有一个长相憨厚的小伙子叫严飞，为人宽厚善良，大伙儿都亲切地叫他严严。严严比她大两岁，是糖果厂的子弟，内招安排的工作，他家就在县城，在后街有一院子房屋。惠秀珍刚进厂的那一年，他就偷偷喜欢上了她，他觉得她漂亮大方，比起自己城关中学一起念过书的女同学洋气多了。他不敢向她表白，只是默默地关心着她，平时帮她生炉子，打开水，晾洗床单。惠秀珍早就觉察到严严对她的心思，可是她实在对严严动不了心，整日满脸堆笑的严严，见到她就是那几句嘘寒问暖的话，不是忙着为她做事，就是冲着她傻笑。他们俩偶尔一起逛街，矮她半头的严严总是走在她的身后，她高昂着头走在前面，心里映出的画面却是热播电视剧《厦门新娘》里的画面——贫穷、美丽的厦门姑娘迫于无奈的生活，被介绍到台湾，嫁给了又矮又傻的富家子弟。她觉得他俩一起逛街的情景和电视剧里的情景有些像。她不想做电视剧里的那个不甘心的新娘。惠秀珍在经历了崔建军结婚前夜的那么一抱，已经感受到高大英俊的男子的魅力，那种令她心旷神怡的男子汉气味让她回味很久、很久。

崔建军结婚以后，生活开始发生了一些变化，他似乎正如母亲说的那样，结婚以后才算是真正地长大。新婚的崔建军并没有恋家，他和姐夫去潼关贩卖药材，几次下来，增长了不少见识。

这时，大庙开始有了很大的变化，胭脂河周围发现了两座品位极高的金矿，据说周围的山脉里含金量也都不低。金子的光芒无限，慕名而来者络绎不绝。有达官贵人，有地痞无赖，有投资办厂者，有赤手淘金者。大庙镇一下子热闹起来。

崔建军有了去山外贩卖药材的经历，知道了赚钱是需要一定胆量的。崔建军家里经济条件和当地人比一直算是比较富裕的，在当地人还不明白那些矿石粉是怎么一回事的时候,崔建军已经买了几卡车矿石在电碾子上加工黄金了,尽管由于加工工艺简单导致的出金率并不是很高,有时赔,有时赚,可是一两年下来,他手头上就有了一点积蓄,他的胆子就越发大了。他从当地人手中低价收购黄金,拿到湖北、河南一带高价去卖,从中牟取更多利润。他的胆大还直接表现在赌博上,结婚前他很惧怕母亲,偶尔参与赌博也是小赌,结婚后,母亲对她的管教明显地放松了,他就开始频繁赌博,有时,一连几个通宵。

淘金的热潮引起了大庙镇物价的飞涨,就连县城通往大庙的长途客车的票价也比其他地方高,外地人称大庙是华阳县的"小香港"。"小香港"的赌局也在飞速猛涨,手头上有了点钱的人们,下注越来越大,崔建军在一夜的赌局上赢了十万元现金。十万元在二十世纪九十年代初的山区,那绝对不是一个小数目。崔建军拿到"巨款"以后,担心赌徒反悔寻仇,第二天就带着栗红离开了大庙。

崔建军在县城承包了一家国营宾馆,夫妻俩算是有了正当的营生,长久地生活在县城了。

崔建军婚后再次见到惠秀珍,是他来县城定居的半年前。那次,他去襄樊贩卖黄金路过县城,当时他提着个塞着烂报纸的蛇皮袋子,其实里面装的是黄金,有他自己买矿石提炼的,也有他在当地收购别人提炼的。那可是他的全部身家。为了收购黄金,他动用了自己家的所有积蓄,还借了两个姐夫一大笔钱。他当时正想着一个人带着这么贵重的东西下襄樊有点冒险,惠秀珍就出现了。惠秀珍看见穿戴整洁的崔建军手上提着个烂蛇皮袋子,抿着嘴"哧哧哧"地直笑。崔建军说:"咱们农村人出门不像你们城里人那么讲究。"惠秀珍说:"我和你一样,也是农村人。"崔建军接着说:"怎么能一样呢?你是城里的工人,轻松拿工资的人,我是在土里刨吃食的人。"两个人静默了一会儿,崔建军说:"我请你吃饭吧。"两个人一起进了一家小饭馆,崔建军看周围没有人,低声对惠秀珍说:"想请你帮个忙。"惠秀珍说:"我能帮你做什么呀?"崔建军说:"请你给我押镖!"惠秀珍马上明白他的意思。大庙有金矿,人们疯狂地淘金,她是早已知道的。关于崔建军贩卖黄金的事,她也略有耳闻,栗红曾经偷偷地告诉过她,她知道崔建军找她押镖是什么意思。崔建军说,本来这次也是栗红陪他一起去的,可是临出门时,栗红身子不舒服。惠秀珍想,去就去吧,权当帮助七妹栗红呢,反正自己也没有去过襄樊,正好去逛一逛,开开眼。

第二天一大早,两个人扮成快要结婚的情侣出门购买结婚衣物的样子坐上了长途客车,崔建军把黄金装在喝水的搪瓷缸子里,让惠秀珍用网兜提着,胡乱地在上面塞了条丝巾。两个人有说有笑地倒了两次长途汽车,便到了襄樊。崔建军找到事先联系好的买家,办完事把钱汇到自己账户上,才长长松了口气。他说真应该好好地感谢惠秀珍,多亏她一路相伴,人们都以为他们是一起出门的小夫妻,却怎么也不会想到他们竟然带着那么值钱的东西。他们俩美美吃了一顿大餐,走进商场。襄樊的衣服比小县城的衣服时髦多了。崔建军看中一件质地很好的毛呢大衣。惠秀珍说:"好像不太适合吧。"崔建军说:"你试试不就知道了嘛!"惠秀珍说:"我和栗红的身材差远了。"崔建军笑着说:"谁说是要买给栗红的!是买给你的。"惠秀珍说:"怎么能让你破费呢?"崔建军说:"你给我保了一次镖,我也不能让你白跑呀!"

当天是赶不回去了,两个人登记了宾馆,吃完晚饭后,去河边散步。黄昏的时候柳絮飘扬的河边散步的人很多。两个人说说笑笑地不觉夜幕降临,人们陆续往回走。惠秀珍说:"我们该回去了。"崔建军停住了脚步,指着前面不远处的柳树下说:"你看!"惠秀珍顺着他的手势望去,看见有两个人影扭作一团,分明是两个热恋的年轻人在亲热,因为离得很近,他俩几乎都能听到年轻人急促的喘息声。惠秀珍的脸一下子就潮热起来,她抬起脚步快速地向回走,没有走出几步,就被崔建军死死地抱住了。他不管她的反应,把她揽在怀里,就在她的脸上乱啃。她没有反抗,也没有迎合,任凭他疯狂地在自己的脸上、脖子上乱啃。一阵慌乱之后,他拉着她迅速地冲下河堤,在松软的河滩上,两个人完成了热烈的碰撞。风声、水流声都不存在了,两个人贪婪地吸吮着对方,直到很晚才离开。他们离去后,河滩草地上留下了一片猩红,当第二天的朝阳照耀在这片闪烁着猩红露珠的野草上时,它们的长势格外茂盛。可是,有谁能想到这一滩猩红给这片野草带来的短暂茂盛将要用多少泪水来换取呀!

和惠秀珍如漆似胶地在一起缠绵了几日,崔建军越发感到女人和女人之间的巨大差别。和栗红在一起时,栗红就像木头人一样。而惠秀珍就不同了,单单是一双长腿,就让他沉醉,趴在上面,就有一种骑在高头大马之上的威风,而她恰如其分的配合,更令他爽快至极!有了和惠秀珍的经历,回到家后的崔建军怎么看栗红,都觉得太委屈自己了。他又借机偷偷地去县城与惠秀珍幽会了几次。

11 姐妹反目

崔建军提出要和栗红离婚,遭到了母亲的坚决反对。母亲以死相逼,说是他要离婚,得等到她离开人世,否则她是没脸面面对乡亲的。栗红的父亲很聪明,他知道闯荡了几次的崔建军是不同于以前了,他也清楚自己的女儿是有点配不上崔建军,他劝栗红不要和崔建军闹,好好地在家照顾公婆,过不了多久,崔建军自然就会回心转意的。就在崔建军赌博一夜之间赢了十万元的第二天,栗红的父亲就找到崔建军,建议他和栗红离开大庙,他说,这里的金矿快要挖完了,大庙迟早要恢复到原来的贫瘠和安静,他们还年轻,应该趁着现在手头有钱去县城求个发展。栗红的父亲当了多年的大队支书,在县城多少还有一些关系,帮助他们承包了一家国营宾馆。

　　崔建军在极不情愿的情况下,带着栗红来县城发展。他一再给惠秀珍解释,请她相信他,给他一段时间,他会说服他母亲的。

　　惠秀珍本来对两人的事情还有些后悔,觉得对不住七妹栗红。可是,崔建军再次来找她时信誓旦旦地对她说,他坚决要和栗红离婚,娶她,因为他内心一直以来喜欢的人是她!惠秀珍便在心里给自己找到了安慰,爱情是自私的,她只能对不住七妹了。在和崔建军欢愉的时候,她甚至觉得栗红作为一个女人得不到自己丈夫的爱,是很可怜、很可悲的。

　　惠秀珍一心等着崔建军离婚,可是等来的却是他携妻来县城定居。她这才知道真正可怜的人是自己,惠秀珍痛恨崔建军,痛恨他不该来招惹自己,她下定决心以后不再见他。可是不明真相的栗红刚到县城生活,很多方面不熟悉,很多事情都得找惠秀珍帮忙,事实上惠秀珍还是会经常见到崔建军的。而崔建军一逮着机会便会向她倾诉相思之苦。惠秀珍本来心里对七妹栗红还有一丝愧疚,可是看到她什么都不懂、什么都不会做,事事都依赖崔建军,就在内心很看不起她,就相信了崔建军的话娶了栗红这样的女人做老婆,白瞎了他这个男人!

　　小叶子新戏首演的那天,几个好姐妹相约去剧院给小叶子捧场。除了去古城读大学的王彩霞和燕子外,在大庙小学教书的张爱花、嫁作人妻的苏小卉、栗红和在县城上班的惠秀珍都来了。她们看着小叶子出神入化的表演,都很激动。小叶子在《劈山救母》中三圣母的扮相征服了观众,剧院里的掌声此起彼伏。

惠秀珍是在小叶子表演到三圣母被哥哥二郎神压在华山之下思念刘彦昌的时候悄悄地离开的,那样的场面让她泪流不止,相爱的人不能在一起,思念使人肝肠寸断。她出了剧院,在回厂的路上竟然碰上了崔建军。惠秀珍还没有从三圣母悲伤的情感中回过神来,却撞上了他。再次相见,多瞅了几眼,那眼神更像是三圣母思郎情切的眼神。崔建军趁机向她倾诉相思之苦,两个人便迷迷糊糊地走进了他家的宾馆。

栗红也是在演出还没有完全结束时就离开的,她不放心崔建军。自从上次崔建军提出来要离婚,她就多了一分警惕,尤其是到县城以后,她对崔建军一直很留意,可是半年了,也没有发现什么异样。栗红是看到小沉香在华山上寻找母亲时起身离开的,她告诉张爱花和苏小卉,自己家里有事,要先走一步。栗红回到宾馆,先到前台查看了一下入住的情况就上了楼。走到二楼拐角的那间客房时,里面竟然亮着灯。她清楚地记得那间客房的卫生间下水出了点问题,几天以来一直没有客人入住,况且她刚才在前台登记簿上没有看到登记这个房间。她返身下楼确认了这间客房确实是没客人登记,便拿着钥匙去开门。钥匙刚要插进锁孔,她听到了她再也熟悉不过的声音——自己丈夫的呻吟声。她想着要离开,可是拿钥匙的手却不自觉地打开了门,她看到了她永远也不想再看到的一幕。她轻飘飘地喊了一声:"我的好姐姐呀——"人就晕死过去了。

栗红苏醒过来的时候,惠秀珍早已离去,崔建军坐在她旁边不停地抽烟。她想听听他的解释,哪怕是口是心非的谎言她都愿意听,可是他什么也没有说,任凭她泪如雨下,他都没有吭声。可怕的冷漠僵持了整整一夜,天亮时分他撂下了一句话:"我们离婚吧!"随即离开了。

可怜的栗红此时能想到的便是回家。中午,她起床后草草地吃了点饭就回了大庙镇。栗红的父亲知道可怕的事情终于发生了,可他怎么也没有想到居然是与栗红亲如姐妹的惠秀珍。她一个吃商品粮的工人,不好好地找个人家,非要下贱地来抢自己姐妹的男人。本来他平时看着杂货店里的秀珍娘还是挺顺眼的,徐娘半老、风韵犹存,没事时也会搭讪聊几句,现在看来真是一对不知羞耻的狗母女!

发生了这样的事情,可怜的栗红只知道在母亲的怀里流泪,她哪里知道一场闹剧就此上演。栗家在大庙镇街道是大姓,尽管父亲没有亲兄弟,可是叔伯兄弟好几个。栗红的父亲当大队支书多年,对栗姓本家平日里很是关照,各家平日里都走得很近。先是栗红的一位堂兄大嫂去杂货店买东西,不知怎么的就和秀珍娘吵了起来。惠秀珍的母亲平日如阿庆嫂一般应付各式各样的顾客,很少和顾客红过脸,可是当天无论她怎么解释,对方都是不依不饶,竟然走出商店站到大街上吵了起来。接着大嫂的几个小姑子、栗红的几个同姓妹妹都上前帮忙,一场争执,最后竟演变成了一场骂街!既然是骂街,什么难听的话都出来了,下贱婊子,勾引汉子,骚货,有什么样的娘,就有什么样的女儿……直到一伙人骂累了,离去了,惠秀珍的母亲都没有明白是怎么一回事。

第二天一大早,栗家的一位七十多岁的爷爷去杂货店买灯泡,他站在杂货店和老板娘聊了几句,顺便问昨天晚上出了什么事,那般吵闹。惠秀珍的母亲笑盈盈地说:"没什么,年轻人热闹,打扰您老的清静了!"她的话还没有落音,老头的老婆不知从哪里突然冒出来,大喊大叫:"真是不要脸到家了,连个老头子都不放过!"老太太哭喊着,"你勾引年轻人罢了,你糟蹋这老头子作什么?难怪我总是发现我的钱少了,都是这不要脸的老头子贴给你这骚货了!"栗老汉也不知道好好的老婆抽什么疯,一时百口莫辩。几个栗姓的大闺女、小媳妇及时出现了,说是劝自己的奶奶,结果个个说话都是夹枪带棒的,拉来扯去,老太太居然晕死了过去,大家手忙脚乱地把她送往镇卫生院。这时,栗红的父亲出现了,他对惠秀珍的母亲说:"这么做不妥吧,我婶子年纪大了,万一有个好歹,我们家的那几个脾气不好的兄弟如果做出点什么事,你可别怪我没有给你提过醒!"惠秀珍的母亲委屈地说:"栗支书,您可不能信老太太的话。"她的话还没有说完,栗红的父亲已经走出了很远。

几天以后,崔建军的母亲出现在杂货店。这两个在当地都小有名气的女人,多少年来却很少打交道,现在终于面对面了。崔建军的母亲看似很客气,却不乏轻蔑地说:"请您管教好自家的闺女,我们崔家是高攀不上您家的。"惠秀珍的母亲登时就瘫坐在椅子上。多少年来,崔建军母亲这个大庙的"政治名女人"始终看不上、也不服气她这个后起之秀——大庙镇的"商界名女人",两个女人平时很少往来,偶尔碰面也是客客气气地打声招呼,其实双方都明白,不想自己输给对方。可是,就在秀珍娘这个后起之秀快要替代崔建军娘这个过气的名女人时,她却输在了女儿身上,竟当面遭受人家的羞辱,却不能有任何辩解。惠秀珍的母亲感觉自己多年来所营造的体面,都在这件事上给丢尽了。

然而,更可怕的是,栗家老太太三天两头去镇卫生院,只要她一去卫生院,就会有栗家的人来闹,说老太太的病是因她而起的,闹得杂货店几乎营不了业。

惠秀珍原本对栗红还怀有一丝歉意,可是经她们家这么一闹,她在心里扯平了,觉得谁也不欠谁的,索性就逼着崔建军离婚。崔建军也觉得栗红家这么闹腾有些过分,就更加坚定了离婚的决心。

栗红也没有料到事情会发展到这一步,其实,她再怎么伤心,只是想要丈夫能回头,她并没有想要大家如此难堪,可是一旦家里人介入,就不是她所能控制得了的。

这场婚姻保卫战并没有持续多久,便以栗红的胜利而宣告结束,因为栗红恰好在这时怀孕了。崔建军的母亲以死相逼,一定要这个孩子,她带着栗红去了他们在县城的家,专门照顾栗红的生活起居,直到她顺利生产。

12 生活变故

惠秀珍的母亲是大庙方圆几十里的美人,初中毕业后被抽到供销社上班,后来就转正为吃商品粮的正式工。她人聪明,脑子活,善于经营,把承包的杂货门市部打理得很好。她一辈子争强好胜,没有想到四十多岁的时候竟栽在自己女儿的事情上。栗家的故意吵闹和侮辱谩骂,使她的名誉扫地、颜面尽失,人们开始绕着她走,杂货店的生意一落千丈。可这还不是最令她头疼的事,她最头疼、也最心疼的是自己的闺女,无论怎么开解,她就是听不进去。看到栗家如此闹腾,她竟公开承认了自己和崔建军的私情,并扬言要崔建军离婚娶她。崔建军的母亲,那个五十多岁、依然高傲的女人,本来就对惠秀珍的母亲——这个后起之秀不屑一顾,两个人平素里很少有交集,可是在儿女的事上却成了冤家。惠秀珍的母亲被对方当面奚落和鄙视,却不能辩解个什么,她只好忍气吞声。自己受点委屈,忍忍也就罢了,可是她心疼女儿,她知道女儿再怎么坚持,在这件事情上都是不会有好结果的。大庙镇的杂货店是再也开不下去了,承包合同一到期,她就撒手不干了,自己的一辈子就这样了,她只想专心帮女儿渡过这一关。

栗红怀上了孩子,惠秀珍绝望了,加上父母苦口婆心的劝解和哀求,她答应了严严的求婚。父母对这桩婚事比较满意,三个月后俩人就把婚事给办了。

崔建军知道惠秀珍要结婚的消息后,发疯一般地去找她,哭求着要她等他一年时间,要她一定相信他,他一定会离婚娶她。

惠秀珍以前的事,严严多少也有所耳闻,可是他太喜欢她了,他知道漂亮的女人都会有一点是非,他不在乎,他觉得他能够娶到自己爱慕已久的女人就很幸福了。

新婚的惠秀珍并没有感受到蜜月的幸福,她心里充满了对崔建军和栗红的仇恨。然而,每当夜深人静,严严和她亲近时,她的眼前却总是晃动着崔建军强健的躯体。

严严对自己的新娘细心、体贴,可是他觉得无论他怎么努力,他们之间都似乎隔着点什么。他想方设法地讨她欢心,给她买漂亮的衣服,做各种各样的好吃的哄她,陪她去古城游玩……可是任凭他对她无微不至的关心、呵护,她都很难从内心接纳他。她的内心如一潭死水,怎么也泛不起一丝波澜。

惠秀珍婚后习惯了一个人闷闷不乐地行走在洛河畔的杨树林中,她觉得她的整个身体都如同她的精神一样死去了,不可能再有激情。直到有一天,她在杨树林漫步时猛地一抬头,那个熟悉的男人突兀地出现在她面前,她又明显地感觉到自己全身的血液开始快速地流淌,她的呼吸又开始急促起来。她恨栗红,恨栗家人对母亲的侮辱和伤害,这些成了她继续和崔建军交往的借口。只是,她在内心觉得有点对不住严严。

糖果厂的效益越来越差,惠秀珍第一批被裁员下岗,严严让她待在家里,舒舒服服地做太太,可是严严的工资并不高,而且也面临着下岗的危机。

胭脂河

　　大庙的淘金狂潮吸引了严严。惠秀珍的父亲与人合伙买了一个报废的洞子（小矿井），在别人开过的洞子里找残留的金矿石。严严离开糖果厂后就加入淘金的行列，他入股岳父的小矿井。他想多挣一些钱，让自己心爱的女人看到自己也是有能力的男人，想让他们将来过上幸福的日子！然而，半年后的一天，他走进洞子，却再也没有能走出来。当人们从塌方的洞子里把他刨出来时，他已经面目全非，一只胳膊怎么都找不见。

　　噩耗传来时，惠秀珍震惊地失去了知觉，她想不明白一个人怎么说没就没了。就算她根本就不爱这个男人，没有把他当作生命中重要的人，她想着有一天会和他离婚，离开他，可是她并没有想到会以这样的方式离开他。当闻讯的亲戚朋友相继赶来安慰她的时候，她才感觉到这个男人才是自己生活中的重心。出事以后，父母亲寸步不离地陪着她，帮忙料理后事，可是她最在意的男人崔建军在哪里呢？自己的悲痛和无助与他无关，他算是自己的什么人呢？恍惚中的惠秀珍不能多想这些，突然失去自己的丈夫，成了年轻的寡妇，她才突然明白，自己平日不怎么在乎的那个人才是自己生命中最重要的人。尽管她不爱他，想和他离婚，可是她也希望他将来能找一个和自己情投意合的妻子，希望他生活得好，希望他平安。可是，他却就这样可怜地离去了，而他年轻的生命里，什么也没有，没有得到妻子的爱，没有自己想要的孩子……

　　惠秀珍觉得她实在对不起这个可怜的男人，严严昔日的好在她的脑海里一一呈现，那是一个好人呀，老天为什么如此不公？惠秀珍痛恨自己，严严一心想有一个孩子，而她因为对崔建军还抱有幻想，想着总有一天她要离开他，怕生了孩子以后麻烦。她痛恨自己的自私，为了一份虚无缥缈的感情，而忽略了严严，忽略了他的感情，她悔恨自己以前没能待他好一点，没能为他生一个孩子！

　　惠秀珍不吃不喝不哭不闹地呆坐了三天，她用糖果厂做糖果的果酱掺和面粉做了一个义肢,安放在严严的遗体上。她抱着严严发冷的遗体,眼泪如泉水般涌下。

严严是父母的小儿子,上面只有一个姐姐,他们对严严的离去悲痛欲绝。他们把这种痛转化成对惠秀珍的恨,结婚不到两年,严严就去世了,且是在岳父的矿井里出的事。如果不娶这个倒霉的女人,严严就不会下矿井,不去下矿井,就不会有这样悲惨的事发生。更何况,惠秀珍生活上的不检点,严严的姐姐也有所耳闻,他们痛恨她,认为是她害死了严严。

办完丧事,惠秀珍就被严严的父母赶出家门,两位老人说,以后他们之间没有任何关系,他们再也不想见到她这个"丧门星"!

惠秀珍净身出户离开了严家,没有带走自己和严严的任何东西。在出事的矿井,有一些严严的私人物品,在收拾遗物时,她看见了一个硬皮笔记本。她从来不知道严严有记日记的习惯。其实,平时很少言语的他,内心却很丰富,笔记本上是他倾诉的心声,记载着他第一次见到惠秀珍的心动、长久以来的暗恋以及后来的求婚和结婚以后的感受。

2月21日,晴朗

秀终于答应我的求婚了,我感觉很幸福。看来是我这半年来诵读佛经的缘故吧,终于得到了上天的眷顾,赐予我最心爱的女人,我一定会倾我一生去爱护她。

5月3日,多云

终于和我最心爱的女人在一起了。可是我能感觉出来,秀和我在一起的时候,不是很开心,她的笑容不是发自内心的。在一起的时候,我总觉得我们之间好像隔着什么似的,我清楚秀是我心中的公主,而我并不是她心中的王子。

7月20日,多云

胭脂河

　　工厂不能再待了,我决定去大庙淘金,我一定要努力多赚一些钱,让秀过上舒舒服服的日子,向秀证明我也是一个真正的男子汉!

　　9月10日,阴雨

　　结婚一年多了,秀一直不愿意要孩子。父母说我们严家三代单传,希望我们能生个儿子,可我却希望我们能有一个女儿,长得像秀一样漂亮的女儿。

　　9月24日,阴

　　和秀在街上闲转,那个高大的身影在前面的丁字路口一晃而过,我注意到秀的身子轻轻地颤抖了一下。秀突然说,她想一个人走一走,让我先回去。我的心好痛。我很想偷偷地跟在她后面去看个究竟,可是我不敢面对,如果真的揭穿了,我就永远地失去了她。但愿秀是一时的迷失,希望她能早日收回她那颗游离的心!

　　11月28日,小雪

　　今年的冬天真冷,洞子里都结冰了,就像我伤痛的心。我不能失去秀,我一定要留住她,我已经在几包套套上都做了手脚,希望上天眷顾我!

　　12月24日,晴

　　今天是平安夜,我是应该在家陪秀的,但是今天矿井要出矿,人手紧,走不开。过几天就元旦了,我给自己放几天假,好好陪陪秀,我希望上天早点赐给我们一个孩子!

　　笔记本从惠秀珍的手中滑落,泪流满面的她号啕大哭!最后一篇日记是严严出事的三天前写的,严严没有能活到新的一年。

　　惠秀珍觉得是自己害死了严严!她一直看不起这个温和谦让的男人,以为他不懂男女之间的情感,然而他却什么都知道!她觉得公公婆婆说得对,是自己害死了他。如果她能对他再好一点,他就不会那么伤心,不那么伤心,也许就不会出事。他下矿井,完全是为了自己,惠秀珍觉得自己简直就是刽子手,亲手杀死了那个真爱自己的无辜的男人!

离开严家的惠秀珍被母亲带回大庙,她很长一段时间都不能从失去严严的伤痛和悔恨中走出来。本性善良的惠秀珍,是有些任性、刁蛮,可是她却没有想去伤害别人。恍恍惚惚间,在大庙两个多月的时间过去了,她觉得身子越来越沉,去医院一检查,才知道已经怀有三个月的身孕。惠秀珍又悲又喜,她当时的第一反应是严严终于有后了,她立即去见公婆,想让失去唯一儿子的两位老人得到一丝慰藉。可是两位老人坚决不让她进门,并且说像她这样水性杨花的女人,谁能说得清肚子里的孩子是谁的!她欲哭无泪,是自己的错,也怪不得别人。

惠秀珍的母亲苦口婆心地说,把孩子拿掉,她还年轻,还可以从头再来。

惠秀珍说,严严已经不在了,这是他唯一的骨血,她要把孩子生下来养大。

母亲说,惠秀珍现在没有工作,自己生活都有困难,还怎么养活孩子?再说了,她带着个孩子,以后嫁人都困难。

惠秀珍说,天无绝人之路,人总归会活下去的。

严严出事以后,崔建军来看望过一次惠秀珍。可是昔日迷乱缠绵的两个人在这次生活变故之后再次相见,却互相对望着如同隔着千山万水的路人,情怀不再。崔建军客客气气地询问她的生活起居,问有什么需要帮助的。惠秀珍心静如水,不再为情癫狂,对崔建军以礼相待。这个男人和自己一点关系也没有了,自己的日子还要自己来过。一念缘起,一念缘灭,生活的辗转,需要付出多大的代价,才能摆对人生的位置?!

崔建军在知道惠秀珍怀孕的消息以后,来追问孩子是不是他的,如果是他的,他会负起责任。惠秀珍望着这个曾经耳鬓厮磨的男人,如今却形同陌路。她平静地说,她是严飞的妻子,希望他能够尊重亡灵!

清明节那天,腹部微微隆起的惠秀珍在严严的墓前坐了许久,她同严严说了很多话,这是他们认识以来,她说的最多的一次,可是严严却再也听不见了。她说自己以前错了,对不起严严,对不起严家,她一定要把孩子生下来,要把孩子养大成人,希望严严的在天之灵能够保佑她和孩子!

第二年的清明节那天,惠秀珍抱着一个包裹得很严实的婴儿给严严上坟。以后,每年的清明节,人们都会看见一个年轻漂亮的女人带着一个小男孩出现在严严的坟前。

13 平淡生活

三年辛苦的高中生活,让王彩霞和燕子真正体会到求学日子的艰辛,但是在这三四年里,她们也收获了人生以后任何阶段所代替不了的知识和成长,这些对她们以后的人生非常重要。

三年后,燕子如愿以偿考入古城一所重点大学。王彩霞落榜后,复读了一年依然没有希望。王彩霞不甘心,终于说服了父母,去了古城一家新兴的民办大学读书。王彩霞的父母觉得女儿读了这么多年书,就此放弃实在可惜,就东凑西借地拼够学费,送王彩霞去读英语大专。两年后,王彩霞毕业,在家待了半年后,去镇中学代替休产假的英语老师教英语。尽管镇中学比她们上学时有所改观,但相对城里学校而言,教学环境依然很差,英语老师极缺。

在代教的半年时间里,王彩霞认真教书,深受镇中学的老师和学生的好评。这样,王彩霞以代教的身份留在镇中学继续教书。

王彩霞如履薄冰地做着代理教师,她生怕自己失去这份工作,不是担心没办法生活下去,而是觉得那样的话,自己的大学就白上了。她此时最大的希望就是能够长久地做个英语老师,她祈祷着能有机会出现,改变自己的命运,使她能够成为一名真正的教师。

随着胭脂河畔两座金矿的开发,大庙镇街道热闹起来,胭脂河的河水不再清澈见底。宁静平淡的山区生活出现了巨大的变化,有的人一夜间成为百万富翁,有的人一夜间一贫如洗;有的人地位陡升,有的人招来杀身之祸。善良、淳朴的山民开始变得如暴雨后的胭脂河一样浮躁不安,亘古以来的价值观和审美观也在悄悄地发生着变化。

王彩霞在大庙街道遇见了上王村的铁蛋,她很意外,铁蛋似乎变了个人,衣着整齐,腰杆笔直,容光焕发地同每一位熟人打招呼。"彩霞,教书呢!"铁蛋很热情、礼貌地招呼她。

铁蛋小学毕业一直在家放牛,好吃懒做,很不长进,人们都瞧不起他。快到娶媳妇的年龄,打问了好几家的姑娘,人家都嫌他家穷,铁蛋本人又不成器。铁蛋娘气得直抹眼泪,恰在这时,自己娘家叔伯兄弟从部队上转业到县委组织部工作,铁蛋娘就鼻涕一把泪一把地求堂弟看在自己孤儿寡母的份上拉扯铁蛋一把。堂弟也很同情这位寡居多年的堂姐,答应帮助铁蛋学个手艺。

就这样,铁蛋被带进了县城,进了驾校学开汽车。正当舅舅发愁着铁蛋学会开车如何给他找个饭碗时,大庙镇热闹了起来,县黄金公司在大庙附近建了两个金矿,一个一百吨位,一个五十吨位。那么谁当矿长,就意味着将会金粉缠身。为了这个金子般抢手的职位,小小的县城里掀起了惊涛骇浪般的跑官旅程。当然不管

胭脂河

谁是最后的胜利者,县城的各级官员都是最终的受益者。铁蛋的舅舅当然也不例外,受益的零头是铁蛋当上了一百吨矿矿长的司机,不但开上了三菱吉普车,而且成为矿上正式的合同制工人,拿上了工资。人们开始另眼看待铁蛋,觉得衣着整齐的铁蛋长得就是有福气;觉得开着小汽车的铁蛋就是聪明;觉得铁蛋时常能陪同矿长接见县城来"视察工作"的领导,真有本事。总之人们似乎忘记了那个鼻涕长流、连初中都考不上的铁蛋,到处都在说,铁蛋真的出息了。

王彩霞也没有料到铁蛋会派人到她家里来提亲。自从那天在街道遇上之后,王彩霞也觉得铁蛋没有以前那么讨人厌了,的确她在内心也羡慕铁蛋的好运气,甚至感叹铁蛋的命好。但当铁蛋向她提亲时,她却很伤心和愤慨:伤心自己的命运不济,愤慨世道的不公。但是,除了伤心和愤慨,她又能怎么样呢?

从上民办大学到代教的四五年里,王彩霞没有谈过恋爱,不是她不懂感情,而是她过多地担心自己的前途和未来。她是不奢望谈感情的,从小家境贫寒的她明白婚姻是女人的二次投胎。她很现实,她希望能够借助婚姻来解决自己的工作问题。两年的大学时光,因为是自费读大学,她拼命地学习,几乎没有留给自己交友时间;代教以后,也有教师追求她,可她认为无法解决自己的工作问题而一一回绝了。压抑的生活,没有一丝色彩,王彩霞以自己惊人的毅力忍耐着。

当时正流行买商品粮户口,六千元就可以办农转非户口,就可以跳出农门招工招干。事实上,几年以后,商品粮名存实亡,农村户口和非农户口没有太大的差别。但在当时,买个商品粮户口,却是很多农村青年渴求的,尤其是女孩子,买个户口,就意味着身份的改变,就有机会找一个有正式工作的男人。王彩霞尤其渴盼,这样自己就可以名正言顺地参加招工招干,以自己的大专文凭,也有可能稳定地当教师了。但是，这对她来说是奢望，她当年读大学的债务都没有还清，家里不可能再为她花钱了，家里人还指望着她能够嫁得好，来帮衬家里呢。

对于铁蛋的提亲，王彩霞家里人很满意。他们觉得铁蛋既会开车，又是金矿的正式工人，工资又不少拿，这样的人家真是打着灯笼也难找。铁蛋还说，他之所以看中彩霞，是因为彩霞有知识、有文化，他要为彩霞买商品粮户口，让彩霞招工成为正式的教师。

王彩霞在家人的劝说下，进行了理智的权衡分析，她知道凭借自己的努力，就只能这样了，在周围接触的人群里，能解决她工作问题的也许只有铁蛋，尽管铁蛋不是自己所期望的对象，可是，还会有更好的吗？人生无常啊！想想自己的姐妹，苏小卉委屈地结了婚，听说又在闹离婚。唉，人生，比上不足，比下有余，知足常乐吧。王彩霞答应了铁蛋的提亲。铁蛋果真为彩霞买了商品粮户口。一年后，通过舅舅的关系，王彩霞顺利地招了工，以工代干，进了教育系统，成了正式的人民教师。

王彩霞顺理成章地嫁给了铁蛋。新婚之夜，王彩霞无所谓快乐，无所谓忧伤，只是有点遗憾，不知不觉中竟掉下几滴眼泪。爱情到底是什么？爱和被爱的感觉自己永远也体会不到了。不知怎么地，王彩霞就想到了燕子，想起了韩子清，想起了韩子清写给燕子的信："青石峡口的小妹哦，你是游走人间的精灵，永不枯竭的龙王潭水，哺育了你离合的双眸，神秘梦幻的青石峡谷，是你谜一般的性情……"燕子多幸福呀，那是多么美妙的诗句啊，怎么就没有人写给自己呢？

结婚后，王彩霞的生活确实有了很大的改善。经济上比较宽裕，衣服也高档起来，还能时不时地接济娘家。开始她还比较快乐，可是时间一长，她就怎么也高兴不起来。表面上衣着整齐、彬彬有礼的铁蛋，很难掩盖他粗陋的本质，加上婚前婚后经济上一直都以铁蛋为主,平时还要接济父母,铁蛋在她面前更是财大气粗,对她呼来唤去,更谈不上共同语言了。

有了孩子以后,王彩霞把希望都寄托在孩子身上。她悉心教育女儿,希望女儿长大能有出息,能够真正掌控自己的命运。

空闲的时候,她会偶尔去青石峡口转转,回想着七个姐妹一块儿上学、放学的情景,她会禁不住地热泪盈眶。傍晚坐在胭脂河畔,她在想,燕子现在的生活是什么样呢?她该是怎样自由自在地追求自己的爱情和事业呢?韩老师现在不知道怎么样了,还是那样苦苦地思恋燕子吗?还是那么颓废吗?不知道他还作不作诗?还会不会在吟诵"胭脂河上遇胭脂,胭脂流水暮秋迟"的诗句?

14 戏剧人生

小叶子嫁给了县长的公子,住进了整洁、漂亮的政府家属院。大庙的亲戚邻居都感叹她命好、有福气,剧团里的同事也很羡慕她,剧团的同事们说她从此以后就不用担心剧团解散以后的工作问题了。小叶子也觉得自己的幸福生活从此开始了,她似乎觉得她在人群中找到了自己前世今生的情郎。

小叶子是怀着三圣母在凡间重逢前世情郎刘彦昌的情怀同张超相处的,她沉浸在戏曲情愫中,把一切都美化了,包括她与张超的相识与相处。短暂的恋爱期间,张超专挑女孩子喜欢听的话说给小叶子,都是事先想好的。一起吃饭,一起逛街买东西,张超出手一般很大方,小叶子喜欢的一般都买给她,平时吃饭也多数是和张超的哥们儿一起,大家你一句、我一句地夸着小叶子,哄得她很开心。然而两个人却很少真正有过思想交流,其实像张超这样游手好闲的干部子弟也谈不上有什么思想,而小叶子此时的思想也多是从戏文中领悟到的。

结婚以后,两个人真正地生活在一起,问题很快就出现了。张超追求小叶子时的文雅风度在结婚后消失殆尽,在家里,他是一个十足的小混混,好吃懒做,说话做事粗俗而不拘小节,很少顾及自己新婚妻子的感受。张超喜欢的是舞台上扮相俊美的小叶子,而现实生活中的小叶子却很古板,凡事喜欢较真,完全没有了在舞台上的风情。

小叶子十二岁进县艺术学校,主要练习基本功和唱戏,她的思想、审美情趣几乎全是从戏文中得来的。正所谓"戏中有文文中有戏识文者看文不识文者看戏,音里藏调调里藏音懂调者听调不懂调者听音"。小叶子是既识文又识戏、既懂调又懂音的人,她在戏曲的学习中,形成了自己的价值观。她眼中的好女人,便是舞台上的青衣,挪动着细碎的莲花步,翻转着曼妙的水袖,"咿咿呀呀"的声调,见到男人会脸红,懂回避,含蓄而内敛。当然,不是说小叶子学戏学得痴呆,把戏剧搬到生活中去了,而是她深受戏剧中传统思想的影响,在现实生活中的表现是说话缓慢而声音较低,不苟言笑,把男女之事看得神秘庄重,即便是在自己的闺房、自己丈夫的身边,她也很放不开。两人相处时,她很想和他谈谈戏曲中的情爱来引燃夫妻之间的床笫之悦,而张超并不懂也不喜欢戏文,他觉得夫妻之事就是关起门来男女之间最直接的交欢。而这种交欢,并不能够给小叶子带来精神上的享受,几次下来,她觉得还不如唱戏给自己带来的欢愉。小叶子明显不能满足张超的需求,新婚没有多久,张超又和他的一帮哥们儿追逐其他女孩子了。

把男女之情看得很神圣的小叶子,没有想到张超对男女之事如此放荡,她怎么也不敢相信自己眼中的"刘彦昌"在现实生活中竟然是这个样子,新婚不久的小叶子就一直闷闷不乐。

胭脂河

　　结婚以后的小叶子和公公婆婆住在一起,她如旧社会的小媳妇一般,凡事谨慎,处处留心。可是,还是没能讨得公婆的欢心。婆婆说,真是山里长大的娃,没见识,什么都不懂、都不会做,戏台上看着那么机灵的一个人,在家里怎么就这么笨呢?公公是领导,经常会有一些客人来家里拜访,小叶子不善于应酬,有时候还会出一些差错,公公对此很不满意。一个周末,公公临出门时,对婆婆说,今天有人送家具来。小叶子和婆婆在家,午后,婆婆的牌友唤她去打牌,婆婆给了她五百元钱,要她把钱交给送家具的,让人家开好收据。家具送来了,是一整套暗红色的实木家具,有沙发、茶几和大衣柜。小叶子一下子傻了眼,这么多家具,怎么说也要好几千块,婆婆是不是搞错了,给五百元,怎么能够呢?小叶子把送家具的人拦在门外,送家具的拿出了收据,小叶子吃惊地看见上面的金额正好是五百元。小叶子说,会不会搞错了?一张饭桌也需要五百元吧。送家具的人坚持说没有弄错,小叶子起了疑心,心想,公公是副县长,会不会是有人来求他办事,送礼的?一想到这里,小叶子认为自己可不敢乱收人家的东西,影响了公公的声誉。小叶子坚决不收,送家具的人只好把家具运走。晚上,公公回到家,知道此事以后,一句话也没有同她讲,把婆婆叫到房间,严厉地训斥了一阵,小叶子吓得待在自己的房间里不敢出声。

　　这件事后,婆婆对她意见更大,以前只是唠叨她,后来就公开地呵斥她,说没见过她那么愚蠢的人!她做的任何事情婆婆都看不上眼。小叶子在张家的日子举步维艰。

　　刚结婚时,小叶子的公公张副县长说要把小叶子调到文教局工作,她说她想留在剧团,她就喜欢唱戏。张副县长没有理会她,之后好长一段时间不再提她调动工作的事情。自从那次家具事件之后,公公就很少搭理她了。

　　张超明目张胆地在外边鬼混,越来越冷落小叶子,她在公公婆婆面前受的委屈,不能给自己的丈夫说;在丈夫面前受的委屈又不能向公公婆婆诉苦。婆婆看到她愁眉苦脸的样子,便说,张家怎么会娶了这么一个倒霉的苦瓜脸媳妇。有时候竟挖苦她,刚结婚就拴不住丈夫的心,也不好好检讨下自己。

小叶子心里苦闷,喜欢在剧团里多待,可是剧团里的演出越来越少,大家练功也没有以前那么用心了。剧团里已经开始有人想别的生活出路了。上官桥对她说,你能有好的工作去处,就尽早办吧,剧团迟早是要解散的。小叶子说,我只会唱戏,只想待在剧团里,实在没有戏可唱了再说。

小叶子从剧团出来,心事重重地走在大街上,迎面碰上了张超和几个男男女女说笑着走向歌厅。看见她,搂抱着女孩子的张超竟没有丝毫的羞愧,并且很坦然地对她说,你先回家吧!她的血液在那一刻凝固了,她这才明白她的现实生活中从来就没有遇见爱情,她的所谓的婚姻则是一次彻底的失败。

剧团有了一个新的演出任务,省上的一个检查团来县上检查工作,华阳县一家企业赞助剧团演出。上官桥要求大家,一定要重视这次演出,这关系到剧团的生死存亡。县剧团的压轴大戏《劈山救母》当然在演出之列。剧团已经有好几个月没有演出了,小叶子全身心地投入到这次演出中,一出场是柔情怀春的"三圣母",救难离别是肝肠寸断的"三圣母"……她把几个月来压抑在胸中的苦闷通过戏曲宣泄出来,最后一幕,沉香用月牙斧劈开华山西峰,"三圣母"装束的小叶子从高台布景走下来的一刹那,她的眼前却呈现出张超的面孔,张超的面孔不断地变换,含笑的、愤怒的、狰狞的,公公的冷眼、婆婆的谩骂、嘲笑——她眼前一阵昏眩,重重地跌倒在舞台上,沉香上前呼喊着娘亲,搀扶着她站立起来,灵芝带着刘彦昌上前,一家人团聚。小叶子愣是支撑到厚重的帷幕缓缓合拢,她又一次跌倒在地。

胭脂河

小叶子从高台上跌下的那一瞬间,脑子里不断地重复几个字:错了,今生真的是错了!

今生错了,还会有来世吗?

小叶子从高台上跌下来,大腿骨粉碎性骨折,直接送往省城医院治疗。整个治疗期间张超只是在周末时来看望她两次,送一点住院费而已,她母亲一直陪护着她。躺在病床上的小叶子,内心的疼痛更甚于身体的疼痛,夜深人静的时候,她躺在床上对自己短暂的二十年人生做了简单地回顾,她猛然觉得,其实在自己二十多年的生命里,感情经历竟然是一片空白。和张超的交往,算不上谈恋爱,和张超近一年的婚姻生活,在她的生命中竟然分量很轻。在最痛苦的时候,她想到自己的外公和父母,想到自己的姐妹,甚至想到恩师上官桥,唯独很难想到张超,张超对她的漠不关心,甚至引不起她过分的伤心,而她最伤心的是腿骨不能恢复正常,她就不能重登舞台。江莲叶这才意识到其实她自己也并不爱张超,她真正爱的是唱戏。有时候病房里人少的时候,她还会禁不住地哼唱几句"三圣母思春心烦乱,女孩儿不该做神仙"。她突然意识到和张超的交往,正是自己到了女孩儿思春的年龄,其实他们之间根本就谈不上情投意合,也怪自己的虚荣心作祟,以为嫁给干部子弟就会有很好的生活,结果——错了,真的是错了!可是人生从来都是一场直播剧,绝对不容许彩排!戏文里所谓的前世今生,只不过是人们不甘心一世里的过错或者失误,期望能够拥有重新来过的机会而编撰的美好的故事而已。

小叶子在床上躺久了,想念最多的还是剧团里的人和事。上官桥来看望她,在看到他的那一瞬间,她竟然激动得热泪盈眶,她觉得自己好似舞台上的三圣母重逢了前世今生的情郎刘彦昌!上官桥双眼充满了怜爱,他鼓励她说:"小叶子,你要快点恢复,我们还等着和你同台演出呢。"临走时,他痛惜地对她说:"我对不起你,不该撮合你和张超的婚事。"小叶子说:"上官老师,不关你的事,都是我自己走错了。"

小叶子出院以后,很快和张超办理了离婚手续,一场婚姻的结束,两人看起来似乎都很平静。小叶子随着母亲回到大庙,年迈而依然精神矍铄的外公早早就在院门口等待她,外公拉着小叶子的手说:"娃儿,人这一辈子,没有过不去的坎!"

15 飞来横祸

张爱花中专毕业以后分回大庙镇小学教书,虽然是吃商品粮的小学教师,已经不再是农民,但是依然处在农民的生活环境中,依然要和周围的农民打交道,依然要和镇子上的长舌妇们相处。现实离她骨子里渴求的高雅文明的生活很遥远,她向往着城市人的优雅生活,向往着城市的热闹与繁华。她甚至开始后悔,当初不该去读中专,应该去读高中,也能像燕子她们一样去大城市读大学。

不满归不满,做了小学教师的张爱花还是很努力,她认真教书,努力上进,她等待着,等待着离开山区的机会。三年后,在县文教局组织的青年教师授课竞赛中,张爱花取得了第一名的好成绩。因为这次赛讲,她有了调进县城的机会,很快她成为城关小学的一名教师,很顺利地交上了一位在农业局做技术员的男朋友——一个充满城市气息的白净的男孩。幸福如花儿一样绽放,美满的生活在张爱花的世界里展开。然而,人的一生,有很多事情是难以预料的,福祸的降临,也往往是瞬息之间的事情。

张爱花在青年教师授课竞赛中拿了第一名,由于人长得漂亮,很引人注目。文教局组织此活动时,张超正好参与其中,此时张超与小叶子刚刚离婚,情绪比较低落。他之前见过张爱花,知道她是小叶子的好姐妹,并没有多少印象。在组织赛讲的过程中,他听见评委组的一个老师说了一句"这姑娘不但人长得漂亮,课竟然讲得也这么好",他就仔细地多看了她几眼,发现她长得真不错。他们一起工作的几个男同事也在私下谈论着张爱花的漂亮。张爱花调动到城关小学以后,尽管很快就经人介绍谈上了男朋友,可是仍然有一批青年喜欢追逐着她,张超就是其中的一个。他说不上来是不是真喜欢,反正离了婚,又是自由人,一帮子哥们儿都说漂亮,就跟着起哄了,也算是打发百无聊赖的日子。

张爱花知道他们是县城里不务正业的小混混,骨子里很瞧不起他们。她很同情小叶子的遭遇,对张超满是厌恶。这天下午放学,她刚送班上一个学生出了大门,这一帮人又冲着她吆喝:"小张老师,买好了票,请你一起看录像,香港新片《射雕英雄传》!"其中一个小伙子喊了一句:"小张老师,可堪比俏黄蓉!"大家笑声一片。张爱花看见张超也在其中咧嘴大笑,她想起小叶子的遭遇,不由得怒火中烧。她径直走到张超的面前,充满鄙夷的目光直视着他的双眼说了一句:"你以为你是个什么东西!"然后转身高傲地走了。一伙人愣怔了几秒钟,紧接着是哄堂大笑,这笑声是冲着平日里高傲蛮横的张超的。等张超回过神来,张爱花已经走进校门。他气得牙根痒痒,哥们儿你一句、我一句地冲着他说,怎么样?你也有挨训的时候。张超哪里受得了这样的屈辱,当即与几个哥们儿分道扬镳,一个人气冲冲地走了。

流经县城附近的洛河河滩发现了奇石,石头上有龟裂纹,有很好的研究价值和收藏价值。奇石在市面上价格很高,吸引了一批人加入了"淘石潮",洛河此段的河床几乎被翻了个遍,严重影响了河堤的安全。县政府有关部门下令严禁私自在河套里淘石,文化部门也下令禁止私自买卖奇石。可是一帮唯利是图的商人在利益面前是不会轻易退缩的，大黑就是其中的一个。他是外来的商人，长住华阳县城淘石。他手下有几个专门为他淘石的愣头小伙子，平日里，在洛河沿岸的村庄以低价收购一些奇石，监管放松时，他们自己也在河床里挖石头。据说大黑和古城的奇石专卖店直接联系，拿到奇石，在古城出手，利润颇丰。因为大黑是外地人，他想把生意长久地做下去，就需要在本地有一定的关系，张超便是他找关系的一个突破口。平日里把张超巴结奉承得，那叫一个好。

张超受到张爱花的侮辱，很生气，可是最气愤的还是一帮平时交好的哥们儿，不该在这个时候嘲笑他。他想，如果不是张爱花那个贱女人说了那么恶毒的话，他就不会给哥们儿落下话柄。他越想越气，最后把怨气都算在张爱花身上。

张超气冲冲地来找大黑，向大黑讲了他受的委屈，本来说说也就算了，可是大黑越是夸他，他越觉得咽不下这口气，最后竟发誓他一定要报复张爱花。大黑说，怎么能让小弟你亲自动手，让弟兄们去替你出出气。说话的时候，大黑的三个手下正同他们一起喝酒，张超已有些醉意，摔着酒杯说，现在就去！大黑对手下使了个眼色，三个小伙子立即就出去了。

县城很小，大黑的手下很快就找到了张爱花。她正和技术员男朋友在洛河畔的杨树林中散步。傍晚时分，张爱花与男朋友手牵着手卿卿我我地憧憬着未来，三个彪形大汉正尾随着他们。凉风不时地掀起她的裙摆，三个大汉分明看见了她白皙、光滑的大腿。

终于找到了下手的机会，三个大汉把张爱花的男朋友暴打了一顿，其中的一个撕烂了她的衣裙，羞辱了一番。警告她这就是辱骂"超哥"的下场。此时，张爱花才明白是怎么一回事，她捂着自己仅存的一点遮盖私处的衣服大喊:"我不会放过你们的,我要报警!"

三个大汉本来转身已走,听张爱花说要报警,就转了回来,为首的一个一边抽打着张爱花一边骂道:"小贱人,我叫你嘴硬!"张爱花竟然和他们撕打起来。

张爱花的男朋友趴在地上,捂着一身的伤大喊:"花花,住手!"又转而哀求道:"大哥,放过她吧,我们绝不会声张。"

张爱花一和他们撕打,仅有的遮盖私处的一点衣物也被撕扯下来,几个大汉的目光开始邪恶起来。张爱花此时害怕了,他男朋友见状大喊:"救命啊,救命啊!"可是此时的洛河畔没有一个人回应。男朋友奋力起身向他们哀求,被他们打晕后,扔到远处。

接下来发生的事情是骇人听闻的。二十二岁的、如花如梦般对未来充满幻想和憧憬的女孩被三个灭绝人性的歹徒轮奸了。风,在河套和杨树林间穿梭;洛河,依然在平静地流淌。一切就这么悄无声息地发生了,离县城不足二公里的河畔,三个野蛮的大汉发泄完后,大摇大摆地离开了。

傍晚,在洛河畔发生的这一切并不是没有人看见。王胜斌——县造纸厂厂长,这天晚饭后一个人在洛河畔散步,他听到女人的呼救声,看到三个大汉对一个女孩子施暴,他本能地想冲上前去,可是又很害怕自己惹火上身。他躲在不远处的树林边悄悄地拨打了110电话。等警察赶到的时候,三个歹徒已经离去,他陪同警察把张爱花和她男朋友送往医院。惨绝人寰的事件给王胜斌带来很大的震撼,他很痛恨自己当时没能勇敢地站出来同歹徒搏斗,他很同情张爱花的遭遇,在强烈的自责和同情下,他给予张爱花最无私的关怀和帮助。他把张爱花送到县医院,并不时地探望她,在精神和物质上给予莫大的关心。灾难降临以后,张爱花的男友很决然地与她分了手,万念俱灰的她在王胜斌的关爱下,又对其产生了心理上的依赖,以至于又上演了另一场感情悲剧,这已是后话了。

歹徒轮奸妇女一案影响颇大,公安机关很快破获了此案。三个歹徒对自己的罪行供认不讳,但坚决否认是受人指使。张爱花怎么也没有想到,在法庭上,她男朋友竟然不指证此事与张超有关。原来张超的父亲授意农业局的领导给其施加压力,为求自保,他竟然不在乎张爱花所承受的伤害,不指证张超。事后,他很快提出与张爱花分手。

真是祸从天降,张爱花在惨重的打击下精神几乎崩溃了,尤其是男朋友的懦弱与无耻,把她推向绝望的境地,她谢绝外界的一切交往,把自己封闭起来。她也不想回大庙,她不愿意面对过去熟识的人。这期间只对一个人是例外的,那就是王胜斌。王胜斌同情她的遭遇,可怜这个不幸的女子,时常去探望她、关心她,她向他倾诉心中的伤痛和苦闷。

在这件事发生后的一年多时间里,张爱花的精神状况很难正常工作,学校让她休假长期休养。王胜斌对她的关心和帮助,原本是出于自责和同情,可是时间一长,面对着柔弱、伤心、漂亮的女子竟产生出一种说不清的情感。张爱花原本性格开朗、生性自傲自强,经历了此劫之后,内心很难平静,心理有些扭曲。有时候,很自卑,觉得人人都看不起自己,都在唾弃自己;有时候又很极端,痛恨着周围的一切人和事。更多的时候她感觉到的是孤独和害怕,王胜斌的关爱,使她在心理上产生了某种程度上的依赖。以前,她很看重感情,经历此劫之后,男朋友的残忍与无耻,让她把感情看开了,有了点游戏人生的态度。王胜斌是真的爱上了这个柔弱、漂亮的姑娘,而她则是对其产生一种依赖。总之,他们的交往就更加密切了。

接下来的情节,同所有第三者插足的故事一样,花花又陷入另一种劫难之中。王胜斌与她过密的交往,以及对她的过分关爱,使得他老婆最终无法忍受。她先是在家同老公不断争吵,接着去城关小学找花花哭诉,希望她能体谅她,离王胜斌远点。说来也奇怪,花花其实和王胜斌并没有什么,但是看着这个哭哭啼啼的半老徐娘,就是无动于衷,没有做任何解释和宽慰。她甚至还有一些幸灾乐祸,她甚至从这位怨妇的身上看到了自己的优势:有人在求自己放开她的男人,有人比自己更可怜!张爱花有种心理平衡的感觉,她似乎重新找到了自己的骄傲。张爱花继续我行我素地同王胜斌交往。王胜斌提出离婚,老婆当然不同意,就开始大吵大闹,接着去城关小学找领导,当着张爱花的领导、同事,把她辱骂得一文不值,把她过去的遭遇血淋淋地重现在同事面前。人们对她更加议论纷纷。张爱花其实并不爱王胜斌,在他老婆的辱骂下,索性就真的和王胜斌发生了关系。本来城关小学的领导对她还抱有同情,这下就更是瞧不起她,关于她的流言,在小县城里像风一样传播开来。

张超的父亲,那位张副县长,怕张爱花这样长期发展下去,社会舆论不好,最终会牵扯出自己的儿子。他以人文关怀的名义授意文教局给张爱花找了一个进修学习的机会,去古城教师进修学院读大学。张爱花终于可以离开小县城了,去到她向往已久的古城,她想把过去一刀斩断,重新开始自己新的生活。但是世事难料,今天的日子有苦辣酸甜,明日又会是什么样子呢?她的未来仍然是一个扑朔迷离的梦。

16 死水微澜

苏小卉结婚了,成为一位俏丽的妇人。一年以后,她的儿子降生。做了妻子、母亲的苏小卉泪水已干,曾经的梦想、曾经的彷徨、曾经的伤痛都已经成为过去,恍若隔世。一切已经尘埃落定,生活已是实实在在的——丈夫、儿子、公婆。做个好妻子、做个好母亲、做个好媳妇,好好地过日子。她清楚,要好好地过日子,首先就要做个好农民,绝不能再像自己的爹一样好吃懒做,过了一辈子窘迫的、在人面前抬不起头的日子,还害得娘下落不明。

李东是随着父亲农转非到青海的,并没有上过大学,在青海也没有稳定工作,只好随着父亲退休回到老家。全家只有小卉和爷爷是农业户口,分有二三亩薄田。李东从小没有干过农活,又不肯出力气,也没有别的营生,几乎整天是游手好闲,没有收入。李东父亲的退休金比较高,在山区消费水平不高的情况下,全家过日子还是绰绰有余的。军人出身的父亲,在部队管理下级是很严厉的,到了晚年对小儿子却很是溺爱。他对小儿子没有过高的期望,只希望他娶妻生子承欢膝下。李东没有钱花的时候就理直气壮地伸手向父亲要,小卉对此很看不惯。儿子出生以后,小卉的生活很窘迫,虽然公公时不时地会给她一些零花钱,但毕竟很少,而且小卉觉得总是花公公的钱不好。小时候,老人们常说一句话:靠天、靠地、靠父母,不如靠自己!日子必须要靠自己去努力。她同李东商量,想让他出去找一份合适的工作,然而在偏僻的山区,找一份合适的工作很难,李东又不愿意干体力活,家里的农活都很少沾手,他几乎已经习惯了待在家里游手好闲的日子。苏小卉劝说了几次,很难与李东沟通,最后争吵起来,公公婆婆对此很不满。苏小卉很伤心,也很失望。伤心自己的命运不好,失望自己的婚姻

胭脂河

不幸。可是,失望归失望,日子还是要过下去。苏小卉用祖祖辈辈流传下来的一句话安慰自己——你生在玉米地里,就长不出高粱来。你要么出类拔萃,成为那群玉米棒之首,脱离那块玉米地,要么你就心甘情愿地当你的玉米棒子,该哪茬就哪茬,该磨面就磨面,该怎么样就怎么样,一切就会好起来的。可是,一切能好起来吗?

儿子满周岁后,苏小卉提出要到大庙镇街道学裁缝。她想,只要自己学下一门手艺,将来也可以开个裁缝店,也是一门营生。她的提议遭到公公婆婆的反对,说像他们这样的干部家庭不需要让儿媳妇在外面劳碌,只需要在家照顾好丈夫和儿子就行了。李东也不支持她。苏小卉对公婆的说法很不以为然,什么干部家庭,李东连一个合格的农民都做不到。她心里这么想着,可是她在公婆面前却无法张口。她本来想坚持,可是她拿不出学裁缝的学费,只好作罢。小卉吊儿郎当的爹,此时也认为小卉放着少奶奶般的好日子不过,还要有别的想法,是不应该的。

苏小卉的日子如一潭死水,乏味而又可怜,对于未来的日子,她几乎不再和李东沟通,抱着渐渐成长的儿子,望着默默无语的大山,她感到前所未有的孤寂,那种浸入心扉的孤独和空虚侵吞着小卉的整个灵魂。"花开花落,人来人往",而苏小卉的生活只有花开花落,没有了人来人往,她似乎与世隔绝。从小立志长大后一定要找到娘的愿望,至今落空;当年的好姐妹,都各奔东西,好多年没有了联系。有时正午坐在院子当中,她望着天空发呆,竟不知今夕是何年。自己是什么又不是什么?山村的太阳一晃而过,留下的是漫长的、静寂的暗夜。而暗夜的到来,又是她噩梦的开始。李东白天游手好闲,这个无所事事的男人,把他的精力都留在晚上,发泄在老婆的身上。苏小卉的苦闷和压抑,李东是无法理解也不愿理解的,一到晚上,不管她愿意不愿意,他都要发泄,而且不止一次,直到把她折腾得筋疲力尽。苏小卉拒绝,李东就强迫,每当他强势地趴在她身上时,她就想起曾经如噩梦般的一幕,泪水便会禁不住地流下。李东对此很恼怒,老子娶你做老婆,就是要你服侍老子,你哭什么?你凭什么不让老子用?老子还收拾不了你了——苏小卉瘦弱的身体上就会留下掐打的伤痕。然而第二天夜里,前一晚的一幕又会重新上演。

常常在深夜里,李东发泄完便呼呼大睡,苏小卉却睡意全无,想想自己的生活,禁不住害怕起来。

一年以后,苏小卉再次提出要出去做事。这次,她选择的是学理发。她与大庙镇街道一家理发店联系,在店里帮忙干活,抽空学习理发,不要工钱也不交学费。她自己决定以后,向丈夫和公婆说了一声就毅然地离开了家。她想这一次一定要坚持,不能再懦弱了。李家怎么也没有想到出身贫寒、逆来顺受的苏小卉竟然会这样做,公婆觉得他们的权威受到挑战,恼怒之下,扬言苏小卉若要再坚持在理发店学理发,就要李东与她离婚。一介武夫,提至高干的公公,颇有令子休妻的意思。

苏小卉惊愕了,她怎么也想不到李家会提出离婚,就凭李东的游手好闲、李家的现状,她自己早已不满了。这桩没有爱情的婚姻,没有目标、没有生机的日子,苏小卉早想过离开,与李东离婚,但是一想到孩子,想到村子里人们的议论以及以后未知的日子,这种念头就打消了。现在居然是李东先提出离婚,这个无所事事的落魄公子,竟然提出离婚?!苏小卉震惊了,同时她也更清楚地认识到自己婚姻彻底失败的残酷现实。

其实,李家提出离婚,只不过是想吓唬吓唬苏小卉,给她点厉害瞧瞧。他们断定,只要提出离婚,苏小卉肯定会乖乖回家。

在李东不断的骚扰下,苏小卉离开理发店回家了。不过,她并不是向李家妥协,而是清醒地意识到,自己应该为自己的人生做出一个慎重的选择了。

苏小卉经过反复的思考,给了李东也给了自己的婚姻最后一次机会,要李东与她一块儿进城打工。当时,山村进城务工的人还很少,公婆不愿意,而李东则认为他们的生活现状还可以,没有必要那么辛苦。苏小卉对李东彻底绝望了。她的青春、她的聪慧、她的人生绝不能围绕着无所事事、无所追求的李东和二亩薄田度过。一定要改变,改变!

苏小卉下定决心以后,回娘家同自己的爹和哥嫂商量。不务正业的爹强烈反对,嫂子冷嘲热讽,懦弱的哥哥则说:"忍忍吧,祖祖辈辈不都是这样过日子的嘛!"

"祖祖辈辈都是这么过日子的",哥哥的话在苏小卉的耳边不断回响。夜晚的胭脂河畔,苏小卉痛下决心,对着流淌不息的河水,苏小卉在心里说,你可以千年不变这样流淌,而我的生活绝对不能再这样过。苏小卉不顾父亲的哀求,毅然向李东提出离婚。

这下轮到李家真正的惊愕了。他们没有想到小卉居然真的同意离婚,而且态度很坚决。全家商量以后,觉得不能离婚,绝对不能让小卉离开家。说到底,他们对小卉这样长相好看、品性贤良的儿媳妇还是很舍不得的。

苏小卉怎么也没有想到,是李家先提出要离婚,而她真正要离婚时,这条路却走得异常艰辛!

长达一年多的僵持。村上、镇上不断派人调解,李东对她哀求与凌辱交替进行,公婆百般刁难。最后,李家竟不顾脸面,说小卉不贞,在外边有别的男人,才要离婚。离婚的事情闹得沸沸扬扬,保守闭塞的农村,都把矛头指向小卉。有的说,苏小卉你身在福中不知福;有的说苏小卉天生就是水性杨花的货。人们的议论越来越难听,搞得苏小卉精疲力竭、身心憔悴。娘家叔伯姐妹不理解她,爹和哥嫂也懒得管她的事。李家不能再待,娘家也回不去。离婚手续办不了,最终上了法庭,法院的人接受了李家的贿赂,在法庭上以感情尚未破裂驳回起诉。

苏小卉的眼泪已干,心意已决,终于在一个雾色茫茫的清晨离开了家。离家前,她去看望了在镇中学当老师的好姐妹王彩霞,从她那儿借了三百块钱。苏小卉忍受着和儿子分离的痛苦,只身去了古城,这一去就是两年。两年之后才回村一次,与李东彻底办理了离婚手续。儿子当然归李东抚养,李家扬言,苏小卉不配做母亲,以后永远不准认儿子,也别想再看到儿子。苏小卉挥泪告别了家乡,开始了自己真正的城市闯荡生涯。

17 城市的天空

草链岭上的荆棘与白石之下渗出的泉水,向西的一股顺着山势直奔山外平原,这就是滋水河。滋水河流速迅猛,流程短,滋养出沃野千里。从小生活在蜿蜒曲折的胭脂河畔的女儿们,翻越大山,来到滋水河西岸的古城,感受到的是城市不一样的天空。

城市的天空是灰暗的。扬沙、粉尘、废气,混合在一起,构成了城市灰暗的天空。即使是艳阳高照的日子,天空也是灰蒙蒙的一片;即使是晴朗正午,太阳的光芒也是收敛的;即使在雨后,也很少有那种悠远、湛蓝的感觉。

城市的天空是低沉的。透过城市林立的高楼大厦望去,灰蒙蒙的一片压了过来,似云似雾,非云非雾,在塔尖,在楼顶,在对过居民的窗前,在胡同小巷两旁的老槐树上。"不知道天有多高?"天空接纳着城市的油烟、灰尘、废气,它们盘踞在城市的上空,久久不肯离去,形成了城市低低沉沉的天空。

城市的天空是喧嚣的。喧嚣得让人很难听到自然的声音。车声、人声、机器声,混合在一起,通过钢筋水泥的传递,延伸到城市的上空,掩盖了风声、雷声、雨声,赶跑了鸟叫声、蝉鸣声、花开花落的声音。

然而城市的天空往往也是被忽略的。天空真正的面目很少被人注视。忙碌的人们,走下高楼,钻进汽车,穿过熙熙攘攘的人群和拥挤的马路,赶到不同的工作岗位,很少有人有时间、有心情关注天空;街道上车水马龙,商店里琳琅满目,奇闻怪事目不暇接,没机会抬头注视天空;看天气预报、健康指数,知冷暖阴晴、穿衣戴帽,没有必要注视天空;夜晚,灯光照耀、霓虹闪烁,很少想到要看看天空,何况"星星在文明的天空里再也看不见"。冬天的暖气、夏天的空调,天空似乎离都市人的生活越来越遥远。直到有一天天气预报说"阴有小雨、风力三级"。撑着伞出门,才发现落在伞上、身上、车上的全是沙土,西北风吹来,满口沙尘,这才意识到天空好久好久都没有湛蓝过了。阴沉沉的雾霾天气,PM2.5数值的公布,人们这才意识到天空其实跟每个人的生活都是密切相关的。

城市的空气是混合的。尾气、浓烟、灰尘味,小吃店里飘出的饭菜味,临街的铺面漫出的糕点味,下水道溢出的刺鼻臭味,人们呼吸、排放、挥洒的气味,混合在一起,构成了城市的气味。

城市的生活是精彩的。城市作为人口积聚、经济发达的地方,是一方政治经济文化的精华所在,它囊括了周边,乃至一个地方的所有生活,应有尽有。城市的生活也是无奈的。载歌载舞的城市生活,琳琅满目的各色商品,充满着物欲的诱惑,摸着口袋仅有的钞票,只能无奈地摇摇头;摩肩接踵的人群、业务应酬的各种交际,可人的内心却是孤独的。

城市的人是忙碌的。忙忙碌碌的人们为了生存、为了生活,为了理想、为了幸福,忙碌地穿梭在城市的高楼大厦、大街小巷之间。燕子就是这座城市天空下忙碌的一员。十几年前她翻过秦岭，沿着滋水河走进了这座城市，在她的家乡曾让多少年轻人羡慕，几年以后，她的几个好姐妹也陆续来到这座城市。当年在胭脂河边挥洒眼泪、抱怨命运的姑娘们，在感叹自己命运的同时，多么向往城市自由自在的生活，然而当她们真正走进这个城市的时候，却发现成长过程中的艰辛与无奈无处不在，汗水与泪水永远与生命相伴而在！

燕子在这座城市已经生活了十二年。四年的大学生活，八年的艰苦奋斗，这其中的酸甜苦辣也只有自己清楚。初进城时，觉得一切都是那么的新鲜，那么的美好。漂亮的女大学生，天之骄子，有大把大把的机会在等待，有大把大把的青春任挥霍。四年的大学生活，精彩、丰富也很充实。古城师范大学，是全国名校，南北各地精英汇聚于此，除了学习文化知识外，还学着为人处世，学着优雅，学着高贵。

四年的大学时光弹指而过，临毕业时，现实摆在面前，燕子是定向委培生，定向玉门油田。她自己也是上了大学以后才知道的，高考填志愿时，志愿表上有"是否愿意接受定向或委培"一栏，让学生选择填写，而农村的孩子一心只想上大学，跳出农门，一般都在"是否愿意"栏上填写"愿意"两个字。高校录取时就按照事先约定好的定向委培指标把这些愿意接受委培定向的学生"定向"到边远、贫困的地方，每一个班大概都有几个这样的学生。同样在一个班级学习的学生，有的是统招生，有的是委培生，情况不大一样。当时，大学生毕业已经开始实行双向选择，而定向委培生是没有这个权利的，除非你交出足够的违约金。

临近毕业时，燕子才真正地意识到问题的严重性，自己不但留不了城，而且连自己的家乡都回不去。甘肃，玉门，油田，到底是个什么样子？干旱的西部冰冷的油田，唯一吸引人的是敦煌，可是

胭脂河

美妙的莫高窟就算再怎么吸引人,守着它过一辈子也没有意思呀!就连春风都不度玉门关,更何况富有诗意、热情奔放的燕子呢。不去,坚决不去!燕子自己为自己的人生做了大胆的决定。怀揣着毕业证向西去的档案和户口关系说了声"拜拜",卷起铺盖,在师范大学对面的城中村租了一间民房,就把自己安顿了下来。随后,一头扎进古城的大街小巷,步入广大的求职者行列之中。

当时盛行"孔雀东南飞",燕子本来也打算飞向南方,这也是她大学几年一直所向往的。毕业前夕,她也和同学结伴去南方一些经济发达的城市求职,但是都没有合适的工作。燕子学的是历史专业,探寻历史、谈古论今,带给她很多乐趣,但毕业找工作,却面临很大困难,只能去中学做教师,但做教师也没有学数、理、化、中文、外语专业的学生受欢迎。而燕子想做教师也很难,她没有分配到古城的指标,她只能和众多的打工妹一样,自己去寻找用工制度灵活的外资企业、合资企业或者私人企业。可是,当时这样的工作机会在古城还不是很多。

经过几个月的奔波,天真烂漫的燕子实际了一些,摸着口袋里越来越少的生活费,毅然放下大学生的架子,去街头散发传单。在最繁华的街道、最拥挤的人群中穿梭,一天的活动量绝不亚于在胭脂河畔跑几个来回。在超市做临时促销,用最廉价的化妆品画一个鲜艳的彩妆,满脸堆笑热情问候,一双眼睛敏锐地在人流中捕捉着有可能成为自己客户的人选。燕子就这样开始了自己在古城的独立生活。

燕子每天坚持花五角钱买一份古城晚报,除了看新闻,配合自己长久以来的阅读习惯外,她最主要的是看招聘栏,当年获取招聘信息并不像现在这么多渠道。燕子做着零散的工作,三天两头去招聘单位应聘,多数都是以推销为主的营销工作。她上门推销洗涤用品,在工地上推销防盗门,这样的工作都没能做长久。

半年后,燕子应聘到《行为艺术》杂志社做编辑、记者,这是燕子很向往的一份工作,她一直很喜欢做文字工作。而《行为艺术》这本杂志,她从读大学开始就一直很喜欢。她清楚地记得她看过的一期杂志中的一篇文章的情节:一个每天匆匆忙忙上早班的年轻人,在街边摊位上吃早点,他看到一个衣着很旧的老人静静地蹲在广场角落,用很慵懒的眼神注视着人流、天空,久久地一动也不动。其实年轻人已经注意到他几天了,他觉得老头很可怜。这天,年轻人吃完早点,出于同情,顺便给老头买了两根油条送过去。老人看着他送来的油条,直起了腰,很绅士地说:"谢谢,我早餐不吃油腻的东西!"燕子之所以这么清晰地记得这篇文章,是因为这篇文章吸引了她对行为艺术的关注以及生活的思考。研究人的行为,并从艺术的角度去欣赏,让燕子觉得这是一件很有意思的事情。能去这样一家杂志社工作应该不错吧?

第一天上班,燕子才又一次认识到自己的天真。如同那个每日匆匆忙忙上班的年轻人,不懂得也不明白在大多数人都为生活忙碌的清晨,那个蹲在广场角落看着天空和行人发呆的懒散自在的老头的行为。《行为艺术》杂志已被私人老板承包,所谓的杂志社只不过是租了某机关闲置的两间平房,一间是编辑部,另一间是发行部。为了顺应市场经济的潮流,杂志的内容都开始转向宣传企业和企业家,杂志的风格已经开始迎合大众追求时尚新潮的口味。浪漫而富于理想的人经常会在生活中犯一些在常人眼里很低级的错误,不过聪颖的燕子很快便明白过来,在大多数人都忙着追求最基本的衣食住行时,哪里会有那么多人去关心、探讨艺术,更别说行为艺术了。这些在大学校园和书本上的艺术,在实在的物质生活面前已经显得微乎其微了。燕子觉得自己有些可笑,她很快让自己接受并适应了杂志社的工作。

燕子所在的编辑部,有两位文字编辑、记者,一位美术编辑和一个校对兼会计。发行部只有一个发行部主任(老板的亲戚),他包揽了所有的印刷和发行,其实在杂志出刊、邮寄时是大家一起动手的。

古城闷热的夏季,没有空调的简陋平房里和室外的温度相差无几,燕子第一天在杂志社的办公室热得晕乎乎地差点睡过去,好不容易挨到下班,挤着热如蒸笼的公共汽车回到出租屋,打来一盆自来水(盛夏的自来水也不凉),脱掉上衣,把整个头脸都放进了水里。等头脑清醒一些,她迅速地冲向市场,买了两斤绿豆,动手煮绿豆汤,她明白必须要调整好身体,使自己尽快适应环境,才能好好地工作。尽管杂志社的工作状况,远远比她的预想要差,但她还是很珍惜这份工作,也下定决心一定要做好这份工作!

如果说燕子觉得自己为了在古城站住脚——找一份工作而生存下来,是很艰辛的话,那么,其后她的好姐妹苏小卉、江莲叶、王彩霞、张爱花相继来到古城所遭遇的一切,则比她艰难、辛酸得多!

18 飘零的浮萍

苏小卉带着从大姐王彩霞处借来的三百元钱开始了她的城市生活。

最初,她在古城长途汽车站附近的一家面馆里打杂,洗碗、洗菜、生炉子,最重最苦的活是和面。大口锅那么大的面盆,她每天要和三盆面,供师傅拉面。很多时候,她累得从面盆上都爬不起来。小面馆的工资很低,管吃管住,没有休息天,一个月工资一百五十元。这些她都能够忍受,最难忍受的是她对儿子的思念,此时,对儿子的思念早已超出对娘的思念,只是在最最无助的时候,她还会在心底呼唤着娘!有很多次,她想儿子想得想回家,想回家向李东妥协,可是一想到回去了,自己的一生就这么完了,她便狠狠心坚持下来。当时,她只有一个信念,渡过这一段难关,等到彻底摆脱李东的纠缠,再重新打算。她坚信只要自己努力,一切都会好起来的。

　　拉面馆人来人往,多是乘坐长途汽车的乘客。一天苏小卉在门口生炉子,发现一个吃面的客人不断地上下打量自己,她仔细瞅了几眼,发觉并不认识他,也就没有在意。三天后的下午,她正忙着和面,李东气势汹汹地出现在她的面前,吵闹着要她回家。他们的吵闹引起了围观,老板娘当即辞退了她。她跟着李东来到长途汽车站候车室,在等车的间隙,她谎称要上厕所,逃脱了。

　　她在城里晃悠了几天,晚上在古城一家大医院的候诊室过夜。早起的清洁工大妈发现了她,她向大妈倾诉了自己的境况,恳请大妈帮忙找份工作。清洁工大妈把她带到一间病房,一位行动不便的老太太住院,正好需要一个看护。老太太的女儿看苏小卉年轻,人也利索,就答应试用几天再定。于是苏小卉就待在那家医院,陪伴着生病的老太太,喂她吃、喂她喝,给她洗头洗脚端屎端尿,直到半年后老太太出院。她又找了另外一份看护工作,在骨科病房,看护一位因车祸大腿骨折的病人。

　　一天,医院病房的走廊上有几个操着大庙口音的男人,行色匆匆,说是金矿上的洞子出现了塌方,要不是抢救及时,人早就没命了。苏小卉赶忙躲在一边,她认出了其中一个人,是上王村的铁蛋,她怕他们看见自己,赶紧走开了。她告诉病人的家属,她家里有急事,需要立即回家,她连夜离开了那家医院。她怕熟人看见自己,回去后告诉李东,他又来纠缠。

　　她看了火车站附近张贴的招工启事,到城东的一家纺织厂做临时工。在那里她们十几个人住一间集体宿舍,吃着简陋的饭菜,做着不固定的杂工,她想拖够时间,等候法院的离婚判决。

苏小卉渴望的自由、努力向上的生活是她进城两年以后开始的。最初的两年她只有一个信念,只要能躲开李东的纠缠,只要能有一个落脚的地方,只要能暂时养活自己,她就心满意足了。等到彻底和李东办完离婚手续,人似乎泄了气一般,轻飘起来,没有了生活的目标,失去了生活的方向。她只是觉得自己不能总是在纺织厂干杂活,学不到一技之长,终究不是长远之计。她辞去纺织厂的工作,进了临街的一家小理发店,她还想学理发,她想先学好手艺。

小理发店算上老板娘一共四个人,四十岁模样的老板娘和两个十八九岁、长相一般却总是描眉画眼的姑娘。老板娘看苏小卉身材高挑、面目俊美,很是热情,教她如何化妆,如何穿衣。看她晚上没有地方住,就让她暂时住在二楼的按摩间。理发店里白天的生意很冷清,老板娘也不着急。一天晚上有三两个穿着邋遢的民工模样的人先后来店里,洗完头,理完发,提出要按摩,两个姑娘分别引他们上楼,很长一段时间才下来。苏小卉和老板娘在楼下有一句没一句地聊天,老板娘说:"你刚来,很多活路你都不懂,不着急,慢慢来,先做好店里的卫生工作。"苏小卉就每天把店里的地板拖得干干净净,把镜子擦得明亮。

老板娘总喜欢坐在门口嗑瓜子,不时地会喊苏小卉给她送东西,把茶杯给端出去、端进来,送瓜子、水果,等等。苏小卉一天就不停地跑出跑进。

一天下午,店里没有客人,她把店里的一切收拾停当,老板娘喊她送瓜子,并让她一起坐下来歇息。她坐在老板娘旁边,心里琢磨着理发店生意不好,老板娘怎么不着急呢?落日的余晖在她们身上移动,她抬头望了一眼西斜的太阳,这时,她注意到一双眼睛正在注视着自己——一个穿戴整齐、身影单薄的三十多岁的男人在理发店对面的街上来回踱步,而眼睛却在不停地注视着理发店门口。发现她注意到他,那个男人赶紧低下头,向前快走几步,又掉回头朝相反的方向走。不知道为什么,苏小卉猛然觉得那个人和自己在某些地方有点相似,她想了一会儿,觉得是虚弱吧,她感觉他行走的身影很轻、很轻,似乎是飘动的,是生活没有目标的虚弱。

华灯初上的时候,那个男人走进了理发店,苏小卉对另外一个姑娘说,我来洗吧!她帮那个男人仔细地洗了头,老板娘给剪完头发,俯在男人耳边嘀咕了几句,男人没有吭声,只是点了下头。老板娘吩咐苏小卉领他上去按摩。苏小卉很惊慌,低声对老板娘说,她还不会做。老板娘说着走过来推她,俯在她耳边说:"按摩呀,就是在不同的部位按捏,你不练,怎么能会呢?"

在二楼狭小的按摩房,苏小卉紧张地给那个男人捏背、捏腿。触摸到他身体的时候,她感到他身体捏起来就像棉花般松软,她再一次感到他的虚弱。她问:"是不是工作太累了?"他没有说话,却翻身坐起来,抓住了她的手,把她揽在怀里。她惊慌极了,使劲向前一推,竟一下子把他推倒在床上。他虚弱的声音说道:"我是第一次来这种地方!是因为看见你才想着来这种地方的!我厌倦了生活,漫无目的地在大街上行走,看到你,有一种柔弱的东西吸引了我,我就来了这种地方。"

"这种地方?什么地方?按摩吗?按摩能有你这样子的?"苏小卉发出一连串的质问。那个男的慢慢地坐起来,望着苏小卉疑惑的眼睛。

"啊?你不知道这是什么地方?他妈的,真不要脸,婊子还装清纯!看着柔柔弱弱的一个女人,那么用劲干吗?老子花了三百元钱才上来的,你不知道是干什么的?"

胭脂河

苏小卉一下子明白了自己的处境,她惊恐地双手护胸在前:"大哥,别生气,我是刚来的,我真的不知道,我只是想学理发,这种事我是不做的!"苏小卉恐慌地说着,泪流满面,"大哥,求求你,放过我,让别人来吧!"

男人上下打量着哭泣的苏小卉,沉默了片刻,斜躺在按摩床上。他说:"我不强迫你,我也没有力气强迫你。坐下来,陪我说说话吧。"

苏小卉凭感觉确定他是真没有力气,就不那么害怕了。

男人不看她,自顾自地絮叨着,好像是说给自己。"这日子过得真窝囊!我一个地道的城里人竟然被乡下人给骗了。我从小就在这里长大的,在木材厂上班,厂子倒闭了,我有的是手艺,带着一帮兄弟从工程队揽木工活。工程队的小老板,他妈的,那个乡下人,在古城无亲无故的,亏得我还把他当兄弟,常拉他去我家喝酒,可是,临了他却卷着工程款逃跑了,更可恨的是还带走我老婆!这一对狗日的臭男女!"男人说着说着骂了起来,可是他的骂声并不高,也不是很恶毒。苏小卉注意到他骂人的时候声音都很柔弱。

苏小卉猛然觉得其实这个男人也很可怜,她联想到自己的遭遇,鼻子有些酸楚。

男人没有注意她的表情,只顾自己往下说:"我没有拿到工钱不说,主要是我带的那一帮伙计,都是过去木材厂的工友,哪一个不是拖家带口的?我付不了他们的工资,没有脸面见他们呀!"

男人絮絮叨叨的,说着说着竟然睡着了,发出细微的鼾声。从他的鼾声中她都能感觉到人对生活绝望的虚弱,可能正是这种同病相怜的虚弱,她解除了对他的戒心,竟然木木地靠在墙角没有离开,她想着自己的悲凄的经历,想到了大庙,想到了胭脂河。一直以来,她认为自己的命运不济是因为自己出生在胭脂河那样偏僻闭塞的山村,又是一个女儿身。可是面前这个男人,从小在城市长大,接受教育,生活竟也是这般无奈。

那男人睡了片刻就醒了过来,他很吃惊,看了看依然站在墙角的苏小卉,自顾自地站起来离开了。临下楼时他转身对苏小卉说:"看得出来,你也是一个苦命的人,不想做那事的话,就趁早离开这里。"

苏小卉很快辞掉理发店的工作。老板娘没有为难她,只是说,女人出来混生活都不容易,钱不是那么好赚的,让她想想清楚,混不下去的时候还可以回来找她。

苏小卉离开了理发店,又开始了她如浮萍般飘零的生活。

19 明星企业

燕子很快地适应了杂志社的工作,和另外一位文字编辑、记者关老师及校对兼会计张老师相处得很好。她每天把收到的稿件做初步浏览,把质量好点的稿件交给对面的关老师,质量差的稿件扔进垃圾篓。她对每一份稿件都很认真,生怕疏忽大意辜负了一个作者的心血。关老师说,稿子不用看得那么认真,他们杂志也用不了那么多的稿子,现在杂志要朝经济方面转型,主要的稿件需要他们自己来写。关老师指着前两期的杂志说,封面人物栏目的文章都是他写的。燕子看着杂志封面的照片,张瑞敏智慧的眼睛在注视着自己。燕子激动地说:"关老师,你去海尔采访的他,还是他来古城你采访的?他给咱们杂志赞助了多少?"关老师看了燕子一眼,一句话也没有说,埋头写自己的文章。

下班后,燕子和张老师同路。张老师三十六七岁,从电子工厂下岗,父亲托熟人进了杂志社,他写不了文章,做不了编辑、记者,只能做校对工作,负责记录账目及办公室的杂事。张老师对燕子说,关老师根本就没有见过海尔的张瑞敏,封面人物的那些知名企业家都没有当面采访过,那都是关老师自己从报纸、杂志上拼来的。燕子吃惊地问:"这样呀!人家知道了怎么办呀?"张老师笑了,憨厚的脸上露出了善意的笑容:"你到底还是个学生呀,人家知道会怎么样,那些大企业家那么忙,谁会看我们的小杂志呢?就算看到了,也顾不上和我们计较。"燕子说:"我们又不收赞助费,人家都不知道,写人家干什么呀!"张老师说:"你以后慢慢就知道了。"

果然,第二天一上班,关老师便说:"收拾一下,我带你出去采访一家企业。"

香泉花园度假村,古城南郊一个集休闲、娱乐、购物(珠宝)于一体的大型度假村。风景优美,设施齐备,是团体会议、商务洽谈、休闲疗养、私密会客的好去处。度假村老板——裕宝集团公司的张董事长,荣获当年省工会评选的十大民营"明星企业家"。

燕子和关老师如约来到香泉花园度假村,在宽敞明亮的办公室,他们见到了董事长兼总经理的张晗,这是一个精神饱满的中年男人。

自我介绍以后,关老师说:"受省工会的委托,《行为艺术》杂志将对今年评选的明星企业家进行专题报道,让更多的人了解本土的明星企业和明星企业家。"关老师顿了顿,继续道:"张总,您作为古城的明星企业家,开创了古城度假村综合经营的新概念,是我们这次采访活动的首选。"

张总微笑着翻看关老师送上去的杂志,最后目光落在封面神采奕奕的张瑞敏头像上。

关老师指着杂志说:"这一期封面人物,我们采访的是知名企业家张瑞敏,下一期,想请张总您作我们杂志的封面人物。"

张总放下杂志,直截了当地说:"怎么收费?"

关老师说:"《封面人物》栏目的做法是,选用企业家的照片做杂志封面,首篇文章约一万字左右的人物专访,收费三万元。"

张总爽朗地笑了:"你们这些精明的记者呀,三万元对于我们做实体的也不是很容易赚的呀!"张总说完站起来,对秘书说:"陪两位记者去园子里转转,去温泉游泳池玩玩。"

关老师赶紧说:"张总您是省工会给我们杂志推荐的我省下岗再就业的明星企业家,在赞助费方面我们可以给予优惠。当然啦,我们杂志还有收费较低的栏目《老板茶座》,收费一万元,也是做一万字的事迹报道和访谈记录,只不过,做不了封面宣传。"

一直在一旁默不作声的燕子,听明白了关老师的意思,赶紧接着关老师的话笑着说:"像张总您这样的前途远大的新一代明星企业家怎么能做《老板茶座》呢?肯定要和海尔的张总一样做封面人物啦!好让全国的人都了解我们省也有这么了不起的张总,也有这么迅速成长的企业!"

张总偏过头,认真地上下打量了燕子一眼,说了一句:"好一个伶牙俐齿的丫头!"

燕子做编辑、记者的第一次采访,只有机会讲一句话,而这一句话同时赢得了张总和关老师的欣赏。关老师说:"以后这个业务就由你来跟进,事迹报道你来写,一个月后交稿,两个月后上杂志见读者。按赞助费10%提成,谈得越高,提成就越多。"

燕子开始了她文字工作的第一篇报道,她倾其所有才智,认真完成这项工作,并不是为了关老师说的提成,而是想实实在在地做好一件事情来证明自己。接下来燕子开始了一段忙碌而又充实的生活。每天早上,去杂志社报到以后,就去香泉花园度假村采访,张总在忙集团公司上市的事情,很难约到。燕子漫步在度假村

胭脂河

的人工湖边，垂柳依依，碧波荡漾，养殖区有零星的游客悠闲地垂钓，而室内的养殖区是贵重的水产甲鱼、海参等。人工湖很大，弯弯曲曲地呈月牙状，在月牙尖上凸向湖面的地方，新修建了一座两层的玻璃房子，一楼是珠宝首饰展厅，二楼设有雅座，供挑选首饰的客人坐下来品茶、喝咖啡，精心挑选珠宝。坐在二楼雅座的任何一个位置，一抬眼，湖面的景色都尽收眼底。宾馆和室内娱乐区建在度假村一进大门的右边，站在大门口纵深望去，是修剪得极好的园子，树木、花卉、草皮布局精致，名贵的雪松、桂花树、绒线树，成片的牡丹、郁金香。园子的边缘，远离游客视线处，有成片的大花房，四季如春的花房里培育着各种各样的名贵花草。

燕子很快和花房的花匠王师傅聊得投机，帮王师傅挪动着花盆，听他絮叨着香泉度假村的事情。花卉、草皮也是度假村的经营项目之一，有大量的花卉、草皮从这里卖出，美化了市内的绿化带；王师傅是这里最好的花匠，市政府门前定期更换的花卉，多数都是经王师傅的手培育的。张总不经常在度假村里，这里的大小业务主要由一位姓程的总经理助理负责。她是从公司创建之初就跟随张总一起创业的主要员工之一。

程助理是一位体态丰腴、慈眉善目的中年妇女，同事都亲切地称呼她"程姐"，她是度假村里能直接接近张总的人之一。因着跟随张总一起见证了企业由健康路的几间小平房迁入广源大街由自己公司兴建的高级写字楼的资历，很有一些傲慢，对待燕子这样初出茅庐的小记者很不在乎。燕子跟着程助理，餐厅、宾馆来回跑了几天以后，她看燕子勤快、机灵，才断断续续地给燕子讲了张总及他们公司成立之初的一些事情。程姐说："张总称得上是一个传奇性的人物，他大胆，有眼光。十年前，张总带领着四五个人在健康路上卖水泥，当时，城市建设刚刚起步，水泥市场供不应求，瞅准了这个机会，他大胆地买断省内最大的一家水泥厂第二年的全部产量。第二年,城市建设火热,各处高楼如雨后春笋般露出地面,水泥价格猛涨,公司靠这单期货生意赚了个钵满盆满。紧接着,张总在南郊以五万元一亩的价格买下了五十亩地,兴建香泉度假村,又以很低的租金从村民的手中租下了一百多亩地,兴建了这个漂亮的园子,主要承接团体会议。后来成立了裕宝集团公司,经营度假村,推行集休闲、娱乐、购物（珠宝首饰）为一体的经营模式；后来又跨入房地产行业,在繁华的广源大街,盖起了漂亮的写字楼,现在集团总部就在那里。花卉、草皮也是集团经营的一个主要方向,终南山下,另外还有几处几百亩大的园林。现在集团公司正在筹备上市……"

燕子听得激情澎湃,对程助理能够亲身经历公司从创建到发展壮大为集团化,甚至上市羡慕有加,对张总更是非常崇拜,如同对张瑞敏、倪润锋等全国知名的企业家充满崇拜一样。这是身边实实在在的企业家,她决心写好这篇报道。燕子查阅了一些相关的资料和报道,剪辑了张总的一些照片资料,参照一些全国知名的报纸杂志对著名企业家的报道,十几天的加班加点,一篇情文并茂的人物专访报道送到关老师的面前；两个多月后,正式呈现在读者面前。文章一出,有很多杂志、媒体也瞄上张总,程助理忙碌地接待着各种媒体的采访,心里感觉燕子这丫头做事还真不错！半年后,裕宝集团公司顺利上市。

燕子的第一次专访,文章写得很精彩,给《行为艺术》杂志增色不少,也给杂志社带来了实在的收益,并为杂志能向财经管理类转型做了良好的例证。平时很少在杂志社出现的主编很高兴,开会时表扬了燕子,并鼓励大家,杂志要顺应社会潮流,办得越通俗越好：越通俗,看的人越多,影响就越大,收益也就越好。现在连正统的《古城晚报》的风格也开始转变,我们就不要总是打着艺术的旗号了。

胭脂河

燕子几个月来，太专注采访和报道的写作了，竟然忘记了自己慕名而来的"行为艺术"，那个形而上的艺术她至今还没有思考明白。人在饥肠辘辘之时，手捧烧饼，是不会把其想象为月亮而呼作白玉盘的，而是迫不及待地要把它放入口中充饥了。想不明白的事情，燕子决定暂时不去想了。杂志社及时地发放了稿酬和提成，因为人物是关老师选定的，第一次是关老师带她去的，所以提成是一人一半，燕子得到五百元的提成，一百元的稿费，加上当月的工资，燕子口袋里有一千多元钱了，她很高兴，很有成就感。她觉得应该感谢一个人——程助理，是她带给了自己那么多生动、鲜活的事例。燕子给程助理送了一份精致的小礼品，说以后有机会还想听程姐讲更多的事迹。程姐说，不如就今晚吧，以后恐怕很难了，她要去美国，可能两三年以后才能回来。程助理也很喜欢燕子这个小姑娘的，想在临走前和她聊聊。

那天晚上，在西餐厅，燕子陪程姐喝了点酒，这个豪爽、善良、没有多少文化的女人借着酒劲向燕子絮叨了很多，公司的，自己的，张总的。程姐似乎是说给燕子的，又似乎是说给自己。燕子听着听着，张总的大企业家的形象慢慢模糊了，他和他的企业与燕子笔下的人物、企业似乎相去很远。

程姐一边喝着酒一边絮絮叨叨地说，张总算得上了不起的人物！有头脑，胆子大，当初做水泥期货生意，确实是他凭借自己敏锐的眼光和超人的胆量做成功的，也为公司和他自己挖到了第一桶金。度假村的五十亩地是以种植花卉、草皮为由买的，在价格和购买手续上都享受很大的政策优惠。后来，公司又从村民手中把紧邻的一百亩地租过来。在园子兴建的过程中，挖地基时，底部呈现出古墓的痕迹，张总果断地让施工队停工，偷偷地托懂行的人考证分析，估计下面应该有一群古墓。按理说，施工过程出现这样的情况应该及时向有关部门上报，停工让专家认真研究考证，那样工期就要延误,或者被迫停止建设。张总果断地辞退了原来的施工队,原计划盖宾馆的地方重新设计成人工湖,地基不再深挖,新请了施工队给挖好的底部打上水泥,做了防水处理,注入水,形成了现在这个漂亮的月亮型的人工湖。可是,古墓很可能就被埋在深深的湖底。学历史专业的燕子听到这里,为湖底可能存在的古墓而惋惜,为商人为了牟利而丧失良知感到愤慨。

程姐接着说,度假村院子最初的绿化是由一家园林公司给做的,说好了等花草树木全部成活后付钱。园子绿化好后,张总忙着兴建度假村的硬件设施,没有钱也不愿意给园林公司付钱。园林公司的老板讨了三年债讨不回来,一气之下手持炸药包冲进张总的办公室吓唬张总。当时,程姐和几个工作人员都帮忙阻拦,结果炸药包引燃,张总和工作人员受了轻伤,而程姐的屁股被炸飞了一块肉,至今还留下一个洞。受了轻伤的园林公司老板见状,逃之夭夭,张总以工伤的名义为程姐治好了伤,劝说她放弃追究此事。园林公司的老板以后再也没有出现过,那笔绿化款的事就不了了之。

因为程姐的豪爽,为了顾全张总的利益放弃了追究此事,从此,张总就更加信任她。度假村开业以后,就让她协助负责管理。程姐喝着酒接着说:"小丫头,你不懂的,我的职位是不低,工资也很高,说是管理,其实我的工作就是在处理麻烦。宾馆客房部,有执法部门上来检查,我要在第一时间把姑娘们从后门带走;来我们这里的客人,是不能透露身份的。我曾经在加拿大待过两年,那是陪张总的老婆和孩子,实际上就是生活保姆,老婆孩子刚到那儿时,我陪她们适应生活。别人觉得能在发达国家生活,很羡慕我,其实,是很辛苦的,最重要的是不能和自己的家人在一起。这次,二太太怀孕了,要去美国生孩子,又要派我去照顾。""二太太?"燕子吃了一惊。程姐喝着酒不理会燕子的表情接着说:"公司的那个女会计,早就和张总在一起了,要不,怎么那么急把大老婆送到加拿大去呢。其实大老婆也是知道的,她每年回国探亲,张总都让我停下手头的工作全程陪同,说是陪同,实际上就是防止两位太太碰面惹出事端。这下二太太要移民美国了,不知道又会有多少小妖精要浮出水面。"

那一晚,程姐虽然喝着酒,但是她并没有喝醉,她平日对张总和公司的事守口如瓶,老板才把一些隐秘的工作交给她做。可是她平日不说,不代表她没有自己的看法,没有自己的无奈与怨言。碰上了燕子这样一个初出茅庐、心地纯净的姑娘,她很是喜欢,聊着聊着就说出了那么多。临走时,她亲热地拍着燕子的肩膀说:"你还年轻,以后要经历的事情很多,要好好把握自己。"

20 记者工作

燕子有些迷茫,很长一段时间,她写东西都不在状态,不知道自己文章的主题思想是什么,只是按部就班地堆砌一些文字。继报道香泉度假村张总的那篇文章以后,她再也没有写出那么出彩的稿子,这种状态,她自己也很着急。主编开会时,也时不时地会说,年轻人应该踏踏实实地做事,不应该有一点成绩就骄傲。关老师说:"是不是就想写大块头的文章,看不上小文章?这里有一个明星企业家,联系一下,做个专访吧。"

古城一家新兴的制药公司,老板只身闯天下,以保健茶起家,公司借壳上市,发展势头很好。燕子如约做了采访,秘书给她详细讲解了伍总的创业事迹,激动之处,感叹不已!燕子决定认真地写好这篇报道,以改变自己在杂志社的工作现状。

燕子离开学校以后，生活都是围绕着工作，尤其是到杂志社工作以后，白天忙着审稿、采访，晚上还要加班加点地写稿子，她没有时间、也几乎忘记了和同学老师联系。一日，从制药公司回来，在师大门口碰见了大学的同班同学张可，在学校时她们的交往并不多，她和张可是他们班在古城工作的仅有的两个女生。张可因为师大子弟的缘故留校在文学院的资料室上班。

张可碰上了燕子，很兴奋，两个人亲切地聊同班同学的现状。恰好，给他们讲授唐宋史学的教授申老师——一个快六十岁、热情的小老头从旁边经过，正好到了饭点，师生相遇，张可便建议一起吃个便饭，申老师也没有什么事情，就爽快地答应了。

师生三人轻松地谈论着昔日的趣事，申老师问燕子现在做什么工作。燕子说在杂志社做记者，刚刚采访了古城一家新兴的岱山制药公司。申老师说："是伍岱山的制药公司吗？"燕子说："是的，申老师了解吗？"申老师笑着说："伍岱山是我原来在阳山师范时的同事，严格地说还是我的学生，这小子现在也人五人六的，成为知名企业家了。"

于是申老师絮絮叨叨地说了伍岱山的经历，申老师说得很仔细，生怕漏掉一个细节，他说得很连贯，似乎是提前编撰好的。他说，伍岱山也称得上传奇人物，初中毕业就读阳山师范，当时申老师在那个学校教书，后来伍岱山以优异的成绩毕业留校在图书馆工作。年轻人意气风发，因图书管理问题同部门领导有过多次争执。部门领导是一个没能力且气量小的人，因为工作上的争执而迁怒于他，因此在他使用期满的转正表格上迟迟不肯签字。拖了两三年，伍岱山忍无可忍，直接冲到校长办公室吵起来，校长劝他说年轻人不能目无领导，应该服从领导的安排，把自己工作做好。部门领导看校长站在他这边，很是得意。那年冬天，阳山小县城很冷，那时学校工作条件艰苦，给老师发木炭取暖。部门领导扣发了

103

胭脂河

伍岱山的木炭，本来是个小事情，部门领导也就是想气气他，可是他以极端的行为闹大了这件事。伍岱山在图书馆的火炉上，燃烧着图书馆的藏书取暖，一本书接着一本书地烧着，直到人们发现报告给学校，校警出面才得以制止。燃烧图书馆的图书，事态很严重，校方当即就开除了他。那是二十世纪八十年代中期，伍岱山被开除后，很难有单位接收。伍岱山离开了阳山，只身来到古城，骑着破旧的自行车穿梭在古城的大街小巷推销医疗器械。摸爬滚打了两年，通过和基层卫生所合作，靠推销医疗器械赚了一笔钱，也就是挖到了所谓的人生"第一桶金"。一次在北京医疗器械展销会上，偶然听到几个中年妇女谈论喝绿茶减肥的问题，他的脑海里瞬间掠过了阳山漫山遍野的茶园。他趁机和她们攀谈，并讲了家乡的绞股蓝，降血压、降血脂，促进消化，是减肥茶的首选。后来他专程带着满眼青翠的茶山照片和绞股蓝茶叶去京城，经人介绍，在健身会所认识了几个部局级领导的"太太"，拿出照片，说是自己经营的茶园，并送上绞股蓝茶叶作为见面礼请大家品尝，同她们亲切地合影留念。伍岱山所谓的自己在阳山建的茶厂，实质上是茶叶收购站，以低廉的价格收购茶农采摘的自然生长的茶叶。他拿着和几位太太的合影，在各地开始宣传说，首都领导的夫人都在喝他的减肥茶！他的茶叶销路很好，几年下来赚了很大一笔钱，完成了他创办制药厂的原始积累。后来，他从家乡的一个老中医那儿骗来了一个药方，对化解体内肿块效果很好，结合西医医治癌症的成分，就是他现在制药厂主要生产的新药——逆转片。可怜的老中医到死都不知道自己一辈子行医总结的药方竟然被人骗去赚了大钱。后来，伍岱山收购了一家濒临破产的制药厂，借壳上市，就成了现在知名的制药企业和知名的企业家了。

燕子原本清晰的思路模糊了，看着列好的提纲、采访到的素材，她写不出一个字来。她觉得自己没有了思想，找不到这篇报道的主题。她原本是满怀热情地去采访,带着崇高的敬意和羡慕之情,想用自己的文字介绍成功企业家的励志之路。可是,申老师的一番谈论让她失去了方向,各种材料在一起交织着,她理不清思路。一个星期的时间过去了,两个星期的时间过去了,她越来越烦躁不安,她知道自己再写不出文字的后果。她强迫自己不要想那么多,完成一篇文章而已,可是当她静坐桌前写作时,脑海里不时有火苗蔓延,一本一本的精品图书在火苗中化为灰烬。深夜里,她从睡梦中惊醒,她梦见考古学老师带着同学们找到了一个唐朝的古墓,一个极具考古价值的古墓群,他们兴奋地欢呼着,天却忽然暗了下来。正在他们惊慌之时,一个巨大的水浪从他们身后冲了过来,周围的人一下子都不见了,水浪越来越大,她拼命地向前奔跑。可是,她跑到哪儿,水浪就跟到哪儿。她吓坏了,正无处可跑之时,程姐出现了,她微笑着,温暖的大手拉住了她的手,水浪消失了,身后竟是平静的月亮湖。程姐亲切地和她说着话,说着说着面目痛苦起来,她竟然撩起裙子,燕子看见程姐屁股上深陷下去的疤痕,她惊叫了一声,从睡梦中醒来。

醒来以后的燕子,久久不能入睡,她不知道自己的文章到底该怎么写,人们都谈论着所谓的事业、成功,而自己也需要成功,然而成功的道德底线到底是什么?她迷惑不解。

燕子久久没有交出稿子。杂志社可不希望到手的生意就这么黄了,主编很不满意,关老师也多次提醒她,可是她怎么也写不好,万般无奈之下,关老师只好从燕子手中接过素材自己写了。差事算是交了,可是燕子在杂志社的境况就可想而知了,本来是被看好的很有资质的编辑记者的料,后来怎么看,都似乎脑子与常人有点不同。

燕子是主动提出辞职的,其实主编也正准备找借口让她离开。关老师和张老师都对她的离开有点惋惜,特别是张老师,一再惋惜地对她说:"现在找个工作真不容易,物价飞涨,一罐煤气都三十八元了,生活不容易呀!燕子你好好地写,就留在杂志社吧!"关老师语重心长地对燕子说:"想在文化圈里混生活,必须学会把工作和文学分开,报纸杂志的编辑记者工作虽然是文字工作,可并不是文学创作,不能树立太高的艺术和道德标准,只能学会适应社会,迎合社会,否则,就很难生存,就更难有条件谈文学、艺术了。""长安米贵,居大不易",对当年浪漫豪迈的大诗人白居易来说,也遇到了这样的境地,何况区区无名之辈。关老师说,他能够理解燕子目前的心情,他当年也是学中文的高才生,为了圆自己的作家梦,放弃了回县城教书的工作留在古城,这么多年他已经被生活打磨得没有了棱角,但他的内心依然没有放弃他的作家梦,只是他已经能把生活和理想分清楚,把文学创作和平日里为了工作写的文章分开。

燕子当时想,怎么能区分开呢?关老师整日里写那些应付差事的文章,就是一个为了生计堆砌文字的俗人,怎么看也不像是一个胸怀文学梦想的作家,但是她能够理解关老师要生活、要养家糊口的不易。十几年以后,当燕子收到很久没有联系的关老师发来的短信,说其作品入选香港高中语文教材时,欣喜钦佩之余,更多的是感慨,感慨一个真正的作家的成功之路的曲折与艰辛、清贫与无奈。

尽管燕子当时并不怎么认可关老师的话,可是为了生活她还是改变了很多。

燕子毅然辞掉了《行为艺术》杂志社的工作。之后,她又辗转在不同的报纸杂志工作。只是后来,燕子学着适应社会,学着适应报纸杂志类工作。她深刻地认识到,无论是女性美容杂志,还是家庭情感类杂志,无论你的文章多么引经据典,文字多么优美,都要迎合现今的社会,都要顺应经济的发展。这是她在后来的工作过程中明白过来的道理。她时常会想起关老师的教诲,并且时常自嘲地想,就连关老师那样文学修养深厚的七尺男儿为了生计,都能写出教女人如何穿衣、化妆的文章,我区区一小女子还能有什么不适应的呢?燕子的脑筋其实是很灵活的,只要她自己想明白的事情,她愿意去做,她都能够做得很好。

21 城中村

燕子在成长,渐渐入世。古城在发展,市区在扩张。当年燕子初来古城,出了火车站,看到的是土城墙的断壁残垣,乘坐着哐当哐当的电车从城北到城南,穿过一片片低矮的房屋和空地,来到那所位于空旷的大南郊的师范大学,周围是一片片荒地和村庄。在那个叫作沙草坡的斜坡上,常年有个烤红薯摊。那年秋天阴雨连绵,阴冷难耐,她的高中同班同学——同样在古城读大学的林平来看望她。他看到她在秋风中冻得瑟瑟发抖,二话没说,跑上斜坡买了一个热腾腾的烤红薯塞到她的手中。在那个清冷的早晨,两个年轻人凝望着对方发出清朗的笑声,一团白色的雾气在他们之间冉冉升起,从那一刻起,彼此在内心里认定了对方。

而今,林平的生活不知道怎样了?昔日的沙草坡也难觅踪迹,一个崭新的购物广场彰显出现代都市的繁华与热闹,破旧的电车已经淘汰,取而代之的是崭新的双层空调汽车,而它的下面一条地下铁路正在修建。这条线路沿途的空地和旧房已经被拔地而起的高楼大厦所替代。城市正在以迅猛的速度扩张,大片的农田和村庄被城市包围,城市建设中的高楼大厦和马路的中间形成了一块又一块的"村庄","诞生"了大批失去土地的城市农民。城市中的农民靠卖地分得一些钱,充分利用城中村有限的空间,盖起了前楼后楼,分割成数间小房子,专门出租给城市里的外乡人。城市经济的发展,吸引着大量的农村人拥进了城市,为了生计,经商、务工、求学。城中村的小民房,成了他们的居住之处,燕子就是这个群体中的一员。

燕子在杂志社的工作相对稳定,收入也不错,凭借自己的勤奋努力和深厚的文字功底,短短的几年时间建立了她在报纸杂志行业工作的基础。后来她考入古城最大的民营报业《华晨晚报》,《华晨晚报》是在二十世纪九十年代末发展壮大起来的,是在全国很有影响力的民办报业。燕子游刃有余地做着《华晨晚报》经济专刊的记者,工资收入也得到了很大的提高。

享受物质生活对她来说已经不算是很大的问题,她可以出入古城的大商场买自己喜欢的时装,偶尔也可以去高档的饭店酒楼吃饭、聊天、会朋友。有时候,她觉得自己似乎真正地融入了这个城市,而且属于一个收入较高的群体。但是她始终过着居无定所的日子,从一间民房搬到另一间民房,从一个城中村搬到另一个城中村。每当下班后,华灯初上,望着都市里林立的高楼大厦一扇一扇窗户透出的灯光,燕子就在想,要是有一扇窗户的灯光是为自己而亮的,那该有多好呀!在古城待了这么久,更多的时候她还是觉得自己像是古城的客人,似乎自己不属于这个城市,当然这个城市也不属于自己。穿着得体的职业装,走出宽敞明亮的写字楼,挤上拥挤的公共汽车,穿越过繁华的闹市区,燕子感觉自己和众多辛劳的城市人一样,努力工作、自力更生;下了公共汽车,走过充满小商小贩叫卖声的小巷子,踮着脚走进街道边污水漫流的城中村,就有一种酸楚涌上心头,她就觉得自己依然是个没有家的外乡人。

双手紧紧地搂着放在胸前的小坤包,低着头疾步走到自己居住的大门口,这才松了口气,轻轻地推开大门,猫着身子钻进去。依旧是熟悉的麻将声,房东太太在和邻居搓麻将,房东先生敞着胸,躺在藤椅上,喝着茶,有一句没一句地和来串门的邻居闲聊。燕子迅速地穿过庭院走进后楼三楼那间自己栖居的小屋。

小屋十几平方米,家具是一张小床、一个简易衣柜、一张书桌、一个行李箱,最值钱的就是书桌上的电脑了,尽管部件都是组装的最便宜的。自从上次在吉祥村自己辛辛苦苦攒钱买来的那台电脑失窃以后,燕子觉得居住地不安全,就不打算再买电脑了,但是自己的工作不可能全在报社完成,许多文章还得在深夜加工。她爱面子,不好意思让同事知道,只好把自己的窘迫告诉给自己的同乡李映辉,李映辉搬来单位淘汰的显示器,帮她购置了一些配件,组装了这台电脑。

燕子恨透了这治安极其混乱的城中村,她同房东理论,说房东有义务保证房客的财物安全。房东理直气壮地说,前屋后院,住着几十家房客,这个带朋友,那个带亲戚,人多手杂,怎么能看得过来呢?再说了,即使看见有人抱着电脑出去,还以为是你的朋友帮你搬电脑呢。燕子哭笑不得,自己丢了东西好像成了自己的错一样。她更加看不起这帮真正的"剥削阶级",靠着祖上占的好地方,靠着地理优势,卖地得一点钱,就烧包得整天游手好闲,也不去找工作或做点小生意,仅依靠收取房租过日子,可谓是地地道道的"剥削阶级"。这么想了,燕子就更讨厌这帮人。讨厌归讨厌,可是还离不开他们,燕子一气之下搬离了吉祥村,搬进了如意村,却还是城中村。在城里生活了十多年,一提到家,燕子想到的还是大庙,还是胭脂河,她始终把城里居住的地方当作自己的一个暂时歇息的空间,不仅仅是她,更多和她一样寄居在城中村狭小的房间里的单身男女,都不会把自己居住的简陋地方叫作家的。

当然,燕子也渴望自己能有一个真正的家,是在古城的,有自己独立掌控的小天地。在那里自己可以随意用自来水,不管水龙头怎么响,都不用看房东的脸色;有一个宽敞的阳台,自己可以自由地晾衣服,不用担心房东太太责备自己没有拧干衣服把院子淌湿;当然,这个家还要有一个独立的厨房,闲暇时,自由自在地做几道美味的小菜,而不必在走廊上与隔壁胖婶争地方;晚上可以自由地写作,而不再遭受邻居房客夫妇吵架的惊扰……厌烦了城中村,燕子不止一次这么想。想得久了,连她自己有时都觉得吃惊,吃惊自己从什么时候起,开始变得如此庸俗,庸俗得对未来的期盼就只是房子?!

城市里有的是治安、卫生环境都非常好的家属院和新开发的住宅区,可是那里没有燕子的家,而此时的燕子却不知道,自己昔日的好姐妹王彩霞和张爱花,已经居住在古城,居住在她所向往的那种宽敞、漂亮的房子里。而她的另两位好姐妹,苏小卉和江莲叶却连她居住的这样的城中村里十平方米的住所都没有。

22 洗头妹

苏小卉离开了小理发店,先后又干了几份工作,都没能长久。有了小理发店的那次经历,她开始多了一个心眼儿,凡事都小心谨慎,尽量使自己学会适应城市生活。想想自己的经历,真是劫难,可是劫后余生,谁都要活下去,而且要活得更好。可到底该怎样才能生活得更好呢?她很茫然。茫然归茫然,然而苏小卉毕竟不是不经世事的小姑娘,经历了那么多磨难以后,她已经锻炼得对任何自己懂与不懂的事情都能够保持足够的冷静和缄默,能够站在旁观者的角度冷静地看待这个城市和城市的生活以及生活中的人和事。这样,她茫然的内心表现在外表上的却是一份平静,一份温和,而这种平静与温和在她纤弱的身体上又形成了一种独特的气质,是那种把城市的一切尽收眼底却能微笑面对生活的气质。这一点是她自己都没有意识到的。而正是因为这一点,使她成为一名优秀的洗头妹。

苏小卉最终进了唯美浓美容美发厅,这是一家正当经营美容美发的品牌连锁店,在几条大街上都有分店。她原本是想学一门手艺才进的美容美发厅,可是她没有机会学理发,理发师都是从专门的美容美发学校毕业的,她只能从学习给客人洗头开始。她和众多的洗头妹一样,每天忙碌于幕后,用自己的双手把客人的头发洗得干干净净,交给理发师变着花样地做各种各样的发型。她平静、温和,不卑不亢,对待任何客人都能够保持一份祥和的笑容。不管是刁蛮的女子,还是拈花惹草的好色之徒,她都能够巧妙地应对,而且手法又好又快,很受顾客的欢迎。

苏小卉身材瘦长,五官紧凑,站在一群二十左右的小姑娘中间,看起来年龄上并无很大差别。而她遇事冷静的态度使得她与那些活泼好动、心无城府的小姑娘形成鲜明的对比,这就使得她很容易在那些年轻漂亮的女孩中脱颖而出。最先赏识她的是店里的老板娘,看她吃苦耐劳、聪明好学,就建议她在工作空闲时跟按摩师学学按摩,同时又借给她几本关于按摩方面的书。苏小卉开始认真地学习起来,不久她就能够给顾客做简单的头部按摩。这样,她在给客人洗头的时候,顺带地做一些头部按摩,很受客人的喜爱,时间一长,一些老客户回头客,一来就直接点名让她服务。苏小卉在工作上任劳任怨、尽心尽力,特别是她为人处事谦和有礼,恰到好处,很受老板赏识。她聪明好学,对按摩的技巧和理论掌握得很好,不久她就被调到按摩部专门做按摩师。工作上的成绩给苏小卉带来了生活的信心,她一有时间就阅读一些报纸杂志,她需要快速地融入城市生活,需要不断地增长见识,她只能借助阅读来提高自己。

在她的顾客中,有一位三十出头,白净、儒雅的男人引起了她的注意,他每周来洗一次头,修一下头发。衣着考究、谈吐不俗,苏小卉看出他不同于一般的顾客。起初,苏小卉觉得他应该是大学教师,在她的心目中,大学教师就应该是衣冠整齐、睿智儒雅而彬彬有礼。时间一长,她又觉得他不像是教师,因为他的电话特别多,有时,洗一次头都要接好几个电话,从电话中苏小卉听出他好像是一个领导,负责某项工程。每当电话铃一响,不等他开口,苏小卉就主动停止洗头,用一块干净的毛巾擦干他的耳朵周围。他回一声"对不起,谢谢"。每每这个时候,苏小卉都会有一种暖流在心里涌动,多好的礼节。比起山里那些粗陋的男人,比起平时自己接待的有些毛手毛脚的顾客,这是一个多么有涵养和礼节的男人。苏小卉想归想,可是她从来也没有和他多说过一句工作以外的话。她也没有去想这个男人能跟自己有什么样的关系。她觉得这样的男人能让她见识到,她就已经很高兴了,所以她并没有奢望人家能够在意她,记住她。可是,后来发生的一件事,证实了那个男人不仅记住了她,而且在意她。

一天,那个男人照例来洗头理发,他一看接待他的是另外一个女孩,有点意外,顺口问了一句:"那个苏小姐呢?"那个女孩说:"调到按摩部了。先生,你放心以后由我为你服务,包你满意。"他没有再吭声,洗完头理完发,又专门到按摩部点名让苏小卉为他做了按摩。他与苏小卉依然没有过多的交谈。临走时,他叫来店里的老板娘,非常直接地说:"我喜欢苏小姐的服务,给我办张年卡,以后所有的服务都让苏小姐来做。"老板娘十分欣喜,连声说,谢谢赏光,并吩咐前台去办理。

这件事在唯美浓引起了极大的轰动,那些洗头妹、理发师一窝蜂地议论开了。"真看不出来,平时不吭声,装得那么老实,其实是有一手的。""知道吗?那个男人是个大老板,在开发区有一个电子工厂。""哼,会看上她?只不过是玩玩,人家是个台湾人。""玩玩也可以呀,毕竟是有钱人,而且还长得那么帅。"七嘴八舌,你一句,我一句,有嫉妒的,有羡慕的。苏小卉始终保持沉默,脸上依然是那份平静和温和。其实她的内心也很激动,她没有想到自己一个洗头妹竟会引起他注意,哪怕他在意的只是她的服务,她都会感到高兴,毕竟自己的辛勤付出,得到了赏识,老板娘因她留住了一个长期的客人而涨了她的工资。可是,高兴归高兴,苏小卉并不像那些不懂世事的洗头妹一样认为是多大的荣幸,更重要的是她不会把高兴表现在脸上。在她看来,这些除了能够证明自己工作的成绩以外,并不能说明什么,而自己依然是那个前途渺茫、一无所有的洗头妹。

那个男人的基本情况苏小卉是在大家的议论后才知道的,他叫梅元凯,台湾人,在开发区投资了一家电子加工厂。知道了这些,她就更加觉得他离自己的生活很遥远。梅元凯再来的时候,苏小卉的表现与往常并没有什么不同,依然是很周到地为他服务,话依然不多,甚至连因他而涨工资的事,也没有说声谢谢。苏小卉不想被人看低,她觉得自己一个洗头妹能够做好自己的工作,让客人满意是最基本的,没有什么可以值得骄傲的。

梅元凯来店里的日子越来越频繁,开始和苏小卉聊一些家常。"苏小姐,读了几年书?只身一人在古城吗?平时都喜欢些什么?"苏小卉都据实回答,只是在上学方面含糊地说,中学毕业。这么多年来,苏小卉的生活除了工作以外,几乎没有什么爱好和娱乐。生活的磨难,使得她并不像其他的洗头妹一样,工作之余去泡吧、蹦迪,去认识一些新鲜、刺激、好玩的事物,或者交男朋友。要说有爱好的话只能算是读书了,一是她需要依靠阅读来打发自己寂寞无聊的空余时间,二是她希望通过阅读来提高自己的见识。梅元凯听她说平时的爱好是读书时,惊讶地说:"难怪你和别的女孩不一样。"

23 彩霞进城

青石峡风光依旧,胭脂河细水长流,龙王潭的水依然不溢不断,一如往昔。经历了十年黄金热潮的大庙镇又恢复了往日的贫瘠和宁静。只是这种宁静较之以前的宁静更显出一股萧条和苍凉:被毁的植被,废弃的矿渣,污染的河流,曾经被物欲熏陶而又不得不寡欲的灵魂,在宁静中透露出莫大的苍凉。在这种黄金热潮引起的经济大起大落的过程中,有些人大起,一夜之间成了暴发户;也有一些人原地踏步,在膨胀经济烘托的高物价下,日子显得更加窘迫。十多年来,我们几位可爱的主人公家里,就是这种大落,至今还是过着比较贫穷但还算是安定的日子,所庆幸的是他们自己的女儿不管是经历了怎么样的磨难,总算是离开了这个贫穷、落后的地方,可是,他们并不知道,他们引以为骄傲的女儿,如今在繁华的城市里也各自经受着自己生活的煎熬。

王彩霞举家迁往古城,住进了明亮整洁的花园洋房,女儿进入新世纪国际学校上小学。彩霞成了专职太太,专门接送女儿上下学。

王彩霞是在黄金热的浪潮下受惠的少数人之一,更确切地说,受惠的是她的老公铁蛋。铁蛋,在金矿厂给矿长当司机,也是许多人巴结的对象。当地除了政府出资建立的两家金矿开发的矿井之外,还有许多私人出资开发的小矿井,私人购买电碾子提炼黄金。这些私人小矿井都在县黄金公司的管理之下，同时也要受到政府投资的金矿厂的牵制，所以金矿的矿长就在私人矿主的巴结之列。作为矿长司机的铁蛋也被人们另眼高看，铁蛋利用职权之便买私人矿井的矿石到私人开的电碾子碾矿。这在当时，是一种很普遍的事情，许多人都这么做，但是不一定人人都赚钱。有时候，同一个矿柱下打出来的矿石出金率也会截然不同，所以当地人都说，能不能提炼出金子完全要看你有没有那个"金命"。说来也奇怪，倒霉了二十多年的铁蛋自从到了金矿以后，命运就发生截然地改观，先是娶上了有知识有文化、漂亮大方的胭脂河美女王彩霞，后来是每次碾矿只赚不赔。如此几年下来，已经是赫赫有名，富甲一方。

几年以后，当地的金矿开贫了，矿井陆续报废，金矿的效益越来越差，直到最后金矿解散，正式员工调回县里，重新安排工作。这时铁蛋就主动放弃自己的工作，也让彩霞辞去工作，举家迁往古城。王彩霞开始很不愿意，她不愿意丢掉自己来之不易的工作，可是铁蛋的态度很坚决，说自己现在是有钱人了，不单是为了提高生活质量，就是为了女儿的教育问题，也应该考虑搬到古城去定居，他不想自己的女儿将来因为教育环境差而被耽误。这么说了，彩霞也就不好再坚持，女儿已经上小学了，学习方面是该重视了。就这样他们举家迁往古城。

生活就是这么微妙，为了提高生活质量而举家迁到古城，结果他们生活中最基本的东西——婚姻，却出现了问题。后来，彩霞常常在想，他们还不如就一直生活在大庙，那样自己也会稀里糊涂地过一辈子，自己还会以为自己很幸福呢。可是，生活，是永远回不到过去的，过去的事情是不可能从头再来的。

彩霞的婚姻家庭，一开始就是在自己的委曲求全之下组建的，无所谓好坏，只有得失的不同。这些，都是在她自己认真地权衡之下决定的,她早已经认命。婚后,由于她在经济上一直处于劣势,还要时不时地接济娘家,所以她在家里说话就一直不很硬气。后来,铁蛋一路大发,更是盛气凌人,好在彩霞人长得漂亮,又有教师职业,在当地已经算是很出众的,既受人尊重又招人羡慕,铁蛋尽管很蛮横,但是对彩霞还是很在乎的。而彩霞,虽然不怎么爱铁蛋,可是这桩婚姻是自己心甘情愿的选择,并且,自己也如愿以偿地有了正式工作,经济上也很宽裕,比起农村同龄的姐妹、甚至正经八百的科班出身的教师或者镇政府干部过得都要好,自己也就知足了。看着周围人们投来羡慕的眼神,有时候,她甚至还扬扬自得,糊里糊涂地感觉自己很幸福。如果后来铁蛋不是那么有钱,如果后来他们不进城,也许他们还算是一个美满的家庭,可是,他们有钱了,进城了,一切慢慢地开始改变了。

面对城市的繁华和快节奏,彩霞显得很迷茫、很无助,没有了工作,没有朋友,和燕子她们失去联系已经好多年了。她在城市生活圈子实际上也只局限于菜市场、学校门口和家里。铁蛋整日看起来很忙碌的样子,早出晚归,一天也很难说上几句话。

铁蛋如同所有的乡下暴发户一样,进城生活以后,先是新鲜,后来,看到城里也有很多生活很贫困的人,经济上远不如自己,就自我膨胀起来。自我膨胀起来的铁蛋对彩霞的态度也开始发生了变化。彩霞说:"我们找点事情做吧,总不能坐吃山空。"铁蛋说:"你能做什么工作,有你吃的,有你穿的,老老实实待在家里看好孩子才是正事,还以为自己有多大本事呢。"彩霞气得浑身发抖,后悔自己丢掉工作,遭此奚落。彩霞给女儿辅导功课,铁蛋在旁边说:"请个家教吧,你自己都考不上正规大学,自费读个民办大学,在乡下糊弄一下农村孩子还可以,怎么教好女儿?"彩霞受到致命的打击,本来当年没有考上大学,一直就是她最大的遗憾,没想到无知的铁蛋竟然这样揭她的伤疤。她望着铁蛋伤害了她还满不在乎的表情,开始觉得她一生中最大的失败并不是当年没有考上大学,而是嫁给了铁蛋这样的男人。

彩霞开始从内心深处厌恶起铁蛋,和他在一起的时候就怎么也打不起精神来。铁蛋开始不满了:"他妈的,怎么到了城里就成了这德行,整天在家里好吃好喝的养着你,服侍老子都打不起精神。"这时候彩霞的心就更加往下沉。以后,干脆就不再愿意和他同床了。铁蛋气得直跳:"他妈的,是不是看上哪个小白脸了,不让老子用,老子要你干啥?别他妈的假惺惺地给我装正经,是不是又在想那个姓韩的了,可是人家想的就不是你呀!"彩霞很绝望,她从牙缝里挤出两个字——"无知"。也许,她的态度真正地激怒了铁蛋,他再也控制不住自己,发疯似的打了起来。这是他们结婚七八年来,第一次打架,就是这一次打架,彻底地打坏了他们的夫妻感情。以后很长一段时间,他们表面上看起来相安无事,可是彩霞知道,她的心再也回不去了。

彩霞结婚七八年来,第一次对自己的感情、婚姻做了反思。一个人没事的时候,她认认真真地思考自己的婚姻和自己的情感经历。这么一反思,连她自己都吓了一跳。她发现自己竟然没有任何情感经历,自己没有谈过恋爱,没有爱过别人,也没有被别人爱过;自己的婚姻,是自己把自己卖了,为了一份正式工作,就把自己卖给了一个自己原本就瞧不起的男人,而自己为了这个婚姻,为了这个男人,竟然忍气吞声这么多年,甚至想永远下去。这么一想,她就觉得自己其实很可怜。

不知怎么的,她又想起了韩子清,要说她还算是有过情感方面的经历的话,那就只能算是韩子清了。当年,她上初中的时候,也和燕子一样,都很崇拜自己的语文老师韩子清,也曾经在少女的梦里朦胧地思念过他。后来,韩子清痴情于燕子,很令她感动。当别人都在议论韩子清不该追求学生而耽误人家学习时,她却对韩子清有这份真实的情感并且大胆追求而感到敬佩。她还和韩子清单独地相处过一回,那是她和燕子上高中以后的一个星期天,她在县中学大门口碰上了他。他们在学校的小操场边坐了一个下午,韩子清当面向她诉说了他对燕子的凄美的感情。他说,他也知道,他这么做对不起燕子,可是他就是控制不了自己,他日日夜夜都在想念着燕子,他自己都觉得自己有些发疯。说到这里,韩子清脸上露出凄惨的笑容,回头问她:"彩霞,你不会笑话老师吧?!"王彩霞望着她,心里为他感到隐隐作痛。韩子清接着说,他现在想通了,这一次来,是在和过去做一个道别。他刺破了中指,蘸着殷红的鲜血给燕子写了一首长诗,他希望自己从此能够忘记燕子。他让彩霞帮忙,把那封信交给燕子,代他向燕子说声对不起,他说他以后不会再打扰她了。韩子清果然以后再也没有给燕子写过信,不过他并没有从此解脱。后来,彩霞陆续听说,韩子清成了一个怪人,不结婚也不交女朋友,月黑风高之夜,会独自一人坐在屋顶上发呆。彩霞把那封信转交给燕子,燕子和她一块儿看了那首长诗,她们都深深地被他的文采和真挚的情感打动了,至今,彩霞还能记起那首诗:"青石峡口的小妹哦,你是游走在人间的狐仙!永不枯竭的龙王潭水,哺育了你离合的双眸,神秘梦幻的青石峡谷,是你谜一般的性情……"

　　王彩霞曾经向铁蛋提到过韩子清,说自己欣赏他的文采和真情。没想到铁蛋竟用此来侮辱她。这么多年来,一直也没有韩子清的消息,不过,她还会常常想起他。她不知道,这算不算自己的感情经历,不过有一点,她很清楚,就是她内心深处,其实就一直渴望拥有像韩子清那样有真挚情感的男人。而现实却是她嫁给了铁蛋这样粗俗、无知、野蛮的男人,这就是命呀!

24 花花世界

  张爱花终于离开家乡,来到陌生的古城开始了自己的新生活。可是,新的生活是建立在原来生活的基础之上的,是与旧生活有着千丝万缕的关联的,想要一刀斩断,原本就不是那么容易,更何况花花经历了那种磨难,原本就不坚强的心理已经开始扭曲,面对着新生活——古城这个无所不有的花花世界,又怎么能够抵挡得了种种诱惑呢?世事难料,前路茫茫,世人紧睁着双眼,认真地生活,都难免出错,更不要说心怀侥幸、投机取巧之人了。

  花花到古城来的头三年是读书的,她本来下定决心好好读书,洗心革面重新做人,可是,怎奈经历复杂,心绪纷乱,要静下心来读书其实已很难。城市的生活五彩斑斓、物欲横流,她的心原本就一直飘飘然,更何况古城的生活有那么多的诱惑。她来古城上学后,原来的小学就不再给她发工资,家里也不能够给她太多的资助,这使得她又不得不在经济上依赖王胜斌。当然,她也完全可以在城里找一份兼职工作,半工半读,可是她并没有选择那样自食其力的生活。王胜斌这时已经和老婆正式离婚,他是真的爱上了她,真心地帮助她,并且想娶她。可是花花清楚地知道自己并不想嫁给他。好不容易进城了,她想做个真正的城里人。可是她又离不开他,在经济上还要继续依赖他。她希望借助他的力量使自己成长起来,然后再找机会另觅更好的归宿。

  花花做着王胜斌的秘密情人,理所当然地花着他的钱,从头到脚地包装着自己,心思却全放在寻找别的更好的男人上。新的恋情失败,心情落寞时,她在情感上又很依赖王胜斌,又主动去联系他,投入他的怀抱。王胜斌爱护着她,包容着她,忍耐着她,寄希望于她的成长、成熟,可是她如此反复几次,在她即将毕业之际,

胭脂河

王胜斌终于不能忍受,失望地离开了她。三年时间飞快,花花交往过很多男人,却没有达到自己的目的。毕业在即,现实问题摆在面前,她想留在古城,找工作很难。她一没有关系,二没有金钱,学历也不高。走到这一步,开弓没有回头箭,小县城是不能、也回不去了,要想留下来,就只能依靠自己解决问题。她开始向周围对自己感兴趣的男人放出话,谁能帮她解决了工作问题,她就嫁给谁。最后,她终于进了一家大型军工厂的子弟学校,这期间她付出了什么样的代价,也只有她自己清楚。

花花成了古城一名普通的小学教师,租住上两居室的房子。她穿着时髦,妆容靓丽,寒暑期、节假日全国各地到处旅游。她不时地给家里寄钱,并告诉妈妈自己单位效益特别好,自己的收入很高。她似乎有好多男朋友,又似乎没有。花花觉得大城市的生活真好,有私人的空间,下班后,你完全可以做你自己的事情而没有太多的人注意,你可以同时和几个男人交往,直到你选择到各方面都让自己满意的男人。在她的世界里,对男人的感觉已经麻木了,她觉得世界上的男人都是一个样子的,无所谓爱与不爱,关键是看有没有经济实力。她住宽敞的房子,穿漂亮的衣服,单靠自己做小学教师的收入远远不够,这些都需要男人的供养,当然她还是要付出代价的。她陪着不同的男人去各地旅游、购物,使她更加感受到有钱人的日子真好。

开始的几年,她几乎觉得自己已经成了有钱人,日子过得也不错,这个男人离开,再找别的男人。青春流逝,她开始筹划着,想一劳永逸,套牢一个男人,结婚生子。可是,像她这样,男人对她只是逢场作戏,却再也没有一个男人是真心想娶她的。一年年过去了,她渐渐意识到要吸引住一个男人还真的不是那么容易。年近三十,她越来越需要生活的安全感,她想趁青春容颜还没有褪尽,把自己嫁出去,为自己的将来作点打算。可是,真要谈婚论嫁,远比逮着个男人逢场作戏要难得多。

　　花花最终把她的结婚对象锁定一个叫作陈一雄的已婚男人。她想嫁给陈一雄,并非他是她交往的男人中最好的那个,而是认为他是最有可能娶她的那个。尽管花花认为男女之间无所谓感情,可是哪个男人是想长期和她好,哪个男人只是想占她点便宜,她是很清楚的。她和陈一雄认识一年多了,他对她出手很大方,为她租了房子,送她很多首饰,带她去香港、澳门、台湾和韩国等地旅游。更重要的是他不在乎他家里的老婆,公开带花花参加各种社交活动。尽管她很不喜欢他的粗陋,可是她明白自己如今的年龄和现状,要抓住这样的一个结婚对象还真是不容易。未婚的大龄青年,家庭条件好,工作收入高的肯定不会选择她;事业有成,有家有室的,偶尔和她亲近一下,也绝对不会为她抛妻弃子,也不可能长期包养她。而陈一雄不一样,他迷恋她的美貌,还欣赏她的学识,也是她交往的男人中相处时间最长的一个。她见过他的老婆,一个相貌平平、蠢蠢笨笨的女人,她觉得要挤掉她,取而代之,似乎是一件很容易的事情。

　　陈一雄是开发区那一片的村民,古城建立开发区征用了他们村子的土地,他协助开发区管委会在征地问题上做了不少村民的工作,因此与管委会的头头脑脑混得很熟。陈一雄只有小学文化程度,是那种典型的地痞无赖,他无知而胆大,凭着自己是本地人的优势经常给外地投资商和地方官员拉关系,得些好处,也算是见过一些世面,磨炼出一些能力。他经常周旋于外来的投资商和管委会的政府官员之间,他看上花花人长得漂亮,打扮时髦,又有体面的教师职业,有文化又有见识,就对她很好,一些公开的场合经常带她出席,能够帮他弥补一些文化学识上的缺陷。

　　花花不再和别的男人交往,她想嫁给这个自己并不怎么喜欢的男人,开始学着一心一意地和他相处,期待着有一天能名正言顺地做他的老婆。

25 秦之声

"秦之声",顾名思义就是秦人的声音。秦人乃至于西北人喜欢的一种戏曲叫秦腔,说是唱不如说是吼,唱腔传来,几乎是全民互动的。它独特的唱腔和发声把秦人乃至西北人历经苦难而挺直胸膛的悲壮的人生态度演绎到了极致。而江莲叶就是以这样悲壮、豪迈的形象登上古城舞台的。

古城的省电视台,每周有一个观众参与的戏曲节目《秦之声》。因了传统戏曲的魅力,《秦之声》节目办得火爆,无论是参赛的群众演员,还是赞助的企业院校,都是真正喜欢秦腔的人。小叶子报名参加了省电视台举办的《秦之声》擂台赛,她以《白蛇传》中《断桥》唱段白娘子的形象出现在观众面前。一句"西湖山水还依旧",她便把白娘子的辛酸以及对许仙又爱又恨、思念不止的心绪淋漓尽致地演绎出来。

观众看到的是至情至爱而又可怜可爱的白娘子,而小叶子的内心却远比白娘子复杂。白娘子还有一个可恨可爱的情郎许仙、一个朝思暮想的儿子,而自己连一个可爱可恨的人都没有。对于张超,她后来才发现其实对他竟然不曾有爱,离婚时间一长,对他,连恨也没有了。如果说自己心中有恨,也是恨自己,恨自己那段没有经过认真思考、稀里糊涂就结合的婚姻。如果说她的内心深处还会有一个念想的话,那便是她的老师上官桥,那个深沉、厚道的中年男人。想到他,她就想起了他扮演的刘彦昌;想到《劈山救母》的戏文,听到"三圣母"的唱腔,她就想到了上官桥。有很长一段时间,她都弄不明白,是自己入戏太深而思念刘彦昌,还是思念恩师上官桥而想起了戏文。可是不管怎么说,这仅有的一点念想,都会给她内心带来一丝温暖,是她孤苦的日子里的一丝慰藉。

　　小叶子更多的时候,是沉浸在戏曲艺术思想里。她不止一次地在想,华山西峰上有一个神仙三圣母,杭州西湖雷峰塔下有一个千年蛇妖白娘子,为了自己心爱的男人,她们都经历过各种苦难,而最终解救她们出苦难的却并非她们珍爱的男人,而是自己的儿子。小叶子联想到自己,自己有的是苦难,却没有珍爱的男人,更没有至亲至爱的儿子。多年以后,当小叶子站在杭州的西湖边上,面对着雷峰塔,想着白素贞儿子救母的传说,她联想到华山之上,小沉香劈山救母的故事,颇有一番感叹:这就是母亲的力量!不管是现实社会里,还是在传说中,无论是神仙,还是妖精,母亲的身份永远是伟大的,是值得儿子粉身碎骨冒险去解救的,是值得人们世世代代去传颂的。而这些对于她来说,今生今世却是很难感受到的。

　　其实小叶子本不想来古城生活,她不喜欢人多、纷乱的地方。可是,剧团解散了,她参加的省电视台举办的《秦之声》擂台赛,获得三等奖,她获得了荣誉证书和一千元奖金。因为这次获奖的缘故,她被聘用在古城一家高档酒楼"一品豆腐坊"做驻唱演员。酒楼是华阳县商人投资开办的,以华阳地方菜"一品豆腐"的菜名而命名。餐厅的小舞台,正餐或宴会时有演出,小叶子被招聘来做地方戏演出。她平时在小舞台上演出,有时,包厢里有人点戏,她也会出场。小叶子觉得只要能唱戏,而且靠这个养活自己,她就很知足,她才不在乎别人怎么看待自己的工作。在酒店里,演艺人员不是很受尊重,尤其是在包厢里演唱,有时难免会遭受低俗的客人轻薄和羞辱。这些令她很难受,可是她需要这份工作。

胭脂河

小叶子在结束了那段短暂而失败的婚姻后,剧团解散了,一万元钱买断了工龄,她成了失业者。她从小学开始学唱戏,别无他长,找不到合适的工作,生活成了最大的问题。剧团解散的时候,有关系、有门路的人都自寻出路了,上官桥劝过小叶子,劝她去求张超的父亲,好歹调动个单位,把公家饭碗给保住。可是她坚决不去找昔日的公公,尤其是后来知道了二姐张爱花的遭遇后,她更加憎恨张超,同时她也庆幸自己早早地离开了那个家。剧团解散时,上官桥因为妻姐连襟的关系,调到县文化馆工作。他对于这个他认为很有戏曲天赋的女弟子,有一份牵挂,可他却爱莫能助。

上官桥来古城办事,在朋友的邀请下,去"一品豆腐坊"就餐,没有想到,在那里意外地遇上了小叶子。在包厢里,几个男人几杯酒下肚,一个满脸络腮胡子的朋友涨红着脸说:"这家酒楼的饭菜有特色,地方戏更有特色,有一个唱戏的女娃子,长得可水灵了,很多回头客来吃饭,都是为了点她唱戏。"那个络腮胡子喝了一口酒眯着眼睛接着说:"那皮肤,真叫细腻,一次我趁机摸了一下她的手,那个滑溜……"络腮胡子说着亲吻着自己的那只脏手流下了涎水。"哥,你最懂行了,点一个瞧瞧?"另外一个朋友对上官桥说。

等到乐师把音响摆弄停当,一身戏妆的小叶子才缓缓出现,一句"三圣母思春心烦乱"还没有落音,小叶子看清楚了坐在包厢一角的上官桥,她的声音戛然而止,两眼直直地看着他,差点晕了过去。上官桥听到声音才知道是小叶子,在众人疑惑的眼神下,他站起来一把拉住小叶子,冲了出去。他一直拉着小叶子的手回到宾馆,他不想她当众遭受羞辱,他迫切地想知道她的生活近况。小叶子瘫倒在他的怀里,浑身发软,一句话也说不出来。长久的压抑和苦闷,使得她在这个自己喜欢的男人面前爆发,她太需要这个男人温暖的怀抱了。上官桥紧紧地拥抱着这个可怜、可爱的女人。

他怜惜她,看着她受苦受辱,他却什么也做不了,他的心很难过!

尽管上官桥的内心很关心小叶子,可是自从她去了古城,他就没有再和她联系。他希望她能够开启一段新的生活,他希望她能够获得幸福,可是,他万万没有想到,她在古城的生活竟然如此糟糕。

小叶子在上官桥温暖的怀抱里昏昏沉沉地睡去,她睡得那么香甜,那么平静。上官桥几次想叫醒她,都不忍心。

第二天一早,小叶子醒来,上官桥抱着满脸甜蜜的小叶子心疼地说:"我什么也给不了你,我对不起你!"小叶子用手捂着他的嘴说:"不许你这么说,我什么也不要,有你一次温暖的怀抱就够了。"上官桥说:"辞掉工作,跟我回华阳吧!"小叶子说:"如果昨天之前你这么说,我可能是会考虑的。可是,现在我回不去了,回不去了。"小叶子伏在他的肩上嘤嘤呜呜地哭了起来,她说:"真的回不去了,我不知道该怎么面对珍姐姐,她那么好的人,待我如亲妹妹一样。"上官桥紧紧地抱着她痛苦地说:"都是我不好,我对不起你,对不起阿珍。"

不久,小叶子就辞去"一品豆腐坊"的演唱工作,她应聘到一家商场卖服装,她要面对现实,她想重新开启一段新的生活,她要从过去的人和事中跳出来,不仅仅是她所钟爱的戏曲,还包括上官桥。

可是,很快她发现自己怀孕了,她怎么也想不明白,自己和张超结婚一年也没有怀孕,和上官桥的一夜恩爱,竟然怀孕了。她多么想生下这个孩子,可是,自己的生活都不能保障,怎么生孩子?生下来,怎么养孩子?生了孩子就会影响到上官桥和珍姐姐的生活,他们是那么恩爱的一对夫妻,且是对自己有恩的人呀!小叶子在矛盾的痛苦中挣扎,几天以后,她决然下定决心,暗自服下了药。小叶子一个人躺在冰冷的员工宿舍里,心中的悲伤和难忍的

胭脂河

腹痛一起涌来,她强忍着泪水低声吟唱起"三圣母"身怀胎儿别离刘彦昌的唱段。在那些孤单苦难的日子,戏曲成了她不离不弃的朋友,再苦再累,吟唱几句,她就会获得片刻的安慰和平静。她在内心庆幸,多亏她还有这个从小就有的爱好,否则,那些难挨的日子,她真不知道怎么度过。

古城的生活,小叶子最喜欢的是每天早起,去城墙根儿,沿着南城墙和护城河之间的林中小路走一段,呼吸一下清晨清新的空气,在活动场地上,会遇上一些秦腔爱好者。有吊嗓子清唱的,有三五人搭班子吹拉弹唱俱全的。可以驻足静心欣赏,兴之所至,也可以参与其中。他们一点都不排外,只要你是真心喜欢秦腔,就可以在一起弹弹唱唱。清晨在凉爽的空气中拉开了它的纱幔,小叶子在戏曲中感受到爽朗的生活气息,这些可以暂时消除她前一天工作上的不顺心和委屈。而清晨那段短暂的时光之后,她又需要应对一天工作中的难堪和不顺心。

和城墙根儿的大妈、大爷们熟悉了以后,老人们开始热心地询问小叶子的家庭情况,知道她还是单身,都很热心地给她张罗相亲。一位热心的大妈,很热情地介绍隔壁家的大侄子,说在一家化工厂里上班,和小叶子很般配的,打包票说回去说了以后,第二天就让他们见面。可是说过以后,久久没有回音,一天早上晨练时,当着小叶子的面,在一位大爷再三的催问下,大妈才吞吞吐吐地说,人家一听说小叶子原本是个唱戏的,且在酒楼唱过戏,就不愿意见面了。尽管小叶子并没有把这件事放在心上,可是当她得知人家是轻看她是个唱戏的女子,内心还是懊恼了一阵子。后来,在热心的大妈大爷的介绍下,她陆续见了几个男人,其中也有对她很中意的,可是,当她和他们面对面坐在一起的时候,她就觉得无话可说,她宁愿在心里哼唱着戏文,却找不到要和他们讲的话。更多的时候,看着对面的那个男人,她的心里、眼里不自觉地呈现的全是上官桥的身影。

自从那次以后,小叶子和上官桥就再也没有联系,她知道,就算是时常联系,又能怎么样呢?人家有人家的家庭,自己算什么呢?后来,她发现自己怀孕的时候,她很想把那个消息告诉给他,她也幻想着有一天他们能生活在一起,可是仅是一念之间,她就打消了那样的念头。她自己忍受着痛苦,把问题解决了,她不想给他增添一丝麻烦,她想要他的生活快乐。可是每个人想要真正生活得快乐,那是多么难呀!

在古城里,除了晨练时认识的大伯大妈,小叶子很少和其他人交往。她知道自己的几个好姐妹如今也生活在这座城市里,可是她不想和她们联系。她总是在想,就算联系上了,看看自己现在的生活,又能说些什么呢?

26 燕徘徊

燕子终于有了自己的家,更准确地说应该是房子。她在玫瑰小区按揭买了一套一居室的房子,虽然不足五十平方米,但对她来说已经是非常好了。这么多年她总算是拥有了自己的空间,首付四万,剩下的办理银行按揭,月供一千二百元,辛苦奋斗了这么多年,这是她能负担得起的。其实早在几年前她就筹划着攒钱买房子,当然是筹划着和另一个人一块儿买房子,她想象的生活质量要高一些,房子的空间要大一些,要有独立的书房和婴儿室……可是,另一个人迟迟没有出现,日子一天天过去了,她却还是一个人在徘徊。年龄不小了,她再也忍受不了在城中村一间小民房的日子,更重要的是,这样的居住条件给她的生活、交友都带

胭脂河

来了很大的不便,尽管很少朋友来家里,可是人家要问你住哪儿,说出来终归是很没面子的事情。于是她一咬牙,拿出了自己的积蓄按揭买下了这套精装修的一室一厅一厨一卫的房子。很快办完手续她就搬了家,其实也没有什么好搬的,一些必备的家具都是新买的,特别是灶具,一律都是自己喜欢的那种简明、便捷、时尚的不锈钢和玻璃器皿。

燕子非常高兴,好久都没有这么清爽了,搬家那天,报社的同事们来帮忙,是经济专刊的年轻男女,也都是这个城市里的外乡人。本来想请大家在饭馆吃顿饭,可是大家都说还是在家里好。小伙子们负责采购,姑娘们负责做,不一会儿就是一桌。大家围着茶几席地而坐,随意地吃着饭菜,喝着啤酒,高谈阔论,非常热闹。酒过三巡,大家情绪都有点激昂,就有人开始发牢骚。小谢说:"工作太累了!"胖子说:"谁让你每期都发那么多稿子呢?""不发那么多稿子我能在这里生活下去吗?我来城里的目的就是想生活得好,我要买大房子,把父母接进城里住,我要娶漂亮能干的媳妇,就像燕子一样的,我还要买车,我还要……""小谢,你喝多了。"刘慧站起来把小谢扶到旁边的沙发上。

"我放弃教师的职业进报社做记者就是为了实现我的作家梦,没想到现在每天写那么多的文章,全是围绕着别人的意思转,自己的思想一点都没办法表达出来,这么辛苦,还不如在我老家那边工作,最起码生存环境要比古城好得多。"刘慧说着,漂亮的大眼睛里有一丝丝忧郁。

"想要有个家……"有人开始唱歌了,可是那声音听起来怎么都不像是歌,倒像是压抑在心底的哭泣声。

燕子始终举着杯子,喝着酒,没有说话。她看着这一帮年轻同事,似乎看到了从前的自己,可是现在的自己与他们又有什么分别呢?尽管自己比他们收入高,受人尊敬和爱戴,可是这些又能带给自己什么呢?小谢把音响开得很响,唱着歌,扭动着跳起舞来。醉了,全喝醉了,看着他们疯言疯语的,燕子始终微笑着端着酒杯,她多希望自己也能喝醉,可是越喝越清醒,她清醒地意识到,这不是自己真正想要的生活,自己坚强独立的外表下掩藏着一颗脆弱、敏感的心,这颗心需要一个有力的臂膀用心地呵护。"想要有个家……"她清楚地知道自己想要的并不仅仅是自由的住所,而是个活生生的家。她原以为自己搬了新居就会很开心,可是,她清楚地意识到其实自己并没有真正地开心起来。

燕子对未来的期盼当然不仅仅只是房子。

虽然燕子是一个性格倔强、独立生活能力很强的人,在感情受挫时,她也想一辈子过单身生活,可事实上她的内心却是脆弱的,她的内心需要一种强有力的东西,哪怕仅仅是信念上的支撑。

燕子的感情世界是丰富的,情感是细腻的。当年韩子清痴心追求,不能算作她的初恋,但对她的影响却很大,是她本该静心学习的年龄,承受了不该有的纷扰。在"橄榄球"时代,她也有过被一群男孩子追着起哄的热闹,后来恋爱了,再后来分手了。感情的路一波三折,不幸就坠入了大龄剩女的行列,而且在这个行列里,她一个人已经走了许久许久。

大学期间,燕子和许多同学一样,认认真真地谈了一场轰轰烈烈的恋爱。林平是燕子高中三年的同学,他们都是重点中学的高才生,也是众多男女生心目中的偶像,一起考入大学,顺理成章地谈起了恋爱。林平就读的是古城最好的大学,在城东,燕子就读的是古城的师范大学,在城南。穿越城市中心的公共汽车,承载着两份沉甸甸的感情在城市中穿梭,与日俱浓。相约着逃课去历史博物馆看展览,去植物园看郁金香,周末奔走在古城的大街小巷。为了过一个圣诞节,一个晚上连续去了几家教堂。生活是美好的,日子是自己的,未来似乎是可以把握的。他们也一块儿憧憬着未来的生活,未来的事业,未来的家庭,甚至将来的子女教育——纯美的恋情,良好的期望,在一天天地成长。可是,有一道裂痕却在不知不觉中产生,而且越来越大,直到毕业的那一天,终于裂开,最终如大陆板块一样彻底地分离。

在以后的若干年中,燕子反复地做着同样一个梦:恍恍惚惚中,自己似乎置身于汪洋大海中的一座孤岛之上,抬眼望去,白茫茫的一片,她的意识中始终在追寻某个人,却怎么也找不到。有好多次都是在这种极度焦虑中惊醒,第二天的情绪就怎么也调动不起来。

燕子是那种热情奔放、积极进取、努力向上的女孩,她喜欢的是积极上进的生活,梦想着有朝一日能够取得不平凡的成就,拥有轰轰烈烈的人生。林平聪颖过人,这正是令燕子着迷的地方,可是林平却凭借着自己的聪明,长久以来养成了一种惰性,很多事情都能想到,却懒得去做。这一点燕子早就意识到了,她相信自己有能力带动他改变这一点。然而燕子想得太天真了,要想改变一个人是很难的。

大学毕业前夕,他们计划着一起去南方闯世界,这当然是燕子最想过的生活。而林平只想找一份轻松稳定的工作。他们先后去过广州、深圳,可是,找一份合适的工作很难。临近毕业的前几天,林平在一次学校的大型招聘会上,签了一个单位,在广东梅州。他没有和燕子商量,就签订了就业合同。燕子知道后坚决反对,广东省的梅州地区,那算什么好地方呀,就是一个社会主义新农村,不去,坚决不能去。要去南方,也只能去广州、深圳,怎么能去梅州呢?燕子从地图上看着梅州,分析着,坚决不让去。她要林平撕毁合约,大不了和自己一样抛开人事档案和户口关系,到上海或广州去闯,从小事做起,她坚信他们俩一起努力,一切都会好起来的。不行的话,留在古城也不错,毕竟是古都,机会也会很多,肯定要比梅州好。林平说,好不容易签了单位,还是去吧,免得再去奔波。再说,他也不喜欢古城,人口太多,气候干燥。两人僵持了很久,似乎都有点赌气式的各执己见。最终林平还是一个人去了梅州,而燕子留在了古城。林平临走时说:"我先去,也许你过一段时间就会想通,到时候我回来接你!"燕子说:"你去看看吧,你到那地方待一段时间,失望了,再到广州或者深圳,我会考虑去的,或者你想回来,我也欢迎你。"

那一日去火车站送行,秋日的凉风里,燕子特地穿了一件大红的风衣。竖起大衣的领子,披散着长发,故作潇洒地挥挥手。多少年后,那次送别的场面如同一幅油画,定格在她的脑海中。成熟以后的燕子才意识到,秋风中那个穿红衣的女子,似乎在刻意地模仿着什么,然而年轻而故作潇洒的这一刻意的模仿便失去了最初的真爱。多年以后,感情上起伏不定、难以平静的燕子常常在想:难道最真最美最痛的爱今生只有一次?!那么自己对于林平、韩子清又意味着什么呢?!

燕子和林平保持着书信来往,双方似乎都不愿轻易放弃最初的这份感情。林平信中说,南方的气候真好,海边的天空和大海一样蓝。燕子说,古城又修通了三环,开发区的高楼越盖越漂亮。林平寄来了照片,浩瀚的大海,海边的沙滩上写着:燕子,南海在呼唤你!燕子说,古城图书馆刚刚落成,建筑风格是仿唐的,和历史博物馆一样都是张锦秋大师的杰作。鸿雁传书中,他们都明显地意识到他们的感情正在努力地与时间和空间赛跑。

两年后,时断时续的书信中,林平写道:"我太累了,不想漂泊了,我想有个家。林平在信中提到他在梅州认识了一个打工妹,高中文化程度,挺善解人意的。"

自从送走林平,燕子就意识到,这有可能是他们永久的分开,她惆怅过,也为林平安于现状的惰性心理而怨恨。两年中,她也认

胭脂河

识了不少异性朋友,也曾尝试着再谈恋爱,可是当她真的听到林平这么一说,还是很伤心。她知道,这次她是真正地失去了林平,永远地失去了自己初恋的爱人。燕子也没有想到,意料之中迟早要分手的事情,可她还是控制不住自己,伤心难过了很久。可是她始终也没有想着和他再联系,她想,也许自己最伤心的并不是林平这个人,而是伤感失去了初恋最初最美的情怀。

新的朋友认识得也不少,而感情却始终没有着落,好在燕子对自己的工作一直都很满意。几年内她跳了好几个单位,都是自己喜欢的编辑记者工作,而且每跳一个单位都会使自己有所收获。可是时间久了,燕子还是会觉得孤寂,是那种灵魂深处的孤寂。她知道自己缺少一种东西,一种让自己灵魂不再感到孤寂的情感。尽管自己身边男朋友不断,其实他们都没有真正地走进自己的内心。

一个人的日子太久,燕子有了对家的渴盼。住在脏乱的城中村,开始有了对宽敞明亮的大房子的向往。作为古城销量最大的报业的知名记者,早已见过很多大场面,燕子有了对高雅生活的向往。燕子也不知道自己从什么时候开始,对家的向往竟是如此地真实和具体。和林平在一起的时候,他们曾经不止一次地设想着未来的家庭,每一次都幸福陶醉,却没有一次想到具体的房子!

而今总算是有了自己的房子,有了自己向往已久的落地窗,盘坐在明亮的玻璃窗前,沐浴着冬日的阳光,看着茶叶在玻璃杯中上下翻滚,思绪却怎么也流不成一篇散文。夜深人静时,她躺在床上,欣赏着自己向往已久的飘逸的落地窗帘,悠闲舒适的心境中却陡然平添了一份孤寂之感,是那种慢慢从心底涌出来的东西。她开始有点后悔,还不如住在城中村,每晚周围都吵吵闹闹的,随便走出去,就能看到熙熙攘攘的人群和新鲜事物,自己是很难有机会体味孤寂的。周末下厨,耐心地做了几个精美的小菜,可是当她一个人坐到桌前享用时，却怎么也高兴不起来，如果能有人来品尝她的厨艺就好了，可是——想着、想着，她竟然掉下了眼泪。她清楚地意识到自己的日子再也不能这么过了。

燕子决定请几个朋友来家里热闹一下。第一个想请的人是张可，燕子大学的同班同学。在学校里，她们的交往并不深，可是大学同班女生留在古城的也只有她们俩，以前没有联系，直到半年前在街道上遇见。张可性格没有多大变化，只不过比以前漂亮了许多。张可问燕子家住在哪里，燕子想人家留校在师大上班，怎么好意思说自己在师大对面的如意村住呢。她赶紧说了一点别的事搪塞过去了。现在终于有了自己的新家，她就特别想邀请张可来。其实更重要的一点是，她知道张可的父母都是师大的教授，她能够作为特招生上大学并且留校，完全是因为这一点。张可的男朋友在政府工作，不用说，张可和她男朋友的身边一定有一大批优秀的男青年。燕子甚至有点嘲笑自己真傻，上学时还居然看不起人家张可，不愿意和人家这种没有多少真才实学的特招生过多地交往，虽说人家学习成绩并不怎么好，毕业后却可以留在大学里，而自己却只能在社会上奔波。

第二个想请的人是自己的同乡李映辉。要说自己在这个城市里的异性朋友，那么就只有他了，这么多年在许多事情上没少请他帮忙。李映辉和燕子同年毕业，他在财经学院学会计专业，毕业后分配到商贸厅下属的百隆公司上班。后来，国有企业改革，他下岗后，先后干过几个工作，后来应聘到开发区的一个合资企业。他们是在大学毕业那年认识的，大家都来自华阳县的农村，有着相同的童年山野中嬉戏、少年外出艰苦求学的经历，也有着外乡人在城市里谋生活的艰辛和感受，所以在很多事情上都能谈得来，就一直保持着联系。工作上的不顺心和生活中的困难，倔强的她一般不愿意让别人知道，可是有机会她却会向李映辉说一说，有困难时也会请他帮忙,他也从来不推辞。这么多年,他可以算得上她的最知心的异性朋友。这次她想趁搬家的机会,好好请他吃顿饭,以答谢他这么多年对自己的帮助之情。

想来想去,再没有别人好请,工作这么多年,她也有不少的朋友,可是时过境迁,能够长久地保持联系的人却不多。只请两个人吧,气氛不够,一般关系的人又不想请,犹豫了好久,她决定邀请自己报社的同事小谢和刘慧。这么多年,小谢一直是自己身边最忠实的追求者,可是她只把他当作弟弟看。

周末,燕子早早就做好准备,等他们陆续到来的时候,瓜果零食早就摆好了,凉菜是现成的,几分钟后热菜就端上了桌。饭菜一点也不马虎,这也是燕子的精明之处,她知道什么样的情况下该怎么做。一方面是她自己本来就对生活细节有要求,更重要的是因为张可,她要让张可知道自己的生活能力和生活品位。燕子说,没有在饭店,就是想图一个亲近、热闹,说自己一个外乡人在古城,就这几个最好的朋友,自己搬新家高兴,当然要和好朋友一块儿来分享。大家都很高兴,只是张可、李映辉、小谢他们相互之间是第一次见面,没有上一次同事聚餐的那种热热闹闹的气氛,大家都是很有礼节地聊着天、说着笑话。张可很高兴,她率直地说好羡慕燕子有能力让自己有独立的空间,不像自己,到现在还要和父母同住,很不自由。

自从这次在家里请客以后,张可成了燕子的常客。这正是燕子所希望的,尽管她的内心其实并不是很喜欢张可,也很难和她有更深层次的精神交流,可是她还是希望能够和张可保持长久的交往,并且经常违心地对她说:"咱们俩在一起真好!"她们住得并不远,有时下班,张可就过来,两个人一块儿吃晚饭,逛夜市,谈论衣服、化妆品,一起说女人心中的秘密。张可说,她和男朋友的交往是妈妈帮忙安排的,开始还觉得有些别扭,怎么那么老套,谈朋友还要妈妈出面。结果他们见了面,交往了一段时间觉得还可以,就确定了下来。张可说,她现在慢慢体会到她妈妈的话是很有道理,生活是要讲实际的。她对燕子说:"咱们年轻,阅历浅、缺乏眼光,容易激动,恋爱、婚姻的确是需要父母给把关的。"她说,她没有燕子那么能干,独立生活能力不强,她需要依靠妈妈的帮助,才能理顺自己的生活。燕子默默地听着不吭声,其实她是在心里直叫屈,难道能干也是女人的过错?难道能干的女人就不需要人来疼爱吗?她想起了大学时,罗教授的那句名言:"男人是这个世界的支柱,女人是这个世界的色彩;这个世界没有了色彩,会变得黯然失色,但是,若这个世界没有了支柱,便是天塌地裂!当然现实生活当中,也有角色转换的现象,女人选择做了支柱,男人选择做了色彩,那么他付出的代价是与常人不相同的。"她当时觉得罗教授太男权主义,多年奔波以后,她开始领会到其中的道理。燕子意识到自己努力上进只不过是想让自己的色彩更加绚烂些,她并没有使自己转化为支柱的想法和能力。然而阴差阳错,幸福却总是与她擦肩而过。看着张可,她常常在想,幸福怎么偏偏就会为这种对生活浑然不知不觉的人设置?像自己这样精致、细腻,有生活激情和情调的人却怎么偏偏就抓不住幸福呢?!

27 约会

燕子不再漫无目的地和人交往,她要实实在在地为自己打算,为自己在古城找一个满意的结婚对象。她有意识地和报社里有身份、有地位的人交往,偶尔和他们一起吃饭,一起郊游,目的是想接触他们身边的未婚大龄男青年,这同她和张可保持亲密联系的原因一样。燕子明白有身份、有地位的人身边的朋友一般都很优秀,可是毕竟认识的人有限,很长时间,还是没有遇上合适的。她负责的是经济专刊,经常会接触一些成功人士,其中也不乏青年才俊,可是她清楚,人家对你客客气气,恭维有加,看重的是你手头的笔和你所在的报业,看重的是你妙笔生花的传播效果,能为他们带来实在的利益,而并非因为你是一个难得一见的优秀女性!

一次一家企业的新闻发布会上,燕子认识了一位投资公司的王董事长,四十多岁,是一个精瘦干练的男人。他们一起谈论了一些古城经济发展以及创业方面的事情,燕子根据自己在经济专刊工作多年的经验,针对古城经济投资热点问题谈了一些自己的看法,王董听了以后很感兴趣,对燕子赞赏有加,说她身上具备张瑞敏等知名企业家的气质。会后王董请燕子吃晚饭,是在那种放着高雅音乐、有着精美餐具的西餐厅,虽然这种场合燕子也不是第一次来,可是她还是为自己随意的着装而羞愧。王董彬彬有礼,绅士味儿十足,对女性的体贴和赞美恰如其分。轻柔的音乐,漂亮的高脚杯,飘香的洋酒,诱人的美食,燕子即使不吃不喝,也有点陶醉了。临别时,王董说:"赵小姐,我们以后常联系。"

燕子飘飘然。尽管她知道像王董事长这样的商界巨子、成功人士,一定是屋有娇妻、家有慧儿,自己也绝不会爱上他,但是她还是为自己有吸引成功男士的才华和美貌而沾沾自喜。长久以来,被失落的情感折磨得有些自卑的她,每每对着镜子,望着慢慢开始逝去的青春容颜而感叹,时光竟如此无情,昔日光艳无比的燕子正在慢慢变老,可是感情还没有着落。自从得到王董事长的赞赏以后,燕子的精气神似乎被唤起,整天神采奕奕地,她的自信被唤醒,她相信她还会遇到欣赏自己也被自己欣赏的男人。尽管这一切与婚姻、爱情无关,可是异性的欣赏像是一剂良药,它能唤起一个女人的自信和美丽!终于有王董的电话打来,约她星期天下午去巴黎之春健身俱乐部。燕子又是喜又是忧,喜的是王董果然又约自己,忧的是像王董这样有产有业、有家有室的成功人士赏识自己,如果真的对自己有所追求的话,自己该怎么办?答应吧,肯定不行,这不是自己想要的生活;拒绝吧,是不是有点可惜,这可是多少女孩子梦寐以求的事情。燕子忐忑不安,但她还是为星期天的约会做了充分的准备。

燕子首先为穿什么衣服而发愁。燕子是那种身材高大的女子,三十岁了,平时靠裁剪得体、做工考究的职业装掩盖着缺陷,而王董约她去的是健身俱乐部,当然要穿运动装,这样的身材怎么经得起运动装的折腾。于是,燕子去了钟楼商场,经过一个下午的挑选,终于选中了一套休闲装,款式独特却不张扬,面料考究、裁剪得体、做工精细。她身材高大,穿上既显得大气,却又不失飘逸。燕子满意极了,价钱却也是贵得惊人,几乎花去她一个月的工资。燕子咬咬牙买了,回来的路上想起王安忆《长恨歌》里的话,女人的着装打扮是女人的另一个文凭,而这个文凭不是每个女人都能拥有。她越发明白这个文凭不但需要与生俱来的资本和后天的苦心经营练就,而且还需要强大的经济做后盾,它的确不是每个女人都能要得起的。

星期天,燕子换上精挑细选的衣服,去了唯美浓——自己多少次想去都没敢去的美容美发厅。在唯美浓,她意外地遇上了多年不见的好姐妹苏小卉,几年前她就听娘说小卉也来了古城,没想到今天竟碰上了,燕子很高兴,觉得今天实在是个好日子,如果不是今天有约在先,她一定要和这位多年不见的姐妹好好聊聊天,可是今天的约会对自己来说,太有诱惑力了。一想到和王董的约会,她就止不住喜形于色,小卉看在眼里,也没有多问,亲自帮她做了脸,又陪她做了头发。临走时,燕子说自己今天有一个重要的约会,改天一定来找小卉。

燕子如约来到巴黎之春健身俱乐部。

巴黎之春健身俱乐部位于开发区创业大厦的顶楼,是一个高档次的健身俱乐部,来这儿的人非富即贵。健身房与休息厅用玻璃隔开,燕子到的时候,偌大的休息厅里,没有几个人。没有看见王董,她以为自己早到了。坐在大厅沙发上透过玻璃看着健身的人们,心中不住地感叹,有钱有闲人的生活真好!等了一会儿,燕子给王董打了一个电话,说自己先到了。没想到王董却是一身运动装从健身房出来,边走边擦着汗。她觉得穿运动装的王董多了几分可爱,人就放松了。王董说:"我周末一般都在这里度过,约赵小姐到这儿,不会介意吧。"燕子说:"王董你客气了。"他们在临窗的位子坐下。燕子抬头望了一眼窗外,开发区林立的高楼和整洁的街道尽收眼底,一缕阳光斜射过来,她突然有一种昏眩的感觉,和成熟、睿智还有几分可爱的成功男人对面而坐,这种场景似乎以前在哪里见过?!

王董说:"上次听你谈到你的家乡,我很感兴趣,今天约你来就是想详细地了解了解你的故乡,尤其是那个青石峡谷、胭脂河、龙王潭我也很感兴趣。"

燕子的心跳加速,对自己的家乡感兴趣,那肯定是因为人呀,看来王董是真的对自己……她不敢再往下想。她喝了口茶,镇定了一下缓缓地说到,小时候,觉得家乡穷山恶水的,看惯了石崖、溪流和丛生的树木,在城市里生活了十几年后,才慢慢觉出家乡的美来。燕子说得有点违心。家乡虽然称得上山清水秀,可是一想到家乡的人和事,她的第一反应就是"穷山恶水出刁民"。可是既然有人对自己的家乡感兴趣,又何必要拂人家的兴致呢?更何况还是像王董这样走南闯北、见多识广的成功人士。这么想了,她自己都为自己的虚伪而吃惊。

王董说他对那个大峡谷感兴趣,几年前他曾经去过一次,是黄金热的那几年,经过那个青石峡谷口,感觉是一个很美妙的地方,有几分特别,可惜没有进大峡谷,听说峡谷里的景色更美。

燕子说,原来王董去过呀,黄金热的那两年是很热闹的,可惜只是几年的光景,现在一切又恢复了往日的平静。大峡谷,外地人是进不去的,那里根本就没有路,她们小时候和小伙伴放牛进去过,都是沿着小溪流走,走着走着,一转弯就看不见天了,人们都习惯称那儿为"一线天";还有一些很恐怖的传说,很吓人的。提到大峡谷,燕子说得很自然也很客观。

一个漂亮的女子走了过来,二十二三岁的模样,高挑的身材,样子像极了章子怡。她清风细柳般走到王董跟前,在王董的沙发扶手坐下,一手搭在他的肩膀上,另一只手夸张地比画着,"里面有个胖子,在做牵引,太搞笑了,你是没看见……"话没有说完就趴在王董的怀里笑个不停。

燕子一时没有明白过来,赶紧停下自己的话题,用惊奇的目光望着王董。他微笑着对燕子说,年龄小,就是贪玩。他抚摸着那女子的秀发,温柔地说,你先去玩吧,我和赵老师在谈一点事情。那女孩这才抬起头望着她,嫣然一笑,算是打了个招呼,她点头算是回应。那女子站起来的时候在王董的面颊上亲了一口,转身离开了。王董柔情的眼光,一直目送那女子进去,这才回过头来对燕子说,继续吧。

燕子一时不知如何拾起话题。王董看那女子的眼神才是男人看女人的眼神,对自己呢,"赵老师",算是对自己的欣赏和尊重,但是至少说明人家不是因为自己的异性魅力而被吸引。此刻燕子的脑海中突然蹦出了一句近乎恶毒的话来形容自己——"大宴会上无人敷衍的老处女(钱中书《围城》里对苏文纨的形容)",她猛然觉得自己实际上很浅薄、很无知,她为自己先前的自作多情、胡乱猜想而感到羞愧,更为自己见到年轻、漂亮的女人内心自卑而感到愤慨。

一时陷入沉默。

王董打开了僵局。直奔主题,他说他们公司计划投资一个新项目,计划在秦岭山里建一个大型的度假村,在选址上一直定不下来,听燕子对自己家乡的描述和对目前城市人对度假的心理分析,觉得青石峡谷不失为一个好的投资地方。

燕子这才明白,原来王董约自己是为了投资上的事情,真不愧是大商人,真是无孔不入。同时,她也为自己的想法被看中而感到安慰。自己在他眼里,不是吸引人的异性,但至少不算白痴。然而,不算白痴又能怎么样呢?还不是一个老姑娘!燕子想归想,她算是明白了自己的身份,明白了自己的身份,她就抛却了那些不切实际的想象和做作,就恢复了应有的聪明和睿智。

燕子说:"单纯开发度假村条件还不太成熟,大庙镇、青石峡谷离古城的路程有点远,如果能把草链岭开发成森林公园,配套度假村,那就好了。草链岭松林苍翠,植被良好,空气清新;青石峡谷奇峰怪石,碧波清泉,还有很多优美的传说。"

燕子接着说:"说来也算是个奇迹,一般出矿石的地方,植被就不会很好,而大庙那个地方,偏偏既有矿石,树木又很茂盛。胭脂河是洛河的上游,源头在草链岭上,那里也是滋水河的源头。草链岭上还有一个原始的寨子,寨名就叫驼子梁,那里的人们就地取材,用石板修建房屋,至今还保留一些很原始的生活习俗。"燕子也没有想到一说到自己一贯痛恨的家乡,一说到青石峡谷,竟不自觉地说到这么多的好处,看来骨子里对家乡还是有几分爱恋的。

燕子说:"草链岭确实值得开发。它是都市人旅游度假的好去处。春天,满目苍翠、鸟语花香;夏天,山花烂漫,凉爽宜人;秋天,天高云淡,满山红叶;冬天,冰雪世界、晶莹剔透。是古城的后花园,是人们休闲避暑的好去处。"

王董微笑地倾听着,略有所思。

燕子说:"如果王董投资的话,它的回报绝不亚于在城里开发抢手的楼盘。只是周期会长一些,不过等景区开发出来,度假村建起来,那儿可就成了王董你的地盘了!"

燕子接着说:"华阳县已经申报草链岭为森林公园,正在准备开发青石峡谷,只是苦于财政吃紧,正在招商引资。如果王董您愿意投资,对华阳县来说是件大好事,我代表家乡人民欢迎您这位大老板!"

王董热情地赞赏燕子不愧为晚报经济专刊的知名记者,不但文采好、口才好,目光也很敏锐,极具商业头脑,王董很赞同燕子的分析。

尽管后来他们的谈话很愉快,可是燕子和王董的这次约会,却极大地打击了她女性的自尊。虽然她对王董并没有什么非分之想,甚至觉得如果王董真的对自己有什么想法的话,她还会认为是一件麻烦的事情,可是,当她知道王董并没有把自己当作有吸引力的女人来欣赏的时候,还是觉得受到很大的打击。尤其是那个酷似章子怡的女孩,那么轻浮、浅薄,可是就是因为年轻貌美,像王董那样深沉睿智的男人都会喜欢有加。如果是十年前,自己绝不会输给她。就是现在自己也并不能算是输给她,自己的学识、能力、涵养都远远在她之上,可是,这些在男人眼里,又能算得上什么呢?燕子受到深深地一击。同时,她也更加深刻地意识到时光不饶人的道理。那天以后,她下定决心,一定要抓住青春的尾巴,把自己嫁出去。

后来,王董又约了燕子几次,她都婉言推辞了,尽管她一贯的作风都是喜欢和优秀的人士交往。几个月后,王董说,他经过全面考察和专家论证,公司已经把开发青石峡谷立项了,他邀请燕子来他公司工作,说她对那里熟悉,又有管理才能,让她负责峡谷开发项目在华阳县的具体工作,收入要高出她报社工作许多,等到项目完成以后,她还可以回到总部工作。燕子认真地考虑了几天,还是谢绝了。她把自己的老乡李映辉介绍给王董。如果早几年有这样的工作机会,她一定会毫不犹豫地答应的,负责考察开发青石峡谷,这也是她求之不得的事,她一直想干一番事业,以前没有机会,而现在,作为女人,她最大的心愿和目标就是把自己嫁出去,其他的事情只能等以后再考虑了。

　　这次约会后很长的一段时间里,燕子的情绪都很低落,对工作也缺乏往日的热情。本来答应去看多年没见的好姐妹苏小卉,她都一直没有心情去,只是打了个电话说自己这段时间采访任务重,等过了这段时间,一定去看她。其实,还有一个原因就是她不知道面对家乡的好姐妹她该说什么。自从考上大学以来,她在家乡人心目中就是"山旮旯飞出的金凤凰",一直都是大家羡慕的对象,留在古城工作以后,家乡的年轻人都想象着她的生活应该是充满了鲜花和阳光,应该是幸福和美满的。这么多年不管有多大的艰辛,回到家乡她都表现出对自己的现状很满意的样子。而对于自己最好的姐妹苏小卉,见了面,到底该怎样介绍自己现在的生活呢?

28 城市婚宴

　　古城的秋天是一年四季中最美丽的季节,没有了春天的干燥,没有了夏天的狂热,树木花草依然保持着葱郁、芬芳,只是一场秋雨一场寒。雨后的晴天,阳光灿烂,浑厚的城墙在秋日的阳光里,如西征凯旋的将军,雄壮而威严。古城的秋天是收获的季节,伴随着桂花的香味,到处洋溢着丰收欢庆的喜悦,那些辛勤耕耘爱情的人们都想在这个季节里收获硕果。九十月份,每逢周末,大街小巷随时都能碰上扎满鲜花的婚车;即使不出门,在家里也能听到喜庆的鞭炮声;广场上、公园里随处可见身着婚纱和礼服的是拍婚纱照的准新娘和准新郎;商场首饰专柜进进出出的一对对年轻男女是挑选结婚戒指的准新娘和准新郎;而母女共同出现在家居品商场的,则多半是准备嫁妆的准新娘。

有那么多人都在忙着结婚,这些人里却没有燕子。在感情这条路上她徘徊了这么久,还是没有找到自己的另一半。她深知自己年龄不小了,青春正在慢慢地消逝,她已经开始降低情感上的要求,可是一切还是不能如愿。看着那些忙碌着准备结婚的人们,燕子难免有些惆怅。惆怅归惆怅,日子还是要过,也还是要去参加别人的婚礼。燕子收到了两份喜帖,一份是同学张可的,一份是同事小谢的。一个是星期六,一个是星期天。张可是在半年前就定好结婚日子的。而小谢,她没有想到这么快就决定和刘慧结婚了。几年来,小谢一直都没有放弃过对她的追求,可是,燕子再怎么想结婚,也不能接受和一个年龄比自己小、工作没有自己突出、收入比自己低、和自己一样什么也没有的城市外乡人结婚,除非很爱他,这一点又谈不上,所以她一直只把他当作自己的一个好朋友而已。尽管如此,可是当她知道人家要结婚时,多少还是有些失落。

小谢和刘慧婚期定在星期六,那天只请了报社的几个同事和朋友,大家一起动手布置好新房,在小肥羊吃了顿火锅,大家热热闹闹地把新娘和新郎拥进新房——幸福村里租来的民房里,一大间,里边有个小套间。小套间里放着一张大床,床头上贴着大红的喜字，天花板上挂着彩色、漂亮的拉花。大间摆着一个简单的沙发、一张茶几和一台彩电，茶几上放了两瓶鲜花，靠近门口的窗户边，摆着简单的灶具，灶具和窗子上都贴着喜字。小谢说，感谢大家捧场，他们的婚礼是太简陋了，委屈了自己的新娘子！他们还需要再艰苦奋斗几年。刘慧幸福地依在小谢的怀里说，她一点也不觉得委屈，他俩主要是想节俭一下，多攒点钱，以后买房子、生小孩时能宽裕一些。

看到这一幕，燕子的眼里有些湿润。她有些感动，不知怎么的她又想起了林平，如果当年他们没有分开，不论在哪个城市，他们的婚礼也应该和这差不多。可是现在让自己这么简单地结婚，她肯定做不到了。时光流逝，时位之移人也，而到底是什么改变了自己的初衷呢，怕是连自己也都说不清楚了。

参加完小谢的婚礼，燕子就急着往张可家赶。张可一定要请她做伴娘，要她前一天晚上就住到她家，第二天将要成为别人的新娘，要闺蜜陪她度过娘家的最后一夜。她原本不愿意做伴娘，但又不好扫张可的兴，只好答应了，心想说不定还会像电视剧演的那样，会遇上一个一见钟情的伴郎呢。

张可是从半年前就开始为结婚做准备的。从那时起她开始节食塑身，美容护肤。燕子和她在一起的时候，张可经常同她谈论结婚时穿什么样的礼服好看，首饰该选择什么样的款式，几乎都是程式化的想法。燕子其实并不喜欢谈论这些，但是为了迎合张可每次都显得很投入，张可也就更加把她当作自己最要好的朋友，对她依赖有加。在燕子看来，张可就是那种天生的俗人，她探讨的婚礼、婚姻问题全是面子上的东西，很少涉及它的实质，也就是实实在在的两个人的感情和生活，似乎婚礼是为了办给大家看的。

张可的婚礼称得上中西合璧。张可妈妈严格按照中国传统习惯,择吉日、选良辰,讲"喜"、讲"双",求的是百年好合,永结同心!婚宴的主持人,声音洪亮、诙谐幽默,指导着身着礼服、婚纱的新郎和新娘交换戒指,向父母鞠躬,向亲朋好友答谢。主持人的高声低语把整个婚礼一次又一次地推向高潮。站在新娘旁边的燕子不止一次地参加过类似的婚礼,可就是这次她更加明显地体会到自己打心底里不喜欢这种婚礼形式,整个婚礼就像是为新郎新娘做的一场秀,打扮得漂漂亮亮的新郎新娘似乎是为取悦大家而表演的一场演出,而这台演出的导演就是那个训练有素、千篇一律、口若悬河的主持人。豪华的场面、吉祥的语言、欢乐的笑声,燕子总觉得这对于一对新人来说似乎缺少了点什么。她想到中国传统式的婚礼,身着红衣的新郎、新娘站在张灯结彩的大堂前,司仪高声喊"一拜天地,二拜高堂,夫妻对拜",新郎新娘虔诚地跪拜,这个时候就是他们人生最重要、最庄严的时刻。燕子也了解西式的婚礼,身着礼服、婚纱的新郎新娘面对着神甫在神圣的十字架前宣誓,那种庄严、那种肃穆,展现了人们对婚姻大事庄重的一面,她觉得这种西式婚礼是一种非常好的形式。然而现在城市的婚礼,土洋结合、中西合璧,扬弃了中国传统婚礼的内核,又没有学到西式婚礼的精髓,不伦不类,简直是对婚姻大事的怠慢。穿着婚纱、礼服的新娘、新郎在饭店的大厅,举行着他们的结婚仪式,没有了传统婚礼的跪拜天地的虔诚,也没有西式婚礼向神甫宣誓的庄严,似乎只是一个热闹的场面。也难怪呢,现在的人似乎把什么都看淡了。

整个婚礼燕子陪同着张可换礼服、向客人挨个敬酒。今天的伴郎令她很失望,没有想到高大英俊的新郎身旁会有这样一个伴郎。男人嘛,长得丑一点不要紧,关键是不能没有精神,伴郎整个人如抽大烟的,缩头缩脑,萎靡不振,使得燕子和他配合都有些很不情愿。燕子是一个很在乎自己内心感受的女人,这样热闹的场合,她配合着一对新人满脸堆笑,可是内心却很难真正欢愉起来,直到一个三十多岁、健美挺拔的男人出现在她的视野。当她陪着一对新人给客人敬酒时,在新郎朋友的那一桌,她看到那个让她怦然心动的男人,是那种久违的感觉,心里暖洋洋的,好像春风拂过,好多年已经没有过的感觉。她首先注意到的是他那非常好看的皮肤,均匀细腻的小麦色一直从面部延伸到脖颈;端正的五官,一开口说话,是一种浑厚的略带沙哑的声音,而这种声音又弥补了他过于文气的长相,平添了几分男子汉的味道。燕子猛然感觉脸有点烧,她听见了自己的心跳声。她注意到了他修剪得很整齐的寸发,得体的衣着和擦得很干净的皮鞋,这些都是她离开那桌以后,抽空用眼睛的余光捕捉到的。可是继而她又有些感叹,像他那样迷人的男人,恐怕早都是家有娇妻了。

　　燕子觉得自己有些好笑,内心嘲笑自己该不会是年龄大了"饥不择食"吧!她用眼睛的余光捕捉他的身影,在客人陆续离开的时候,得到了一个准确的信息。那个男人叫刘江,未婚。那个男人一直到客人走得差不多的时候,才同新郎、新娘及新郎的父母打招呼,准备离开。新郎的母亲说:"刘江,你也不小了,也该结婚啦,怎么样,女朋友定了没有?"燕子准确地知道了这个信息,心情一下子雀跃起来,机会来了!她马上向张可告辞,她想碰碰运气!她本想出了酒店以后找个借口与他坐同一辆公共汽车或打同一辆出租,找机会进一步认识。可是,一出酒店门刘江就头也不回地直奔停车位,压根就没有看一眼跟在后面的她。她有些懊恼,失望地朝马路边走去。不知道怎么回事,高跟鞋在脚下一歪,人一下子瘫坐在地上。她觉得自己怎么这么倒霉呢,她委屈地直想哭。恰在这时刘江开车经过,她这才发现自己挡住了路。刘江停车走了过来,扶她站起来,说了声"原来是你!"看她崴了脚,就提出送她一程。此后燕子不止一次地琢磨着这句话——"原来是你!"就在想,难道这就是冥冥之中注定的缘分？

燕子如愿以偿地与刘江坐上了同一辆车。他开的是一辆半新不旧的桑塔纳轿车，很绅士地请她上车，却只问了她去哪里，再没有和她说话。她坐在他的旁边，看着他紧握方向盘的双手，细腻的皮肤，眼前就是他的脸庞，她听见了自己的心跳声。她问："你在哪儿上班？"他说，做贸易，自己干。她说自己在晚报上班。接下来的时间两人都没有说话，燕子感觉到对方有些冷漠，就不好意思再开口。

刘江直到把她送到小区门口，才问了一句："你和父母一起住？"她说："我家不在古城，我一个人住。谢谢你送我回来，以后与报社有什么事尽管找我，这是我的名片。"燕子还是递上了自己的名片。刘江有点窘，连声说："我今天没带名片。"赶紧拿了笔，顺手取出一张过路费收据，在背面写下了自己的姓名和电话号码。他最后的举动，又为她添加一丝希望，她觉得自己还有机会。那张写有刘江姓名和电话号码的过路费收据，之后被燕子夹在自己最珍爱的一个日记本里，那一页有她在许多年以前收藏的已经风干的玫瑰花瓣。

29 燃烧

燕子终于又恋爱了。

自从那天遇到刘江，她就开始有一种异样的感觉，孤寂的灵魂开始有些动荡，总觉得会发生点什么，又说不清是什么；总感觉到应该做点什么，又不知该做什么。整日恍恍惚惚，坐卧不安。就在她想着该做点什么而还没有想到该怎么做的时候，度蜜月归来的张可打来电话,说有个人想和她交往,是她老公王军的好朋友刘江,在他们的婚礼上应该见过面,问她有没有印象。燕子心里着实一惊,继而却暗自欢喜。可是隔着电话她还是装作若有所思的样子,停顿了一下才说,有一点点印象。张可在电话里简单地介绍了刘江,他父母是医生,现在退休在家,他大学毕业后在一家国有工厂上班,后来离开原单位自己经营一家小型的贸易公司。张可问她愿意不愿意见面。燕子口是心非地说,见一下还是可以的,权当多认识一个朋友。

挂了电话,燕子兴奋之余,还是有一点遗憾,这人怎么这么奇怪呢?还要托人介绍,他明明有自己的名片,干吗不直接找机会和自己联系呢?先慢慢交往,在交往的过程中彼此感受对方的心思,揣摩对方的心理,然后再慢慢地进入恋爱的主题,这多好的。唉,真是,一点浪漫的情调都没有。但转眼又一想,三十多岁的男人了,需求是很实际的,他这么做,目的很明确,就是不想藏猫猫绕弯子。这样也不错,起码自己知道对方的心思,交往起来,就不会太被动。聪明的燕子一贯认为自己认准的事情自己就一定能够把握,这一次也不例外。她认为以自己十多年来情感方面的经验和磨炼,自己一定能够把握好,更何况,这一次,对自己来说,不仅仅是谈一场轰轰烈烈的恋爱,更重要、也最想要的是它的结果。

燕子终于又恋爱了。

她和刘江经过几次约会之后,很快就陷入热恋之中。第一次在张可和王军的陪同下,一起吃了饭又驱车到郊外兜风,燕子感觉很好。刘江的话不多,但是说出来的话都很有分寸,对人体贴周到,却又不刻意讨好。后来他们就单独约会了。刘江说他是在古城城墙根儿长大的,在外地读完大学又回到古城,先是在一家大型的国有企业工作,后来下海自己单干,自己的事业还是处于刚起步阶段,虽然艰难,可是他有信心把它做好。他喜欢能干的女孩子,生活能力强,思想独立,不会太黏着男人。他说,自己以前也处过一个女孩,各方面都很好,就是太黏着自己,时间一长他嫌烦,分手了。

燕子心想,这样的男人多好,长得那么英俊潇洒,却不沉湎于情感,只专注于事业。事实上在他们后来交往的过程中,她发现刘江确实不喜欢和女性纠缠,就是到了后来,他们到了谈婚论嫁的时候,他对她也不是很缠绵。燕子虽然对这一点不是很满意,但是,她把这都归结到他专心做事上。她认为,男人嘛,以事业为重,干出一番大事业是最好的,何必在小事情上计较呢!更何况自己一直向往的就是找一个努力向上、干一番事业的男人。刘江对她的这一点也很欣赏,短短几个月的交往,刘江就把她介绍给自己的父母和一些朋友。她也邀请刘江到她家去玩,他对她的小居室也很喜欢,很留恋。

燕子终于又恋爱了。

她在自己三十年的生命里,又一次陷入恋爱的柔情蜜意之中,而且恋爱的对象就是那个第一眼就能让她怦然心动的男人。她觉得这似乎是冥冥之中上天注定的,她甚至庆幸自己这么多年来的坚持,没有为了一份婚姻而轻易把自己交给一个差不多合适的结婚对象,否则怎么会再遇到令自己心潮澎湃、激动不已的刘江呢!她感谢天,感谢地,感谢上苍给了她奇迹。在感情上燕子可谓是有自己独到的理解和认识,尽管她在感情上经历过许多波折,可是她还是很迷恋一见钟情的怦然心动,柔情蜜意的激情燃烧。正是由于拥有这样美好的信念,燕子才一直坚持了这么久。刘江说他的公司现在发展得不是很好,但是燕子一点也不在乎,她在乎的是刘江这个人,说确切点,此时就连燕子自己也没有意识到,其实真正令她陶醉的是自己的感觉,也就是说,燕子实际上是被自己的美妙感觉所陶醉了。因为她太需要这种美妙的感觉了,她心灵的荒漠已经干枯得太久太久了。燕子自我陶醉了,自我陶醉的燕子就有点飘飘然,飘飘然的燕子就有点迷失了自我。

燕子本来就不是那种喜欢坐享其成的人,更重要的是她相信自己有的是能力,只要有刘江这个人就可以了,只要肯努力,将来一切都会好的。结婚后说不定自己在事业上还能助他一臂之力,到时候,辉煌成就、荣华富贵也有自己的功劳。这么想了,她就更加觉得自己的选择是最好的。

燕子和刘江谈起了恋爱,他们出双入对的身影,很令周围的人羡慕。同事们说,还是燕子有眼光,找了那么好的男朋友,人长得帅气,有房有车、有产有业。也有一些女孩子难免在心里嫉妒。不管是羡慕,还是嫉妒,燕子都很得意,这无形中又助长了她的虚荣心。尽管她知道,刘江不能算是有房,到现在还是和父母同住;刘江也不能算是有产有业,他的所谓的公司也只是做一些产品代理,且目前情况并不乐观。可是,刘江有的是气质,挺拔健美、英气逼人的气质;有的是抱负,努力上进、成就事业的抱负;有的是深沉,那种藏而不露、令人痴迷的深沉。更重要的是他有能够令燕子折服的能力,这正好是燕子所需要的东西。还有,他的一部不好不坏的车提升了他的地位,使他步入有车人行列,使人感觉离成功商人不远。

都说恋爱中的女人是最傻的,这个时候的燕子,大概离傻并不遥远。陷入热恋中的她,早已沉迷于似水柔情和对未来的遐想之中。如果说,燕子一开始一见钟情地喜欢上刘江,冷静之余还有理智的话,那么后来的进一步交往,她则是完全陶醉于周围人们的羡慕或者嫉妒的眼神中,她压根就没有再去认真地思考过,到底他俩在一起是不是合适。一个人的时候她也检讨过自己,觉得自己这个样子很不正常,三十岁的老姑娘,还像个初恋时的小姑娘;她也觉得自己这样的情感很危险,可是,她还是太陶醉这种感觉了。

刘江是自己做公司的,工作时间很不固定,为了一单生意,可能要在下班以后或周末约客户套近乎、谈生意,和燕子的约会时间就很不确定。燕子对这点感到不满,有时候周末孤单单的,满脑子想的都是他,难过极了。可是有时却在毫无准备的情况下,刘江不约而至,令她激动不已。慢慢地,刘江开始把她的小屋当家,工作劳累、心情欠佳时就直接来她这里,话依然不多,只是躺在沙发上休息或者听听音乐,燕子兴奋极了,忙前忙后地给他洗水果,做饭菜。看着那个令自己陶醉的男人吃着自己亲手做的饭菜,燕子觉得很幸福,心想就这么照顾他一辈子都心甘情愿。

他们很自然地交往着,燕子激动不已,望着刘江挺拔健美的躯体、冷峻个性的面孔,一股热潮侵袭了她的全身,她的眼里开始有两朵火苗在跳跃,她抚摩着他健美的胸肌和完美无缺的小麦色的肌肤,嗅到了他特有的男子汉的气味。终于来临了,渴盼已久的燃烧,两朵火苗不断地延伸,她完全融入滚烫的火团中,如飞蛾扑火一般……

燕子爱上了刘江,这是在他们发生关系以后她意识到的。尽管那晚她对他过于冷静的表现相当不满,可是她还是被自己燃烧的激情征服了,她太需要这种燃烧了,她需要这段轰轰烈烈的恋情来拯救自己的灵魂,因为她的灵魂已经苍白了许久。

燃烧了的燕子又恢复了往日的自信和开朗,报社的工作做得更加自如,因为爱情的滋润,她的思维更加敏捷,文章写得更多、更好,在报社里也得到更多的奖励。

一个周末的夜晚,燕子和刘江通完电话以后,久久不能入睡,思维敏捷、心潮澎湃,回想着他们交往的一幕幕,信手拈来为刘江做了一首小诗:

胭脂河

给你

那一季的阳光已经灼烧
我知道对你的感情
足够燃烧自我
经历了三十年的风雨
在这一季的阳光里
受到了炼狱般的煎熬
在一个个寂静的夜晚
心绪如诗、心潮澎湃
感谢上苍
让你我相遇
捧着灼烧的脸庞
羞愧自己竟如同少女
逝去的光阴,能够重新找回!

　　燕子燃烧在自己的炽情中,她觉得自己在感情上苦尽甘来,终于熬到了云开雾散。她庆幸自己的坚持,没有稀里糊涂地把自己交给某个男人,要不然怎么去感受这份炽热的恋情呢?昔日开朗热情的燕子又回来了,她的热情洋溢在工作、生活中,以及同过去的同学、朋友交往中,她的言语和神态中充满了甜蜜和幸福的味道。她去看望了昔日的好姐妹苏小卉,并联系上了另外几个姐妹小叶子、王彩霞和张爱花,胭脂河畔的女儿们,又相聚在了古城。

30 酒会

苏小卉的日子在不紧不慢中一天天过着,转眼到了岁末。元旦前的一天,梅元凯来找苏小卉,说他们公司晚上有一个酒会,要求大家带家属或朋友参加,他自己的朋友都在台湾,在古城里没有异性朋友,希望她能够赏光,帮他一个忙。苏小卉说:"实在对不起呀梅先生,我晚上下班很晚的。"梅元凯说:"这个你别担心,我代你向你老板请假。"说完转身就去找老板。老板说:"小卉,你去吧,难得人家梅先生这么看得起咱们。"不等苏小卉表态,就对梅元凯说:"你放心,晚上按时来接小卉就好了。"

唯美浓的老板是一个四十岁开外的单身女人,有着阿庆嫂般的精明、能干,也有着女人讨生活、闯世界的鲜为人知的苦难和辛酸。她洞察世事,热情善良,对苏小卉这么一个吃苦耐劳、聪明能干又不惹是生非的漂亮女孩子很赏识,她不在的时候就让苏小卉协助管理店里的大小事宜。她对苏小卉的事很热心,对她说:"去吧,去见见世面。"她拉着苏小卉去商场买了一套晚礼服,又亲自为她做了脸和头发。苏小卉想拒绝,可是架不住老板娘的热情,后来又想了想,自己还从来没有参加过酒会,没有见过那种场面,有机会去开开眼吧,像那种热闹的场合,一个儒雅稳重的成功男人是不会把自己怎么样的。

按约定的时间,梅元凯准时来接苏小卉。当盘起长发、黛眉朱唇、身着礼服的苏小卉出现在他面前时,他都不敢相信自己的眼睛:这是那个平日可心安静的洗头妹吗?平日里,她在他眼里就像一潭平静的湖水,能够使疲劳的身心,变得安详放松,这也是他喜欢经常光顾这里让她服务的主要原因,他看着她就像欣赏山涧清泉一样,感受到的是自然、和谐、轻松和美好。而此刻眼前的她,则像一个公主,她的美丽,像是要征服整个世界;而她的温和又像是对一切都不在意。她款款地向他走来,他立即绅士般打开车门请她上车,而他的绅士风度又更加衬托出她的淑女形象。

那一晚,苏小卉成了整个酒会的焦点。酒会是梅元凯代表资方答谢公司中高层员工的联谊会,出席的人都带着妻子、丈夫或男女朋友,是类似于西式派对的形式,以彰显老板以人为本的管理理念。梅元凯是主人,是整个酒会上的皇帝,而苏小卉则成了皇帝身边最美丽的宠妃。晚会上人人都向梅先生敬酒,人人都说,苏小姐真漂亮!苏小卉压根儿就没有见过这种场面,刚开始时,听到大家的恭维,心里有些发虚,可是很快她就意识到这不过是"皇帝的新装",今晚就是一个长相普通、谈吐一般的女人站在梅元凯身边,人们也会说"你真漂亮"!这么想了,她就放松些了,放松以后才发现其实很多女宾也和自己一样很紧张,她们的举止和言语也很笨拙。了解了这一切以后,她索性放开胆子,有礼节地和他们应酬,还能代替梅元凯回应他们一些得体的客套话,让在场的人一点也看不出来她是没见过世面的人,这些都是梅元凯没有预料到的。苏小卉似乎活了过来,恢复了原本的聪慧和活泼,得体地陪着梅元凯应酬。

一个胖胖的中年男人挽着一个打扮得性感漂亮的女人向他们走来,"梅先生好,苏小姐好!"梅元凯介绍道,这是元凯公司总务部经理陈一雄先生和他的朋友,苏小卉说:"很高兴认识你,陈先生,你朋友真漂……"话音还没有落,一下子惊呆了,站在她面前那个穿着性感、时髦漂亮的女人原来是多年未见的家乡好姐妹张爱花!她怎么也没有想到,自己一个人到古城这么多年,竟然是在这种场合偶然碰见了自己的好姐妹。张爱花很热情地拥抱了她:"小卉,真的是你!太好了,我们有多少年没见了?我太想你了。"张爱花松开苏小卉,冲梅元凯笑了笑,接着冲苏小卉调皮地眨巴着眼睛,小声说:"你依然是我们中最棒的。"两个男人很快就知道怎么回事,很高兴地说着笑话,"还是梅老板有眼光,我们内地的姑娘不错吧?""彼此彼此。"苏小卉意识到二姐张爱花肯定是误会了,想借机会给她解释,可是很快他们就被一对又一对的来客冲开了,苏小卉的目光一直在追逐着自己的好姐妹,苏小卉很快就感觉到,花花变了,变化很大,说话很夸张很不切合实际。

直到宴会结束,她们也没有找到合适的机会叙叙旧。花花临走时向他们道别,她又一次拥抱住苏小卉,附在她耳边悄声说:"小卉,你真有福气,好好把握机会!"然后她大声说:"这下好了,终于见到你了,我明天就去找你。"

那天,酒会结束以后,苏小卉彻夜未眠。她都来不及想自己的好姐妹花花,酒会上那些人的话不住地在她耳边回荡,"梅先生,真有眼光。""梅先生,你女朋友真漂亮,台湾的,还是内地的?"酒会上那种众星捧月的感觉,她开始有点晕乎,有点飘然:他会不会真的喜欢自己,爱上自己?要是能和这样一个男人谈情说爱、结婚生子,那该是多么美好呀!可是,这个念头在她的脑海里仅仅是一闪即过,她很快为自己的异想天开而感到好笑,那是不可能的,自己拿什么来配人家呢?这是她离婚以来第一次对一个男人产生这种念头,尽管她不止一次地考虑过自己未来的生活,也想到过再婚,可是她从来没有设想过对方是一个这样优秀的男人。

梅元凯对苏小卉的态度有了明显的改变,时不时地约苏小卉吃饭、看电影。梅元凯说:"小卉,我们做朋友吧!"苏小卉说:"我们不是朋友吗?""你应该明白我的意思。"苏小卉便说:"我不明白。"

其实,苏小卉对于梅元凯的心思,是明白的,她知道他喜欢她是真的,但是要让他娶她很难。说白了,就是他很想和她在一起,却不想担负起婚姻的责任。明白了这些,她就对他有一些疏远,可是,她发现自己却有点喜欢他了,所以有时候还会赴约。不过,苏小卉再怎么喜欢他,都不会轻易流露出来,不管内心怎么狂热,她都会平静、微笑地面对,她知道只有这样,才能吸引他,她也只有这么一点资本。她清楚地知道,如果自己把持不住,就会掉入陷阱,那将会很难自拔。

苏小卉很矛盾,自己想要的是婚姻,梅元凯不想给她,而自己却偏偏又喜欢上了他,这还是她近三十年来第一次喜欢上一个男人,第一次对一个男人动了真情。她很痛苦,很矛盾,她不知道自己该怎么办,她很想找一个人倾诉,可是自己身边没有亲人,也没有朋友。幸好那天遇上了花花,花花对她的事情很热心,第二天果然就来看她。她们倾心地交谈,谈论着自己的生活现状以及对未来的期盼。可是,很快苏小卉就发现,她们其实在这件事上是无法沟通的,多年未见,花花的变化很大,她对生活的态度,对男人的看法,实在让苏小卉惊讶而不敢苟同。花花说:"小卉呀,你真有福气,遇上这么好的男人,你要好好把握机会!"苏小卉很希望能和燕子谈谈心,就算她不能帮自己指点迷津,向她说说心里的苦闷也好。可是,那天燕子只在她的生活中闪了一下,就再没有出现,后来只是打电话说她最近工作忙。那天望着燕子充满活力匆匆离去的背影,苏小卉满眼的羡慕,燕子从小就是她的榜样,现在的生活依然让她羡慕,尽管多年不见,她还是最想和燕子说说她目前的生活和困惑。尽管,她还是不知道自己该怎么办,可是她在暗地里已经开始做各种准备了。

在这个世界,生活上的任何压力都可以成为催人上进的催化剂。苏小卉从那次酒会以后,就开始抓紧时间学习了。她争取到每周休息一天的时间,给自己报了一个计算机班,学办公自动化;她又报了一个英语口语班。她想要提高自己,她的阅读范围开始扩大,她在暗地里和自己较劲,她希望自己能够脱胎换骨,她希望自己能够有能力把握美好的未来。

31 台商梅先生

梅元凯,台湾中产阶级家庭出身,美国留学归来,来古城投资,从事实业。古城是他外婆的故乡,从小听外婆讲了许多古城的名胜古迹、趣闻逸事,知道古城是中华文明的发源地。他一心想来古城发展,在开发区投资建了一家工厂,他在台湾也没有其他事业,项目确立后,大部分时间就留在古城。他自己是最大的投资者,也是实实在在的管理者,公司处于投资建厂阶段,每天都要处理很多事务,很繁忙、也很辛苦。他经常来唯美浓理发,一方面是他爱整洁的习惯,另一方面是他觉得忙碌了一天在这里按摩按摩,紧张的身心都可以得到调整。时间长了,他渐渐地习惯并喜欢上这个地方,那个叫苏小卉的女子吸引了他。她的宁静,她的安详,是这纷繁世界中的一泓清泉,带给人的是一丝夏日里的凉爽、一份烦躁时的恬静。梅元凯也算得上是见过世面的人,接触过的女人也不少,未婚妻阿美是和他从小一块儿长大的,青梅竹马,美丽大方,现在在美国读书,他们感情一直很好,每个星期都要通几次电话。可是,不管怎么说,他还是莫名地喜欢上了这个普普通通的洗头妹。

一开始,梅元凯只是喜欢苏小卉的服务,后来发现,这个女孩不只是长得漂亮,她的身上有一股吸引人的力量,她的面容在任何时候都是微笑,不温不火,不恼不怒,好像一切问题到了她这里,都被融化了。梅元凯来到古城以后,也去过不少风花雪月的地方,见识过不少女孩子,而那些女孩,尽管都很漂亮,但是都有一个共同点,那就是,只要你多看她一眼,她都会很殷勤地向你献媚。自己的公司里也有一些职业女性、白领丽人,他对她们也很欣赏,但都没有这种感觉。唯有苏小卉是不同的,她对于他的青睐,从来没有表现出特别的喜悦,也没有表现出惊奇,依旧是温和的笑容和安静的神情。他弄不明白,究竟是什么力量,让这么一个漂亮柔弱的女子有这么大的定力?!她像无法探知的谜一样吸引着他。有时候他在想,她简直就像童话里落难的公主。带她去那个晚宴,是他有意安排的,一是他的确需要一个女伴,二是他希望能和她有更进一步的交往。他没有想到,她化了妆以后会是那么美丽、那么高贵,他更没有想到她在那种交际场合,会应付得那么恰到好处。看着人们羡慕的眼神和称赞的语言,他感到非常高兴,他需要这个女人,他需要一个红粉知己。那一晚,她挽着他的胳膊,陪着他应酬,恰当地配合着他招呼来宾,他觉得他们已经俨然是一对知己。他觉得有这样一个女人在身边,他在古城的日子一定会过得别有一番滋味。他这么想了,就更加觉得他应该拥有她,他想如果这个女人跟了他,他绝对不会亏待她,他可以帮她改变她的生活现状,除了结婚的名分以外,他什么都可以给她。按照一般女人的心理,他想她应该很愿意和他这么交往。晚宴结束时,他想留她,他一改往日的绅士做派,热情地拥抱了她,连声说,谢谢,谢谢!可是她却恢复了她往日的温和与平静,她很有礼貌地和他道声再见,没有任何特别的表示,他只好送她回家。那一刻,梅元凯就在想,他一定要拥有这个谜一般的女人。

此后,他和她开始约会,尽管她没有拒绝他的邀请,可是她还是没有和他亲近,而且分寸把握得很好。他们在一起的时候,她没有太多的言语,多数都是他在讲述自己的经历和见闻,谈论世界各地的风情,她总是安静地坐在他身边听,只是在谈论古城的文化和历史的时候,她会谈一些自己的见解。他做过多次暗示,想要和她进一步交往,她都没有任何反应,他搞不清楚,她是不明白自己的意思,还是故作矜持,可是她温和宁静的笑容却让他没有办法对她生气,因此他还是有些懊恼自己。他偶尔也送一些礼物给她,可是贵重礼物她都回绝了,只收一些卡片、小饰品之类,她说,她不能收他太贵重的礼物,自己不能够以礼回送,她总不能亏欠别人。她说话的时候很平静、很认真,他觉得她简直就不像是生活在现代,而是生活在远古的某个时代。她说,跟你交往我也很高兴,可是我不能带给你任何东西,我只是一个一无所有的洗头妹,没有足够的学识、能力和地位,能够在你身边,听听你的诉说,我就很知足了。她说这些话的时候,他又觉得她很可怜,像一只无助的羔羊。

　　梅元凯有点泄气,其实他身边并不缺少女人,寂寞的时候,他从没有中断过找女人,可是对苏小卉的感觉就是不一样。这样更加增添了他对她的向往。一次,他们一起吃完晚饭,梅元凯说要回酒店取东西,带苏小卉去他的房间,他借着酒劲拥抱了她。他亲吻着她的脖颈说:"做我的女人吧,我是真的很喜欢你。"苏小卉也是正常的女人,长久以来的单身生活,使她多么渴望此刻就能躺在这个男人的怀中,她的生理和心理告诉她,她太需要这个男人了。那一刻,她几乎要被瓦解,可是理智又告诉她,不能这么做。如果这么做了,她对他就失去了吸引力,她就会永远地失去他;如果这么做了,她在他眼里就和那些自甘下贱的女人没有两样;她这么做了,总有一天,会被他像旧衣服一样扔掉,那时候她的下场将会更悲惨。苏小卉很冷静地推开他,平静地说道:"请你给我留下一点和你交往的资本,我一个一无所有的洗头妹,之所以能和你一个有学识的大老板交往,就是我还有我做人的自尊,在这个基础上我们可以平等地交往,如果我连这一点也失去了,那我就失去了和你交往的资本,连我自己都看不起我自己。"梅元凯没有想到苏小卉能够说出这样一番话来,他有些诧异,也有些感动,这种感动里有一些说不出来的东西。

那一夜,梅元凯失眠了,不知道怎么的,他的眼前不断地浮现出苏小卉哀怨的表情,这是他们认识这么久以来,他第一次看到。同时,有一种东西深深地震撼了他的内心,他觉得他确实低估了这个女人。躺在床上,他越想越睡不着,他起身信手拿来一本杂志,胡乱地翻了起来。翻着翻着,他的目光停留在封底的一幅青花瓷花瓶的图案上:天青色的瓶身,一株淡青色素雅的牡丹花旁,淡青色的笔墨勾勒出一个古装美女的轮廓,飘逸的水袖,超然于世的神态,嫣然一笑地呈现在眼前,像极了苏小卉。梅元凯着迷一般地端详着,浓淡相宜的墨色,把古代女子传神的韵味一点点渗透出来,仿佛一眨眼,就会化作一缕青烟散去。没错,这画里的美人就是苏小卉,梅元凯双手死死地抓住杂志,似乎怕一松手,这个曼妙的女子就会消失。一行文字跳入他的眼帘:传世的珍品,如同传统女孩温柔如水的性情,是隐藏在千年窑窖里的秘密,值得你探索,值得你拥有。

"传统的女孩,传统的女孩……"梅元凯嘴里念叨着,眼前浮现出苏小卉的身影。此刻,他觉得苏小卉就是那个传统的古代女子,谜一般的性情,值得他去探究,值得他拥有!娶这个曼妙的传统女子为妻,是现代男人的一种最时髦的想法。他就想做那个想娶她为妻的时髦的现代男人。这是他认识苏小卉一年多来,第一次萌发出想娶她为妻的念头。

梅元凯的生活开始有些混乱。他忘记了和未婚妻通话的时间,当他想起来的时候却是对方上课的时间。他忘记了定好的开会时间,当秘书通知他人都到齐了,他才想起来还没有做好准备。他已经有一个月没有和未婚妻通话了,这是远在台湾的母亲提醒的。工程建设的事情他几乎全部交给陈一雄打理。他也有一个月没有去唯美浓了,他在思考一个问题,他在决定一件事情,一件大事,终身大事。他想娶苏小卉为妻,他在思考着这到底合不合适。一个没有学历、没有多少见识的洗头妹,可自己偏偏就这么爱上了她。

　　一开始,梅元凯只是有些喜欢苏小卉,后来的不断交往中,他爱上了她,想占有她。他把事情看得很简单,他想她跟了他,他是不会让她吃亏的,他可以养着她,如果她愿意的话,他可以送她一套房子,和她在古城组建一个温馨的"家",当然这个家只能是秘密的,不能影响到自己和未婚妻的结婚。他不排斥这种生活方式。按他对女孩子的分析,尤其像苏小卉这样没有多少知识、没有什么经济能力的农村女孩,是会接受这样的条件的。可是,他想错了,苏小卉没有接受他。他投石问路的石子被挡在了门外,而苏小卉还明明白白地告诉他,她不能自甘下贱让人看不起自己。他知道他用这种方式得不到这个女人,可偏偏就是这样,他越得不到就越想得到她。她像谜一样深深地吸引着他,吸引着他一步步走向谜底。渐渐地梅元凯发现自己对苏小卉的感情早已超过了对阿美的感情,他觉得其实自己真正喜欢的是这种温柔、含蓄、内秀的女孩。他这么想了,就有了娶苏小卉为妻的念头。

32 胭脂河的女儿们

　　又是一年柳絮飘飞的季节,一个阳光明媚的周末,胭脂河畔的女儿们相聚在千里之外的古城。昔日为未来惆怅的小姑娘,经历了胭脂河畔的泪水,城市讨生活的辛酸,成长为泪痕斑斑、满腹心事的女人。

热恋中的燕子,去看望了苏小卉,约上小叶子、王彩霞和张爱花,五姐妹热热闹闹地吃完火锅,又去新建的城市运动公园游玩。满园的花朵竞相开放,她们开心地拍照留念,如花的笑靥,遮掩不住岁月的沧桑,满腹心事的女人们在生活的间歇,找到片刻的欢愉。胭脂河畔天真烂漫的小姑娘是再也找不见了。

多年不见的好姐妹,难舍难分,逛完公园回到燕子的住处开始了彻夜的长谈。她们谈论着留在县城的四妹惠秀珍和七妹栗红,惋惜她们两姐妹反目。燕子谈了自己这么多年来的生活,谈了自己的现在,当然包括刘江。燕子说,自己在感情上也受了很多磨难,现在好了,总算有了着落,他们准备下半年就结婚。苏小卉听着她的诉说,看着她神采奕奕、幸福洋溢的表情,打心底里羡慕。燕子在昔日好友羡慕的眼神下,女人的虚荣心得到了进一步的满足。

燕子鼓励苏小卉、小叶子和花花不要泄气,要相信一定会找到属于自己的幸福。热恋中的燕子显得更加热情,设身处地地帮助她们每个人分析自己的难处,并说不管什么时候,她们都要互相照应。苏小卉、小叶子和花花各有心事,都不想多说话,只是在心里羡慕燕子和彩霞的好命。燕子有事业、有爱情,王彩霞有房有车、有家有钱。王彩霞嘴上没有说什么,其实一肚子的辛酸,她不想提及自己的婚姻家庭。王彩霞把话题转到上学的时候:"我们的燕子什么时候缺少过人爱呀!还记得我们的那位语文老师吗?燕子最早最痴情的追求者!"于是大家的话题又绕到韩子清。燕子说,她曾经恨过他,恨他扰乱了她的生活,影响了她的学习,伤害了她,后来,就不再恨他了,现在反倒同情他,也能够理解他当时的心情。也许,人家现在也早该忘了,过上自己幸福的生活了。王彩霞说,但愿吧,生活不是对人人都眷顾的。

夜深了,趁小叶子、王彩霞和花花睡着以后,苏小卉向燕子诉说了自己眼前的困惑,她说了梅元凯的情况及他对自己的态度和交往。燕子很吃惊,她没有想到初中文化程度,且离过婚的苏小卉竟然有这么大的魅力,竟然吸引住了台湾的老板!如果是前几个月她听到的话,她一定会忌妒的,而现在,她有了心仪的刘江,她不会忌妒了,反而是为好友庆幸,"小卉呀,你一定要好好把握住这个机会!"

苏小卉说:"他是一个能干的商人,也是一个很细心的男人,他对我真的很好,但是我清楚,他是不会和我结婚的。"

燕子说:"未来的事情谁都说不准,两个人相处关键要看自己的感觉。做人也不能太委屈自己,如果你是真心地喜欢人家,想和人家在一起,也没有什么不对的,至于将来,只能走一步看一步了。"

燕子说得很轻松,也有点道理。苏小卉自己也是很喜欢梅元凯,很想和他在一起,哪怕今生做一次他的女人,她都觉得值。可是她清楚地知道,如果自己真的迈出那一步,她就会永远地失去他,也会失去这段美好、珍贵的情感。她想来想去还是觉得自己做不到燕子说的那种洒脱。

不过,有一点她始终是清楚的,自己已经爱上了这个男人,这是自己有生以来第一次对一个男人产生了这样的情感。她不想让自己真心在乎的男人因此而看低自己。她太在乎和梅元凯的这份感情,太珍惜这份美好的情感——三十年来,自己贫瘠的感情世界中的唯一安慰。有这段美好的感情,她的精神才会充实,她才觉得自己是一个真正的女人,她不想自己的精神世界和物质世界一样贫瘠,她宁愿守候着现在这种蜻蜓点水式的情愫,也不想有任何的闪失,破坏了自己在他心目中的形象。

这次聚会以后,没过多久,小叶子就回了县城,在新华书店音像柜台做营业员,做卖光碟、唱片的工作。工作是上官桥帮她安排的。此时,上官桥已经提升为文化局副局长。

  小叶子再也忍受不了古城孤单的生活,看到热恋中的三姐燕子,有家有女儿的大姐王彩霞,想着自己的境况,她越发思念上官桥,她想见到他,哪怕就是见上一面。单靠早晨在城墙根儿唱戏来寄托情感,她忍受不了了。在姐妹相见以后的第二天晚上,她终于忍不住拨通了上官桥家里的电话。上官桥一句:"你好吗?"小叶子就泪如泉涌。

  上官桥来古城看望小叶子,劝说小叶子找一个合适的人结婚,免得生活清苦。小叶子轻描淡写地提到上次怀孕流产的事情,哪知上官桥一听说,竟然放声痛哭,连声说:"作孽呀,是我害了你,是我害了我的孩子。"上官桥用了很长时间才平静下来,他给小叶子诉说了一个残酷的事实:他和阿珍不可能有孩子,阿珍患有严重的心脏病,根本就没有办法生育。其实,这些年来,他们连基本的夫妻生活都没有。上官桥说着,再一次哽咽着,他做梦都想要一个孩子,阿珍原本想抱养一个,他怕她身体不好,抚养不了孩子,也只好作罢了。上官桥说完这些,紧紧地把小叶子拥抱在怀里,他说,他原本想着远离她,她便可以找到一个好的归宿。可是,他却伤害了她,也害了自己的孩子!

  小叶子紧紧拥抱着这个看起来坚强,其实内心很苦的男人,就在那一刻,她做出了一个坚定的选择,她要跟他回县城,她可以什么都不要,她只要他像一个正常男人一样的生活着!

  小叶子很坦然地经常出入上官桥的家,帮助珍姐姐做一切家务,陪她上医院,陪她聊天、听戏。她对阿珍说,她要报答上官桥老师对自己多年的照顾,感谢他帮助她重新找到工作。阿珍对她很疼爱,渐渐地也把她当作自己家人对待,逢年过节时怕她一个人孤单,都邀请她到家里过。珍姐姐对她生活很关心,可是从来都不过问她婚姻的事。

上官桥和小叶子很小心地交往,他们俩都是在情感上很收敛的人。他不想让身体饱受折磨的妻子心理上再受折磨,他对妻子更加体贴周到了。上官桥拥抱着小叶子的时候常常在说:"叶子,我们都是善良的人,我们都知道彼此深爱着对方,可是我们一定要明白,真正的爱是一种大善,绝对不能因为爱伤害无辜,不顾一切的爱,伤害了无辜,都不得善终!"

小叶子想到了每天在县河桥头卖豆腐的四姐惠秀珍,自从丈夫去世以后,她独自生养了遗腹子,靠每天辛苦地做豆腐、卖豆腐维持生计。人生呀,一步走错了,是需要付出多大的代价呀!

那一天,小叶子在超市碰上了七妹栗红,提起四姐惠秀珍,栗红依然是咬牙切齿、恨之入骨,她说惠秀珍现在的遭遇是罪有应得!栗红说,她一生的不幸都是拜惠秀珍所赐。这些年,她一直提心吊胆地过日子,虽然崔建军再没有向她提出离婚,可是他的心一直没有回到她身上。他当初是一个多么单纯的人,现在不断地在外边寻花问柳,都是因为当年惠秀珍勾引他,带坏了他。

栗红许是很久没有找到说知心话的人了,碰上了小叶子就说个没完没了。栗红说:"六姐,我也不怕你笑话,我是一个没有多少能力和见识的人,我现在的生活目标就是捍卫自己的家,照顾好自己的孩子,照顾好自己的男人。崔建军现在寻花问柳,我可以睁一只眼闭一只眼,只要他能回家就行。等他年纪大了,玩不动了,就不会再胡来了。"临走时,栗红说:"六姐,这些话我只能给你说说,别人面前还说不出口呢。"

小叶子听着七妹的絮叨,内心很酸楚,望着栗红远去的身影,她猛然觉得吃穿不愁的七妹其实比自己过得还要可怜。小叶子庆幸自己,能够拥有一份真实的情感,她安于自己目前的生活,她不会去破坏珍姐姐的家庭,她也尽量控制自己,减少与上官桥的往来。

33 豆腐西施

　　华阳县县河的桥头常年有一个卖豆腐的年轻女人,她的豆腐白净水嫩,很受人们喜爱。卖豆腐的女人身材高挑,皮肤白皙,为人谦和,面带微笑,人们喜欢称她为"豆腐西施"。天气晴好的时候,会有一个长相俊美、白净的小男孩跟在她身后。她便是胭脂河的女儿惠秀珍。

　　惠秀珍当年不顾父母的反对,毅然坚决地生下了遗腹子严浩。当初,她只是一味地觉得对不起死去的严严,只是一门心思想为严严留下一条血脉,可是当真正生下儿子,她才慢慢体会到独自抚养儿子远比母亲之前说的艰难得多。她是城市户口,却没有了稳定的工作;想长期在农村生活,却没有田可种。好在父母家比较殷实,弟弟尚未婚娶。她暂且在父母家住着。孩子一岁后,她去县城找工作。她没有文凭,没有手艺,适合她的工作很少,勉强有私人服装店招店员,有人愿意录用她,可是开的工资连她一个人的生活起居都很难应付,更何况她还有儿子需要养育。母亲陪着她住在县城租来的房子里带孩子,家用都是靠母亲来补贴的,可是,这不是长久之计。从小衣来伸手、饭来张口,娇生惯养的惠秀珍一下子感受到了生活的艰难。若不是父母的帮衬,她连孩子的奶粉都买不起。现实生活远比想象的难得多。

　　此时的惠秀珍再也没有一丝感情上的执着和缠绵了,有时候想起和崔建军在一起的事情,心早已麻木,似乎是前世经历的事情。偶尔在大街上碰上了崔建军,一丝心动的感觉也不再有。甚至连崔建军的关心问候,她听起来都觉得很陌生。有时候,她也在想,当初是鬼迷心窍了,怎么会一门心思全在这个男人身上?不过,现在连思考过去的精力都没有,她要想办法让自己生活下去。

母亲苦口婆心地劝说:"孩子送人吧,无论他在哪儿长大,终归是你的孩子。"母亲又说:"趁你年轻,再找个人家嫁了。"

母亲托人找好了收养孩子的家庭,人家抱孩子出门的那一瞬间,惠秀珍却发疯般地把孩子抢了回来。她紧紧地抱着孩子,心想费了那么大的劲,好不容易生下孩子,若送给别人,就不是自己的孩子了。一想到要失去自己的孩子,她的心就很慌。想想自己二十几年的生命里,疯狂任性地爱了一场,结了一次婚,到头来却是一无所有。她想象不出一无所有的自己没有了任何希望,生活将会怎样持续下去。她现在才明白,她要这个孩子,不单单是为了严严,更是为自己以后的生活留下希望。

惠秀珍想,走到了这一步,是自己选择的结果,既然生下了孩子,自己就要承担起养育孩子的责任。娇生惯养的惠秀珍在孩子即将被送出门的那一瞬间似乎一下子长大了,她要用她的实际行动告诉父母,也告诉自己,她有能力抚养自己的孩子。

惠秀珍拿出身上仅有的零用钱在烧饼铺子买了一篮子烧饼,去西街小学门口趁学生课间休息的时候卖起了烧饼。她从烧饼铺子五角钱买的烧饼,在小学门口卖六角一个,一天下来,最多卖两百个烧饼,她可以挣到二十元钱。这对许久没有收入的惠秀珍来说,已经很知足了。她每天起早贪黑地赶着多去几个学校,为的是多卖几个烧饼。昔日很注重穿衣打扮的惠秀珍此时长发高高挽起,一身粗布衣服,脚踩着平底布鞋,不辞劳苦地奔波着,这些,她都能够忍受。一开始,最让她辛酸的是她每天要从那些小学生手中一次一次接过一角一角的零碎钱。她从小跟着在供销社工作的母亲,手中零用钱从来没有断过,童年的生活也基本上算是要什么就有什么的,没想到现在竟天天伸手去接一角一角的钱,还要赔上笑脸,说着别人爱听的好话。几天以后,她就慢慢地适应了,那一角一角的钱可是她生活的希望,是儿子的奶粉钱,没有比这个更重要的了,她必须从这种小生意开始,要从一角一角钱开始挣,她要养大自己的儿子。一想到儿子,她就觉得自己的生活又有了希望。

父亲进城来看她,对她的变化大吃一惊。父亲看着自己视若掌上明珠的闺女生活竟这么辛苦,决定趁着农闲留下来帮她。父亲说:"我们卖豆腐吧。"父亲拿出自己的绝活,做豆腐,让惠秀珍去卖。惠秀珍一开始站在桥头卖豆腐,没有固定的摊位,受到周边卖豆腐的排挤,还要应对管理人员的突击检查。惠秀珍开始在各种磨炼中成长,学着应付每日遇到的各种事情。她过去一直珍惜的纤细、秀美的双手,如今整日浸泡在豆腐汁中,十指肿胀,柔美不再。

华阳县的豆腐远近驰名,而大庙的豆腐乃华阳县豆腐之最。大庙地处深山,气候偏凉,昼夜温差大,农作物的生长期长,黄豆在每年的谷雨前后下种,过了寒露以后才收割完毕,在地里足足长五六个月,这里的黄豆所含的蛋白质和油分都要比其他地方的黄豆高得多,其营养价值可与蛋、鱼相媲美。大庙人做豆腐一直保持着最古老的制作方法:从青石峡口的泉眼取水,浸泡黄豆,石磨磨浆,过滤后煮熟,用自家酿泡酸菜的陈浆点卤,做出来的豆腐不老不嫩恰到好处,清香四溢。惠秀珍的父亲有一手做豆腐的绝活,在当地是很有名气的,而今为了女儿,他不得不来县城做豆腐。在县城做豆腐用的是自来水,没有青石峡泉水的好,做的豆腐自然不能和在大庙做的相比,但是比起县城人做的豆腐,他做的依然是最好的。因此,惠秀珍卖的豆腐很快就赢得了大家的喜爱,每天做的豆腐都能很快卖完。

惠秀珍每天晚上拣豆子、泡豆子,每天天不亮就起床,同父亲一起做豆腐。父亲手把手地教她,不久她就掌握了做豆腐的几个关键窍门。农忙时父母亲要回农村收种庄稼,她便一个人独自做豆腐、卖豆腐。她每天凌晨起床，磨豆浆、做豆腐，早上六点钟准时出现在桥头的摊位上。她的豆腐做得好，往往在中午之前便会卖完，她便收拾好手推车回家。有时候，收拾完摊子，她会把卖剩下的一块半块豆腐送到公婆家。公公婆婆在院子里晒太阳，老远看见她来，就骂骂咧咧地把大门给关上了，他们还没有从老年失子的悲痛之中走出来，他们仇恨她！惠秀珍便叫一声："爸，妈，我把豆腐放在门口了。"转身要走的时候，她会说："爸，妈，严浩学走路了。""严浩会叫爷爷奶奶了。""严浩会快步跑了。""严浩又长高了。"惠秀珍刚走出几步，身后的大门会突然打开，她放在门口的豆腐被扔出很远，有几次都撒到她的衣服上。可是她没有任何怨言，一直坚持着。时间长了，两个老人虽然还是不愿搭理她，可也不再扔她送来的东西。

又是一年清明，惠秀珍照例带着已经三岁的儿子给严严上坟，大老远她就看见严严的姐姐陪着父母站在严严的墓碑前。惠秀珍走上前，献上手中的鲜花，让严浩跪在他爸爸的坟前磕头。严严的姐姐和父母站在一旁，静静地看着她们母子俩。严浩问妈妈："他们是谁呀？"惠秀珍说："是你的爷爷、奶奶和姑姑。"严浩说："爸爸见过他们吗？"惠秀珍流着眼泪说："见过的，他们是你爸爸的爸爸、妈妈和姐姐。"两位老人听到此，终于忍不住地哭出声来。严严的姐姐走过来拉着严浩的小手到父母跟前，她低声抽泣着对两位老人说："和严严小时候一模一样。"老泪纵横的老人拥抱着严浩，带泪的脸上绽放出笑容。

惠秀珍靠卖豆腐基本上可以维持日常生活，看着儿子一天天长大，她心里多了一丝安慰。她很感激儿子，因为有了儿子，她才真正地长大，她才担负起生活的责任。她吃苦耐劳，学会了一技之长，学会了独立生活。她的豆腐好卖，她就每天坚持做多一点，她想多挣点钱，儿子快要上幼儿园了。一想到儿子都快要上幼儿园了,她的心里就泛起一丝希望,平日里遭受的委屈和劳苦就会烟消云散。

惠秀珍开始卖豆腐不久,一天早晨,她正忙着给几个顾客切豆腐、找零钱,七妹栗红不知道什么时候出现在她的面前。栗红冷冷地望着她,抬起的嘴角露出一丝冷笑,冲着她说:"真没有想到,以前骄傲的公主,也有今天的下场!"惠秀珍一阵昏眩,她还要忙乎着招呼顾客,没有理会栗红,栗红刻薄了几句后离开。她后来和崔建军没有任何来往,有时候偶尔在街上碰到,点下头算是打招呼。她现在也不恨栗红,更多的时候,她还很怀念她们上学时的情谊。感情上的事她再没有考虑,有时候她也奇怪,生活中有那么多重要的事要做,之前怎么只把男女之情看得那么重呢?

卖豆腐时间久了,惠秀珍在县河桥头有了固定的摊位,按规定每个月要向管理部门缴纳一定的摊位费,管辖这个片区的工作人员是一位五十多岁的厚道的男人老张,老张看她一个女人家摆摊不容易,有时候还带着个孩子,就免收摊位费。老张喜欢吃豆腐,下班路过时,惠秀珍就会送他一半块豆腐。时间久了,旁边摊位上的人知道了实情后,很不服气,私下里议论,老张一定是得了年轻漂亮的寡妇的好处,所以才会帮她。无知的人们喜欢用最浅薄的方式诠释生活,给他们平淡无奇的生活添加色彩。他们在做生意的空闲,传言老张和惠秀珍如何如何,越传越多,有的甚至说得有鼻子有眼的。惠秀珍隐约觉察到人们的议论,可是没有说到当面,她也不好说什么。

一天,母亲回大庙了,惠秀珍早起做好豆腐,收拾停当后,叫醒儿子一起出摊。可是她还是来晚了一步,快到桥头的时候,她老远就看见有人占据了她的摊位。她急忙上前,说是自己的摊位,请人家让开。结果来人根本就不相让,并且质问她:"你凭什么说是自己的摊位?你交摊位费了吗?"惠秀珍说:"我在此摆摊已经两年多了。为了生计,大家都不容易,还是互相帮衬一下的好。"那人说:"我凭什么要帮你,我又不是老张,我又没有占你便宜,凭什么要帮你?我帮衬了你,谁帮衬我呀?"一旁围观的人听了哄堂大笑,人们放肆地议论开来,说什么的都有,难听得不可入耳。惠秀珍没有想到自己辛辛苦苦、清清白白的小生意,在别人的眼里、嘴里竟成了这样。愤怒中的惠秀珍都不知道哪来的力量,她一手把受惊吓的儿子揽在胸前,一手操起案板上的菜刀,向占她摊位、又侮辱她的那个人砍了下去。幸亏那人躲避及时,菜刀落下只划破了手臂,登时鲜血长流。儿子在怀里吓得哇哇大哭,围观的人看见出了事,才过来劝和。惠秀珍给人家赔偿了医药费。从此,再也没有人来和她争抢摊位。

只是,这次事件给她的打击依然很大,她觉得她带着孩子,孤儿寡母地受人欺辱的日子真的太难太难了。

母亲托人给她介绍对象,好不容易碰上一个条件合适的,对方是城关中学的朱老师,有过短暂的婚史。朱老师内向,为人谦和而少言语,交往了几次,两个人谈到了婚事。朱老师说,两个人以后过日子,中间夹个孩子,关系不好处理,能不能把孩子还给他爷爷家?惠秀珍本来对朱老师就没有什么感觉,只是觉得自己走到了这一步,能找到一个收入稳定的实在男人,搭伙过日子就行,没有想到少言语的朱老师心里却有自己的盘算。她当即就回绝了他,以后他们便不再来往。惠秀珍告诉母亲,她现在明白了"人生万事莫强求"的道理,婚姻之事,只能走一步看一步了。

34 城墙根儿

古城是有着悠久历史的文化名城,历朝历代的城址虽然有些偏离,但是大范围没有变,直到明清以后就固定在这一片。现存的城墙是在明城墙的旧址上修补的,方方正正的城墙上面,宽阔的青砖地面,坐着旅游观光车或租一辆自行车,半个小时在城墙上绕一圈,城内、城外美景尽收眼底。只不过今日的"城外"并不比城内逊色,随着经济的发展,如今方方正正的城墙早已失去了昔日存在的意义,而更多的是彰显出古城悠久历史文化的底蕴,成为国内外游客来古城必看之景,为古城的经济发展做着应有的贡献。

一个阳光明媚的午后,燕子和刘江手牵着手从南门登上了城墙。刘江是城墙根儿长大的,对城墙熟视无睹,有时候城内塞车,他还抱怨城墙的存在把城里的交通弄得如此紧张。燕子在古城生活了十多年,却是第一次上城墙。初见城墙时的那份感慨,虽然淡去了许多,但当她牵着心仪的男人的手,穿过瓮城,走上城楼的那一刻,却是激动不已。上大学那阵儿,和林平好几次都计划上城墙,结果都没有去成。后来,她就想有一天找到自己心爱的人,和他一起上城墙。结果,感情的路一波三折,上城墙也就成为燕子心中对美好感情的一种向往。燕子在感情生活苍白了许久以后,终于遇上了刘江。

他们手牵着手登上城墙,燕子还没来得及欣赏美景,就陶醉在自己的美妙情感之中了。他们租了一辆双人自行车,燕子在刘江的身后,欢快得如同小姑娘。他们骑着自行车在城墙上从南门经过和平门,到达东门。在经过东门时,他俩停下来歇息,趴在城墙垛口上,居高临下地观看着城墙内外的风景。刘江指着城墙根儿一片单位家属院高楼林立的间隙,低矮的、歪歪斜斜的小平房说:"那就是我以前的家,我从小就生活在那里,几年前我们才搬了家。原来城建上打算要拆迁,急着让我们搬迁,结果搁置了几年还没有动工,房子没有人住,结果就成那样了。"

燕子发现平日里司空见惯的高楼林立的背后,还隐藏着那么多斑驳的小院和低矮的小屋。

刘江接着说:"我家隔壁的大楼是军区家属院,后面是政府家属院。小时候呀,太羡慕军区大院和政府大院的小孩子了,我们一个月买不上几两肉,可是他们都把大肉给吃腻了。王军他们家原来就在军区大院,小时候我们一起玩,放了学没事干,就去护城河玩,比赛爬城墙,从墙壁上往上爬。"

燕子问:"能爬上来吗?"

"当然能,那时候的墙面上有很多裂痕,沿着裂缝是很好爬的。"

"哦,和我们山里人爬树是一样的。"

"那时候我们隔壁的小院里住着一位老太婆,是地主婆。我们爬墙爬累了,就有人喊'斗地主去嘞——',我们就一窝蜂地冲向她家,爬在院墙上朝她身上扔石子、垃圾。王军还用长棒子打过老太太的头呢,打得老太太嗷嗷直哭,躲在房子里不敢出来。"

这是他们认识以来,他对她第一次说这么琐碎的事情,燕子从他此刻随意的笑容看到了这个深沉的男人纯真可爱的一面。她想,看来是平日里激烈竞争和工作压力掩盖了他原本可爱的一面。这样想了,她就越发疼爱眼前的这个男人,越发觉得他的童年像谜一样地吸引着她。以后的日子,燕子不知道沿着城墙根儿走了多少个来回,在那一段欢快的日子里,她沿着城墙根儿,摸着浑厚的墙壁,她是在用心体味着刘江的童年……

刘江在城墙根儿长大的童年日子是清苦的。父母是复转军

胭脂河

人,被安排在附近工厂的医院里上班,收入不是很高,还要照顾农村的父母,所以日子过得紧巴巴的。从小父母对他要求很严,他的吃穿用度都很节俭,使得他在同学中很自卑。刘江生活在城墙根儿低矮的平房小院,周围是军区家属院和政府家属院,他周围的伙伴和同学都比他家条件优越。他看到家庭条件好的同学打心眼里羡慕,从小就暗暗发誓长大以后一定要出人头地。刘江从小就长得眉清目秀、聪慧乖巧,周围人都喜欢他,干部家庭的同学也都喜欢和他交朋友,他也打心眼里喜欢人家的生活,也很乐意和他们在一起,同时他也体会到和他们交朋友的好处,比如可以获得六一影院免费电影票,优先观看儿童剧院的歌剧等。王军和他的姐姐王红就是其中的两个,他们从小学到高中一直都很要好。王军的父亲是老红军,过了大半辈子的军旅生活,两个孩子都打上了强烈的时代烙印。高中毕业后,王军在古城读财经大学,毕业后轻松地进了政府机关工作。王红没考上大学,招工进入军区福利社,做了两年售货员以后,以工代干,坐进了福利社的办公室,成了福利社的管理层。刘江的学习成绩中等偏上,高考时狠下了一番功夫,复读了一年才考上了一所外省的大学,毕业以后,分配到古城西郊的一家工厂当技术员。刘江没有想到自己好不容易大学毕业了,终于可以扬眉吐气了,却发现自己景况依然是昔日好朋友中最差的一个。王军和王红照例过着富裕、悠闲的生活。刘江回到古城工作以后,王红就对他展开了热烈的追求。

王红是那种典型的高干子弟的风格,有着公主般的骄傲。在她的观念里,她要什么,就能得到什么,对刘江当然也不例外。王红对刘江格外关心,一改往昔的公主做派,到低矮的平房里探望刘江的父母,为博博——刘江最心爱的哈巴狗买猪肝,从城东赶到城西刘江的工厂看望他,还不忘带上他最爱吃的熏肠。刘江似乎也感觉到了,可是他没有任何反应,王红对他的好他都接受了,可是他并没有对她有相应的回报。高傲的王红看到他没有什么反应，自以为是地认为刘江是出于自卑而不敢向她示爱，所以在沾沾自喜中对刘江更好了。

刘江是有自己的想法的。他虽然不讨厌王红，但是他并不喜欢她；尽管他很羡慕她家的生活，但是并不代表他就想娶她。刘江现在和小时候毕竟不同，不能因为羡慕人家的生活就和人家谈情说爱。其实，最主要的是他不喜欢她公主般的做派，接受不了她盛气凌人的性格。另外，刘江也不想这么早结婚，他一心想改变自己的生活现状，他渴望有一份自己的事业，有富裕阔绰的经济生活，有令人羡慕的社会地位。这些想法在他的心里埋藏了很久很久。但是刘江不知道该怎样拒绝王红，一是他实在不会解决女人的问题。上大学时，他有过一场纯纯的初恋，最后因毕业分配，天各一方，分手了。分手时，他自己没有多少感触，而那个女同学却伤心了许久，他到现在也不明白女人为什么会这样。二是他不愿意得罪王红，他目前的工厂景况不好，他想辞去这份工作，具体做什么还没有想好，说不定到时候还需要王红家的社会关系和经济上的帮助。刘江在权衡再三的情况下，就采取了对王红的表示不做任何反应的办法，希望她能觉察出来不可能而主动放弃。其实，追求王红的人一直就很多，可是她偏偏只在乎刘江一人。

王红在久久得不到刘江回应的情况下，单刀直入地问刘江："你不喜欢我吗？"刘江不假思索地说："喜欢呀，我们一直是好朋友"。王红说："那好，我们谈恋爱吧！"他没有想到她会直接这么说，慌乱地说："不，不，咱们不合适。""有什么不合适的？我们从小一块儿长大，还有什么不了解的？"王红紧追不放。刘江被问得一时没话说，半天只说了一句："我是喜欢你，但是我就是不想娶你。"话一出口，刘江就开始后悔，他也没有想到自己竟然说出这样的话来。

胭脂河

王红震惊了,她没有想到刘江居然是这样想的,她想不通刘江凭什么不想娶自己,他有什么资格敢不娶自己。气急了的她狠狠地抽了刘江一个耳光,转身走了,以后再也没有来找他,直到她结婚半年以后。王红很快就结婚了,这是刘江没有想到的。刘江始终觉得她这么快就结婚,肯定是有赌气的成分,心里这么想了,就觉得对不起她,对她就产生了一些莫名的愧疚。

王红结婚半年以后,有一天来找刘江。王红一改往日的傲慢和盛气凌人,默默地望着他,沉默了好久没有说话,眼泪却汩汩地淌了下来。她第一次在他面前哭了,她说她后悔了,她不该那么快结婚,她现在才体会到面对着自己不喜欢的男人生活,是多么痛苦的事情。她哭得很伤心,全身都在抽搐,刘江一时不知道怎么安慰,走上前,想替她擦擦眼泪,王红顺势趴到他的怀里。泪水打湿了他的胸膛,刘江的心里有些慌乱,他看着哭得楚楚动人的王红,心里竟然产生了一丝丝的爱恋。他抚摸着她蓬松的头发,觉得此刻自己在她的面前才像一个真正的男子汉。他们就这样依偎着,王红渐渐地平静了下来。当晚,王红就留在刘江的单身宿舍,在他那张狭小、简陋的小床上,王红感觉到自己经历了作为女人最幸福的一刻。事后,刘江非常后悔,觉得这样做对不起王红,对不起王红的丈夫。他在心里告诫自己,就此一次,以后绝不能这样。但是,事情并不是他想的那样,自从有了第一次,王红就隔三岔五地来找他,有时候在他那儿过夜,有时候就直接到酒店开房间。刘江本来是讨厌这种关系的,可是时间一长,也就习以为常了,更何况酒店舒服的环境怎么能是自己的单身宿舍可比的。

一年后,王红的老公办理移民,王红随着老公移民到加拿大了。临走前,王红帮刘江注册了一家贸易公司,出国后帮刘江拿下了亚细亚制冷器在古城的销售代理权,刘江开始了自己的创业生涯。他的生意做得很艰辛,产品销路很难打开,资金短缺的时候,他还是不得不依赖于王红的帮助。说是他们两人的合伙公司,其实这么多年,由于发展得不是很好,王红有的只是投资,却没有拿到任何利益分红。可是这些都是她心甘情愿的。王红每年都回国一次,说是探望父母,其实她真正探望的人也只有她自己知道。

刘江本来对女人的感情就很淡,加上和王红这种暧昧的关系持续这么久,他就更加对女人没有了兴趣,一门心思地投入拓展自己的事业上。一晃几年过去了,三十多岁的刘江事业依然没有很大的起色,父母一再催他结婚成家,他才不得不认真考虑这件事。在王军的婚礼上,他偶然认识了燕子,他对她有一点印象,可并非像她对他的感觉那样,其实在刘江的观念里早就没有"怦然心动"这一词语了,他对男女婚姻的理解是非常现实的。他对燕子的追求是经过深思熟虑的,首先燕子留给他的印象不错,其次他从张可那儿知道燕子是一个很能干、独立性很强的女人。经过和燕子的交往他也发现燕子在生活、工作、经济上都很独立,并且在古城还有自己的住房,比他这个地道的城里人住房条件还好,自己到现在除了自己的办公室外,还住在父母狭小的房子里。刘江觉得这样的女人正是自己想选择的结婚对象。独立的女人对自己的依赖性会小一些,因为刘江知道自己要摆脱王红不是那么容易的事,更何况他还想继续依赖王红来成就自己的事业。聪明缜密的刘江对燕子的分析很正确,可是他却忽略了一点:个性独立的燕子在感情上却不一定独立。正是由于这一点,使得他们俩的这段孽缘差点葬送了两个人的前程。刘江很快就向燕子求婚,被激情燃烧的燕子当然想不了那么多,她兴奋地以为自己的"爱情"将要开花结果。

恋爱中的燕子隐约觉察到刘江身上趋炎附势、投机钻营的恶性,可是此时被爱情之火燃烧的燕子,在享受着燃烧的快感时,都没有认真去分析,这个与自己的生活环境和成长经历完全不同、个性迥异的刘江到底有多少适合自己。在这个阳光明媚的午后,在西斜的阳光中,他们谈论着城墙根儿的那一排低矮的平房,那儿又藏匿着刘江怎样的不为她知的过去呢?

刘江的这些过去,燕子是不知道的,因为刘江很少提起自己的过去,尤其是感情经历。聪明自信的燕子当然也不过问,她知道像刘江这么优秀的男人,感情生活肯定不是空白,她也相信不管他有着怎样的过去,自己都有能力把他吸引过来,她有自信可以把未来的日子过好。燕子认为即使他有着很荒唐的过去,她也可以接受,毕竟现在在自己面前的刘江是自己所喜欢的。可是,燕子怎么也没有想到,刘江有的不仅仅是过去,而且还有现在;燕子怎么也没有想到竟然是这样一个现在!

35 刘江的生活

刘江是那种很少对女人用心的男人。他向燕子求婚,只是眼下理性地分析,她是适合自己的结婚对象。

刘江从小长相俊美,身边的女孩子多是向他献殷勤的,王红就是其中最显著的一个。从上中学起,王红就一直殷勤地跟在他的左右,不是塞给他一张电影票,就是送他一支自来水钢笔,平时有好玩好吃的东西,总愿意和他一同分享。大学时的女朋友也是主动和他交往的,对他的关心也是无微不至。他习惯了这一切,不懂得也不愿意揣摩女人的心思,在他的心里,他在乎的是他自己和自己的事业。王红出国前帮他成立亚细亚贸易公司,他们成为正式的合伙人,出国后,她每年都以探亲为由,回来与他幽会。她一回来就住进酒店,和他近乎疯狂地做爱,似乎想要把一年的"损失"都弥补回来。这种方式刘江早已厌倦了,对女人也没有太多的激情。现在,他真正想要的是一个家,燕子正是他选定的结婚对象。

刘江向燕子求婚后,两人就准备拜见双方父母商议结婚事宜,这时,王红回国了。王红一回国,第一个要见的人就是刘江。刘江只好对燕子说他去外地出差。刘江去酒店里陪王红,他想和王红说清楚,想尽快结束他们之间这种暧昧关系。

一旦真正地谈到结婚,燕子却总觉得心里惶惶的,她去找张可,想从她那儿更多地了解一下刘江。她事先没有打电话,直接去了张可家。刚到张可家楼下,正赶上张可和王军出门。张可说,一起去吧,王军的姐姐王红从加拿大回来了,因为没有参加他们的婚礼,所以今天在帝王饭店请客,算是给她的见面礼。燕子本来不想去,觉得人家一家人聚会,自己去了不合适,可是张可拉着她不放。张可说:"姐姐说了,多带一些朋友热闹,我还正打算叫你和刘江呢,结果你正好撞上了,一起去吧!"燕子稀里糊涂地跟着他们去了帝王饭店。燕子怎么也没有想到,在帝王饭店她见到了几天前说是去外地谈业务的刘江。

燕子和张可夫妇赶到饭店,王红早已经在定好的包间里等候他们了。刚进门时,燕子看见沙发上坐着两个人有说有笑的,她以为是王军的姐姐、姐夫,没想到那人站起来以后她才发现是刘江。两个人差不多同时吃了一惊,发出了同样惊讶的声音。王红看了一眼燕子,然后扬了扬画得很浓的油彩妆的脸问刘江:"你们认识?"张可介绍说:"这是我大学最好的朋友赵春燕,刘江的女朋友。"燕子说:"姐姐你好,见到你很高兴!"王红冲燕子笑了一下,算是回应。

开始上菜了。张可坐在王红的左手边,紧挨着的是王军;刘江坐在王红的右手边,燕子紧挨着而坐。燕子悄声问刘江:"什么时候回来的?怎么不打个电话说一声。"刘江说,他今天刚下火车,就接到老同学王红的电话,就直接赶过来看望她了。刘江特别给燕子解释他们从小学就是同学。燕子说:"我知道的。"刘江说这些的时候,抬头看了一下王红,正好王红也朝他望了一眼。不知道为什么,燕子总觉得王红的眼神怪怪的,究竟为什么她自己也说不清楚。

终于挨到饭局结束,刘江送燕子到家,向她道歉说自己最近忙于工作,没有好好陪她。她有一肚子委屈要向他倾诉,可是他礼节性地道了声歉后倒在沙发上就睡着了。燕子惆怅的内心又多了些失落。她开始觉得自己其实一点都不了解面前的这个男人,她觉得自己无论怎么努力,都走不进他的内心。

王红知道刘江交了女朋友并打算结婚,本来就很生气,那天意外地见到燕子,燕子的漂亮和大气,更加激怒了她。以前刘江也谈过几个朋友,都在她回国后告吹的。这一次,她照例对刘江软硬兼施,死缠烂打,可是这次刘江却很坚决,他说一定要和燕子结婚,他不能再这么拖下去了,他需要一个安定的家。

刘江又是一连几天没有来找燕子,不过每天都有电话。刘江说他最近很忙,每天都要加班到很晚。一天燕子实在忍不住了,下班后直接到他的公司找他,她没有想到王红竟然也在刘江的办公室,两个人正在一起整理账务。刘江这才告诉燕子王红是他公司的合伙人,亚细亚制冷器的代理权是王红在国外帮他拿下的。刘江让燕子先回家,他晚些时候去找她。

下班后,王红故意缠着刘江陪她吃晚饭,晚饭后又让刘江送她回酒店。刘江惦记着要去找燕子,他烦透了眼前的这个女人,可是他没有办法摆脱也不想彻底摆脱。一是,王红不肯轻易放过他,二是,他目前公司面临着很大的困境,面临着加拿大总部的考核、检查,他的资金根本周转不开,还需要王红的帮助。到了酒店,王红把刘江折腾得半死,以至于刘江趴在她的身上,感到的不是快感而是愤怒。此刻他恨透了女人。他像完成任务一样,满足了王红,任凭她怎么挽留,还是决然地离开了。刘江在大街上晃悠了很久,他的思绪乱极了,当疲惫和饥饿向他袭来时,他漫无目的地来到燕子的门前,他想在这里休息片刻,哪怕是喝上一口热汤。他想在这里寻回一丝安静和温暖。

刘江一身疲惫地敲开燕子的门,此时此刻他像一个流浪了很久的孩子终于回到了家,他渴望燕子能给予他母亲般的包容和温暖。他进屋后,一句话也没有同燕子说,就一头栽在床上。燕子一肚子的委屈,看着刘江失魂落魄的样子,更加迷惑,她觉得自己其实太不了解这个男人了。自己真挚的情感也不被对方了解,其实自己是在和自己的感觉谈了一场恋爱!她这么想了,也就失去了往昔的热情,看着刘江疲惫不堪的样子,竟然无动于衷地呆坐着。刘江说想喝口水,她本能地说了一句:"你以为这里是酒店。"意志力本来就薄弱到极点的刘江,冲着燕子吼了一声:"能不能让我安静一会儿!"燕子被他的举动吓了一跳,她毅然地站起身一把打开了房门坚定地说:"请你出去,这里是我的家。"燕子的一句"我的家",击中了刘江敏感而脆弱的神经。自己三十六岁的人了,没有事业,没有房子,当然也没有家,至今还寄居在父母单位简陋的家属楼里。他想有个家,想名正言顺地住在燕子这里,尽管屋子很小,他仍然渴望着能够拥有这个家。可是,燕子,这么一个聪明能干的女子,怎么会有那么丰富的感情呢?平日里不是他不解风情,而是他从内心深处就排斥这种多情,大学时代初恋女友的缠绵多情,王红疯狂痴情,带给他太大的精神压力,他现在只希望有一个情感简单的女人,和他共同组建一个家,一个经济互助组。他不喜欢太多的感情,他也没有精力和时间去风花雪月制造浪漫温情,他想要的是实实在在地解决自己目前生意上困境、生存上困难的人,他想过实实在在的日子。

　　此刻刘江觉得拥有丰富情感的燕子其实并不是自己所喜欢的,甚至有些讨厌!刘江烦躁落寞的内心又多了一层厌倦:他妈的,女人怎么都这么烦人呢?本来对女人就没有多少感觉的刘江,此刻觉得天下的女人都是那么麻烦!再说他看中燕子也有一部分是看中燕子聪明能干,有自己独立的住房,他渴望自己能有这样的一个栖身之地,而此刻燕子坚决的口气,让他清醒地意识到这里还不是自己的家。

　　看了一眼表情冷漠的燕子,刘江没有任何留恋地走了出去。刘江在空旷的大街上走了很久,他来到一家通宵营业的酒吧,想叫上几个哥们儿喝酒,电话都拨通了,临了他又挂掉了。昔日一块儿疯狂的哥们儿,现在都是有家有室的人了,这么晚,是不会出来陪他喝酒的。刘江一个人喝着闷酒,渐渐地感觉出孤单来,他想起了他以前收留的那条狗——博博,他是在他们家那条巷子捡到的,那时博博已经流浪了很久,全身的毛脏兮兮的,到处踅摸着残羹冷炙,遭人白眼。从小在羡慕别人和被别人同情的环境下长大的他很少有同情心,可是那次他却对博博产生了同情,就收养了它,从此,就和博博相依。此刻他觉得自己就像博博,在巷子里流浪。所不同的是,他流浪的不是一段时间,而是三十多年。他一直向往着能和军区大院的孩子一样,过上一种优越、尊贵、让巷子里大多数人都羡慕的生活,可是这么多年来的辛苦努力,他依然没能摆脱城墙根儿贫民般的生活。他没有自己的房子,父母赖以养老的房子,不能算作自己的,尽管他可以隔三岔五地在那儿住一晚,但事实上那儿连他的固定床位都没有。公司是他固定的宿舍,但那怎么也不能算是他的家。他想结婚摆脱目前的困境,本来是很想和燕子在一起,可是燕子太过炽热的感情,又使他觉得太累,自己也无以回报。

刘江喝完了一打啤酒,人晕晕乎乎的,他多么渴望有一张舒服的大床躺上去美美地睡一觉。一向温柔体贴的燕子竟然赶他走,父母的家里也没有自己的空间,办公室冷冷冰冰的,他实在不想回去。又困又冷又孤单的刘江此刻思念起酒店里松软的大床,思念起酒店的舒适和整洁来。后半夜,刘江拖着疲惫的身子来到王红的房间。王红又惊又喜,殷勤地帮他脱衣服,帮他冲澡,服侍他躺下。虽然,刘江酒是喝得有点儿多,但是他还是能够感觉到被人服侍的舒坦。他望着王红这个美丽又难缠的女人,心里爱恨交加,他本能地伸开双臂把她死死地搂在怀里。

36 铁蛋的城市生活

铁蛋进了城,一天天地忙碌起来,城市的灯红酒绿、丰富的物质吸引着他,到处都充满了新奇和刺激,他都想去尝试一下。想着自己儿时的贫穷和受人歧视,他就越发想扬眉吐气地做一回城里人。他用自己的眼光打量这个陌生的环境,在铁蛋看来,穿戴整齐的城市人,也太抠门了,进了饭店吃剩的饭菜,还要打包回家;买菜时,斤斤计较,讨价还价;买水果只买几个,一个西瓜,也要切开来买。铁蛋想,还不是因为一个字——钱。城里人辛辛苦苦按时上班,按时下班,挣的那几个工资,要应付那么多的花销——城里人真可怜!这么想了,他就觉得自己虽然刚进城,可是自己是有钱人,一想到自己是有钱人,他就为自己是有钱人而狂妄。这种狂妄起初表现在他对王彩霞的态度上,铁蛋动不动就嘲笑王彩霞无能和无知,她给他的建议,他一句也听不进去。

铁蛋想找个营生,觉得这么闲逛下去也不行,可是他觉得做个小生意、开个店太辛苦,起早贪黑的,还赚不了多少钱。是呀,在地里刨过黄金的人,还能觉得其他营生赚钱快吗?城里的新鲜玩意儿尝试过了,他开始有了几个固定的去处:去离他居住的小区不远的一个城中村的麻将室打麻将;和他新结识的几个牌友去喝酒。他也开始有了固定的朋友圈子,铁蛋阔气大方,和一帮子朋友一起吃酒寻乐,朋友亲热地叫他"铁哥",如众星捧月一般,铁蛋觉得很受用。

不如开麻将馆吧,这是一个很赚钱的营生。铁蛋在几个一起玩牌的小兄弟的点拨下,有点蠢蠢欲动。那个经常跟着他、名叫铁生的小兄弟给他介绍了一个城中村本地的小伙子小帅,小帅家庭经济状况很好,一个大院子前后两栋四层高的楼房,几十间房子出租。他不喜欢读书,很早就在外边闲逛,到了该工作的年龄却不愿意工作,他就喜欢和铁生这样的社会闲人混。小帅说,在这一片儿办麻将馆、游戏厅等娱乐项目,都要经"雄哥"同意,要交一定的保护费才能经营下去。在小帅的引荐下,铁蛋拜访了"雄哥"。

小帅口中的"雄哥"便是和张爱花交往的陈一雄。铁蛋在小帅的引荐、铁生的陪同下,在陈一雄前后院高楼包围的院子里拜见了躺在摇椅上扇着蒲扇的雄哥。雄哥把玩着由小帅递上的成色上乘、工艺笨拙的硕大的金戒指,看着铁蛋微笑着问:"规矩都懂吗?"铁蛋说:"小帅兄弟都说明白了。"雄哥笑着从摇椅上一跃而起,拍着铁蛋的膀子大笑道:"以后就是兄弟了。"一个黑黑胖胖的女人从屋子里走出,雄哥介绍说:"你嫂子!"铁蛋和小帅同时叫了声"大嫂"。那个女人点了下头,忙自己的事去了。

在雄哥的同意下他们在城中村的街道开了个麻将馆,招揽人来玩麻将,收取场地费和茶水费。铁蛋做起了老板,几个兄弟帮忙招揽客人,招聘了几个打工妹端茶倒水,打扫卫生。麻将馆遇上无赖闹事,几个小兄弟当然就成了打手。派出所来检查打击赌博,他们总能事先从雄哥那儿得到风声。

时间久了,一个经常出入麻将馆的痞子,钱输得多了,红了眼,与铁生发生了摩擦,被铁生揍了一顿,心里结下了仇恨,去派出所报了案。正好有赌徒用现金换筹码时被警察逮了个正着,警察叫麻将馆的负责人出来,铁蛋吓得从后门溜走了,铁生站出来说他就是负责人。铁生被警察带走了,铁蛋一时慌了神,小帅说,赶紧找雄哥。

雄哥和花花正在缠绵时被电话惊扰。铁蛋在电话里又是紧张,又是害怕,在电话里说不清楚事情的来龙去脉。雄哥没好气地说:"见面说吧。"铁蛋和小帅按照雄哥给的地址,很快地见到雄哥,当铁蛋还在惊奇雄哥这儿还有一个家时,穿着居家服的张爱花出现在他的面前,铁蛋和花花同时吃了一惊,瞬间花花就镇定下来,并以主人的身份热情地招呼他们。铁蛋心里有事,顾不上多想,说清了事情的原委,就随雄哥匆匆离开了。后来才从小帅的口中得知,花花是雄哥的另外一个女人,文化人,做教师的。铁蛋在心中狠狠呸了一口。

自从开了麻将馆,铁蛋忙了起来,回家的次数越来越少,他和王彩霞之间的争吵也少了,日子看起来似乎平静了一些。可是,王彩霞心里清楚,铁蛋肯定是在外边和女人鬼混了。在乡下时,铁蛋也有过几次混球的时候,不过他都很收敛,事后也都有悔意,但现在是更加放肆了。由于王彩霞已经从内心讨厌铁蛋,所以对这些就麻木了,她只是从过日子的角度有些很担心他的麻将馆,这怎么说,也不能算是长久的生意,可是铁蛋对她的劝告一句也听不进去。王彩霞有些绝望,就不再和他理论,好在她还有女儿,她就把全部心思放在女儿的身上。她每天按部就班地为女儿做饭,接送女儿上下学。

铁蛋已经有几个月没有向她提出那种要求了。知道了张爱花的事情以后,铁蛋有一种说不出的快感,一种从小被人歧视的恶气终于吐出来了,"哼,'胭脂河畔的美女''七朵金花',我呸,还不是如此下贱!"看着王彩霞对他的冷淡,气就不打一处来,他就不服气王彩霞在他面前的清高,一种征服的欲望鼓舞着他,他把她按倒在床上。她机械的动作、空洞的眼神、麻木的表情更加激怒了他,他感受到的不是欢愉而是羞辱,他气急败坏地指着她吼道:"臭婊子,在我面前装正经!一群贱货,上学时不就是比我学习好一点嘛,好又怎么样,不是一样下贱地服侍男人?知道不,你的好姐妹,张爱花,不是考上学了嘛,为了钱,下贱得做婊子,给人做小。看不起老子,老子当初是学习不好,没有文化,可是老子有的是钱,你不就是看上老子的钱才嫁给老子的吗?"

铁蛋一个人在发疯,而且越骂越有劲。王彩霞就一直那么躺着,不哭也不闹,她的泪水已流干了,哀莫大于心死!王彩霞对他们的婚姻彻底地绝望了。

铁蛋发泄完以后,不管不顾王彩霞,扬长而去,干脆就住到麻将馆里不回家。

麻将馆招聘的几个打工妹中,一个叫小兔的四川女孩,没事时总喜欢用一双狐媚眼瞅铁蛋,那种跳动的眼神撩拨得铁蛋心里直发慌。铁蛋明白这种女孩的心思,知道她看上的是他的钱,所以就没有当一回事。和王彩霞彻底闹翻,住在麻将馆的日子,无聊时,就多看了小兔几眼。就是这几眼,吸引得铁蛋注意了:小兔瘦小平常的脸上一双小眼睛极黑,这一双黑眼睛在看向男人时,竟然像猫眼睛一样会发光,眼睛一发光,平淡无奇的小脸一下就妩媚生动起来,有一种蛊惑人心的美。小兔一张扁平的脸上,吸引人的是两张厚嘴唇,她望着铁蛋时,嘴唇总是微微张开的,铁蛋感觉到一种气息迅速扑面而来,他感到周身的血液开始沸腾。铁蛋是经历过女人的,他的老婆——胭脂河一方美女王彩霞是一个冷美人,他在床上如何折腾、疯狂,她美艳的面庞依然冷若冰霜。他厌倦了这种表情,他偶尔也在镇子上几个风骚的少妇身上尝过鲜,进城以后,寻花问柳的地方他也没有少去,可是像小兔那样会发光的眼睛和散发撩人气息的嘴唇他还是从来没有见过的。很快小兔成了他的怀中之物,没有揽入怀中不要紧,一旦揽入怀中,铁蛋才明白什么是尤物,传说中勾人的狐狸精大概如此吧!相貌平平的小兔会转动的不单是眼睛,她的私处更会转动,她跳动的私处使得趴在她身上的铁蛋美得"嗷嗷"直叫,铁蛋从此离不开小兔。他的老婆王彩霞在他生活中开始模糊。

　　铁蛋迷恋上了小兔,陶醉在她的温柔乡里。可是他并没有想过要抛妻弃女,没有想要娶小兔为妻。小兔没有要他娶她,王彩霞对他的事不闻不问,铁蛋觉得这样的日子很好,他希望能够长久下去。可是小兔怀孕了,怀孕以后的小兔和之前判若两人,一改往昔的柔情,态度坚决地要求铁蛋离婚娶她。铁蛋早就想要个儿子,若她能为自己生个儿子岂不是很美。铁蛋以为他和王彩霞之间冷漠许久,她也不干涉他在外边找女人,所以对于离婚,她应该会同意。可是当他真正提出离婚以后,王彩霞坚决反对,她说,任凭铁蛋在外边和女人如何鬼混,她就是不离婚!

37 古城重逢

　　王彩霞和韩子清重逢是她进城一年以后的事情。那时候,她和铁蛋的关系完全决裂,铁蛋在外边自我放纵,尽管彩霞说她绝不干涉,可是她的内心却相当痛苦。看着周围的夫妻情投意合、和和美美地过日子,她觉得自己的生活简直就没法提。她感叹人生

胭脂河

无常,感叹自己的无能,感叹自己命运的不济。好在她的日子不太为钱发愁,一心扑在女儿身上,也就一忍再忍了。那天,她照例送女儿到学校门口,望着女儿的身影消失在校园中,她还木木地站到那儿发呆,听见有人说:"是王彩霞吗?"她转过头,看见有一个男人正朝她走来。没有想到竟然是韩子清。

韩子清是几年前来到古城的,先后在几个学校教过书,半年前又到新世纪国际学校做教学管理工作。他依旧清瘦、干练,衣着整洁,皮肤已不再白皙,眼神有些浑浊,修剪得整齐的鬓角已经呈现出花白。他在学校门口已经见过王彩霞两次了,都没敢确认,今天上前打招呼,一看果然是她。他眼睛似乎有些湿润,赶紧慌乱地扶了扶眼镜说:"你也来古城了?孩子都这么大了?你生活得好吧!"彩霞也感到意外,她没有想到竟然会碰上他,一时间慌乱地也不知道该回答他哪一句,就自顾自地问道:"韩老师,你在这里教书?家也在古城?孩子上几年级了?"话一出口,她又有些后悔,这么贸然地问候,人家会不会介意呢?一时间两个人都没有话说,沉默了一会儿,韩子清说:"你忙不忙?咱们找个地方聊一聊。"于是他回办公室打了个招呼,就出来了。

缘来咖啡屋,二楼临窗的位子,韩子清和王彩霞,这两个原本并没有任何感情纠葛的故人,却像一对久未见面的老情人面面相觑坐在一起,往事翩翩浮现。多年过去了,韩子清的那一段苦恋带给他的磨难早已经结束,有时候回想起来都不痛不痒了,只是偶然内心会有某种悸动,也恍若隔世。对燕子的感情早已经随着生活的磨炼而消逝得无影无踪,燕子也如同年轻时候的一本画册,永久地珍藏到他的记忆中。而如今,当他再一次遇见燕子当年形影不离的好姐妹王彩霞时,思绪却一下子回到了从前,那个久未启封的画册打开了,恍惚中他似乎又回到了大庙中学,胭脂河畔,青石峡谷,他似乎又看见了那几个妙龄少女从晚霞中走出……此刻,他只是想知道燕子现在的生活状况。自从燕子上了大学以后,他就彻底地失去了她的消息,不是他打听不到,而是他刻意不去关注,尽管他的内心还有一点想知道她的情况。

王彩霞到古城生活以后,她的痛苦、她的辛酸、她的磨难没有向任何人透露过。家乡的亲人都以为她过上了锦衣玉食的日子,她也不想让他们知道自己目前的境况;在古城,她没有一个亲戚朋友,也没有人可以诉说。尽管她和昔日的几个好姐妹在古城见过面,可是各人有各人的辛酸,大家都以为她过得很好,她也不好意思向她们诉说。自己的苦,还得自己一个人慢慢承受。她整日里郁郁寡欢,痛苦压抑得她几乎透不过气来,凑巧这个时候,她碰上了自己多年来心目中认定的最重情重义的男人,她就想把心中的苦闷向他诉说,可是,一时半会儿又不知从何说起。抬头望着窗外熙熙攘攘的车流和人群,无奈地说了声:"人的一生呀,一步也不能走错,生活是来不得半点侥幸的。"

韩子清以为王彩霞是在为他的人生而感叹,紧接着她的话说:"是呀,我都想明白了,人生不可强求,过于执着,结果对人对己都不好。我当年的事,你也是知道的,那时候年轻,一根筋,转不过弯,结果害了自己,也影响了别人。现在才明白,爱和被爱,都是一件让人幸福的事情,千万不能让它变成痛苦!"

彩霞知道他又要提燕子了。过去,她一直替韩子清惋惜,看到他消沉落魄的样子,心里着实疼痛过,可是今天,她本来想把他当作知己诉说一下自己的苦闷,没想到他和自己坐到一起全然没有顾及她的情绪,没有问问她的生活现状,一开口提到的还是燕子。彩霞有点恼他,呆坐在那里,望着手中的茶杯不吭声。

韩子清没有意识到,继续接着说:"为了那段一厢情愿的感情,我付出的太多,我没有做好一个教师,没有干好自己的工作。你知道吗?我后来之所以调动过好几个学校,是因为那些学校都

胭脂河

不愿意要我。想想当时，真是发疯了，自我放纵、自我作践，荒唐颓废、离奇怪状地混了那么多年，周围的人对我都害怕了，亲人也对我失望极了，就连我自己也认为自己不可救药，索性就破罐子破摔了。后来生活给了我致命的惩罚，我才醒悟过来。我母亲去世了，那一年她才五十六岁。她老人家在几年前就查出来肾上有毛病，我当时疏忽，没有在意。那时候我正处于情感低谷，待在离家比较远的偏僻山区，不但没有关心她的病情，而且在自己的婚姻问题上让她伤透了心。后来，她突然发病去世了，她在临终前对我说，她一生最大的遗憾就是没有能使儿子过上开开心心的家庭生活。我母亲当了一辈子工人，她就这么点简单的心愿，我都没能够满足她。在我伤痛的那些日子里，母亲陪我一起伤心过，她一直希望我能够解脱出来，鼓励我战胜自我重新追求新的感情生活。我那时候已经三十多岁了，可我还是没能做到这一点。母亲去世了，我才追悔莫及。母亲就我这么一个儿子，为我操劳了一生，而我却没有尽到一点点孝心，没有好好陪她治病，没有侍候过她，没有给她买过一件衣服，也没有陪她游过什么地方。我以前总是想以后有的是机会，可是直到那一天，我知道永远也没有机会了。你不知道，我当时有多伤心有多后悔，那个后悔呀！我就在想呀，人的一生值得珍惜的东西很多，而我为了一份没有结果的感情，却把别的都忽略了。从那以后，我的生活态度才开始有了改变，我开始认真地对待生活，善待别人，也善待自己，我开始觉得生活还是很有意义的。唉，那一段不堪回首的经历呀！我失去了很多东西，我对生活的热情、我对文学的热爱、我的才思、我的灵感，都一去而不复返了。"

彩霞认真地听着，望着韩子清几经湿润的眼眶，她又一次被眼前这个略显沧桑的男人的真挚情感打动了，竟把自己的不幸际遇暂时忘却了，心里又开始为眼前这个有情有义的男人隐隐作痛。她轻声问道:"韩老师,你现在过得好吗?"

"现在,还行吧,工作上还算可以,这个学校的管理机制很好,工作很有劲头,收入也不错。到了我这个年龄,也没有太大追求,只希望能照顾好父亲,把自己今后的日子过好,不能再亏待自己就行。"韩子清问道:"你呢?女儿在这个学校读书,你先生应该不错吧?"

彩霞不知道该怎么回答他,喝了口茶,不作声。

韩子清也没有在意,静默了一会儿忍不住地问道:"燕子现在生活得怎么样?"其实,他一直想等王彩霞主动告诉他,可是她就是没有提。他最终忍不住了。

彩霞笑了一下,气氛有点缓和。彩霞笑道:"韩老师,你可真有心,难不成你现在还对燕子不死心?燕子现在还没有结婚呢。"

韩子清也笑了笑说:"你在取笑老师哩,怎么会不死心呢,只不过是见到了你,才想起问一下她,毕竟,当年是我对不住她,曾经对她造成影响和伤害。"

彩霞看见韩子清的情绪有些恢复,心里就放松下来,这一放松,就又想起自己如今的伤痛,她说:"韩老师呀,你真有心,还是那么会关心人。可是,你要知道,青石峡口的小妹不是只有燕子一个呀!"

韩子清一愣,继而就明白了,他们俩相视笑了笑。他望着对面这个温柔娴静的昔日的女学生、如今俏丽忧伤的少妇,心想,这也是一个有心的人儿。他连忙说:"对不起,只顾说我了,你也该说说你的情况。"

几缕阳光透过玻璃窗落在王彩霞的脸上,她抬头望了一眼窗外,白花花的阳光刺得她眼睛睁不开,头有点晕。她喝了一口茶定定神,才慢慢地诉说起来。

王彩霞说得很平淡,似乎是在讲别人的故事。韩子清听得很认真,当听到她讲当初自己选择铁蛋时的情景,以及结婚时平静的心情和那一丝的不甘心,就不由得为她叹息。她又讲到他们进城以后他们婚姻的裂痕以及生活现状,他更加同情面前这个柔韧的女人、曾经的女学生。

落日的斜晖,照在这两个有着不同生活经历,却有着相同伤感的男女身上,他们才意识到已经静默了好久。王彩霞看了一下表,就急忙站起身来说:"韩老师,我该走了,孩子放学了。我们以后有机会再聊。要不要有空的时候约上燕子,我们一起叙叙旧?!"

38 焚烧

燕子觉得自己死了!一把锋利的剑猛然插入了她的胸膛,她似乎看到鲜血从胸腔喷出,似乎触摸到冰冷锋利的剑柄。扔掉手机,她哈哈大笑,凄美的笑声似乎要响彻整个城市,整个天宇!刘江那挺拔健美的躯体、冷峻个性的面孔不断地在她面前晃动,一股热潮又一次侵袭了她的全身,燕子的双眼开始跳跃起两朵火苗,她悲哀地意识到自己早已不可救药地爱上了这个包裹得很深的男人。跳跃的火苗中,她似乎又一次嗅到了他特有的男人气味,抚摸到他健美的胸肌,触摸到了他完美的麦色的肌肤。火苗在不断地延伸,燕子感到自己的身体都融入滚烫的火团之中,如飞蛾扑火一般,终于感觉到了,她渴盼已久的燃烧。燕子望着火团中刘江因愤怒而变得更加光亮的脸,她用尽全身的力量,抓住剑柄朝自己胸前一拉——鲜血从胸腔喷出,一个弧状,如同美丽的火蝴蝶在火团中飞起……

燕子觉得自己真的是死了,并且是自己杀死了自己!燕子觉得自己死了,她的灵魂开始正在四处飘荡!她猛然觉得自己生活了十几年的城市是那么拥挤,那么令人窒息,令人生厌。刘江阴魂不散地遍布了她的整个空间,以至于她嗅自己干燥的手,都能体味到燃烧中刘江那特有的味道!她努力地寻找到古老的城墙根儿一个安静的角落,把自己蜷缩在一隅,小心地静静地审视着自己的伤口。当她把迷乱的思绪理顺,她发现伤口渐渐清晰,她分明看见血液从每一个毛细血管中迸出,并且愈演愈烈。

燕子和刘江的这段恋情正如她那首诗里写到的那样,有着甜蜜的享受,也有着炼狱般的煎熬。她遇上了那个足以让自己燃烧的男人,整日处在一种亢奋状态。她渴盼着那个男人同自己一起燃烧。但是那个男人却没有和她一起燃烧。他惯有的严肃和冷静几乎要浇灭她眼中的火苗,即使在他们谈婚论嫁之时,都没有太多的改变。也不能说他没有激情,也不能说他不喜欢和燕子在一起,更多的时候是他下了班,主动来到燕子家里。那时的燕子是一个欢喜的小女人,一解满身的疲惫,幸福地雀跃于客厅与厨房之间,为刘江泡一杯热茶,煮一点毛豆,做自己最拿手的饺子或刘江最喜欢吃的烩麻食。等她做完了这些,坐下来看着他吃得津津有味,燕子感到幸福极了,她真的希望时间就在那一刻凝固。等到她收拾完碗筷,坐到他的身边,她有太多的话想对他说了,工作的见闻、生活的趣事。可是正当她津津有味说个不停的时候,刘江却躺在沙发上发出均匀的鼾声。等他睡醒,已经很晚了,就到他离开的时候了。

燕子心里有说不出的滋味,其实每当这时候,她的内心是很难过的。刘江说,他工作太累了,没有精力也不喜欢听那些琐碎的事情。燕子理解,社会竞争激烈,刘江的工作压力很大,也很辛苦。

刘江是喜欢喝茶的男人,燕子是懂茶的女人。刘江生日的那天,燕子翻看了自己所有的关于茶文化方面的书,跑遍了古城的

胭脂河

几个大的茶市场,买了一斤上好的绿茶,盛在漂亮透明的玻璃器皿里,连同一套紫砂茶具作为生日礼物送给他。燕子也准备好了一肚子的"茶闻趣事",想同刘江一块儿分享。可是,刘江接过礼物,礼节性地说了声"谢谢",他并没有认真地去欣赏茶具,只是随意地抓了一把茶叶,放进自己惯用的大茶杯里,泡了一大杯茶,和平日一样咕咚咕咚地喝了起来。看着刘江这样的举动,燕子的心就如同玻璃杯中翻滚的茶叶,慢慢地往下沉,她开始意识到他们不是同道中人。刘江喜欢喝茶,可是他并不懂茶;正如他喜欢她,却并不懂得欣赏她一样。这时,刘江的手机突然响了,他接通了电话,有人祝他生日快乐。就在那一刻,燕子从他依旧冷峻的面孔上看到了一丝与平日不同的表情,到底是什么呢,她也说不清。后来,燕子不止一次地想起那日刘江的表情,她猜想那个电话可能是他藕断丝连的昔日女朋友打的吧,三十多岁的男人,有点过去也是应该的。

  问题隐隐约约在燕子心里呈现,她明显地觉得他们这对人人都羡慕的情侣,实际上存在着问题。刘江喜欢她,只是认为她是他合适的结婚对象,而燕子想要的不仅仅是婚姻,还应该有一份美好的情感。刘江喜欢跟她在一起,可是并没有激情;刘江向她求婚,可是并不懂得欣赏她。她有丰富而炽热的情感,而刘江冷静又沉默。刘江大学是读工科的,对历史文化、人文知识知之甚少,他平时不喜欢阅读,没有太多的文化内涵。人情礼节懂得不多,却偏偏有一点依权附贵的倾向,而这一点正是燕子深恶痛绝的地方。她开始觉得他们其实就是两个世界中的人。燕子的内心充满了矛盾。

  那几个心里很矛盾的黄昏,燕子在城墙根儿脱掉鞋子光着脚丫子沿着护城河堤踩石子,冰冷坚硬的石子撞击着她敏感而丰富的脚掌穴位,燕子清醒地意识到自己的确是很爱这个男人。冷静思考以后,燕子做出了决定,既然刘江有这么多吸引自己的地方,自己就认了,毕竟要找一个好的结婚对象也不容易,更何况自己是真的爱上了他,将来在一起生活时间长了,经过磨合,一切就会好起来的。

燕子接到报社的采访任务,去帝王饭店采访来古城的外地企业家。她万万没有想到,在那里看到了出双入对的刘江和王红。她看到他们的那一瞬间,王红还幸福地依偎在刘江的臂膀上。她满腹疑惑地回到家,想等刘江的解释,却等来了刘江的一句话。刘江电话里的声音很平静,他说:"分手吧,咱俩不是一类人!"

从激情的燃烧,到焚烧中的挣扎,燕子的爱情经历了迅速的升温,到最后的戛然而止,就像一列急速行驶的火车遇到突发事故,她的重创可想而知。伤痛中的燕子甚至有些麻木,冷笑着似乎在听别人的故事。当她冷静下来,理顺这一切的时候,燕子捂着淌血的伤口,她听到自己痛苦地呻吟,真不该弄清楚这一切呀!如果这段恋情失败时稀里糊涂地分手,她就不会感受到这么大的伤害。

当她弄清楚刘江和王红之间那些纠缠不清的关系后,她想明白了之前的一切困惑,这才痛苦地发现自己的伤痛正在蔓延,她现在所承受的不仅仅是失恋的伤痛,而是被欺骗、被愚弄的伤害,更重要的是对她三十年来情感认识的一个否定。

燕子觉得这段感情,简直就是对自己的一个讽刺,是自己的一个耻辱。而立之年的她,自认为很能把握感情之事,职场的精英,报界的名人,怎么能犯如此低级的错误,怎么能够遭受如此的耻辱?她多年来对于爱情婚姻的向往,都伴随着这段感情的结束而逝去了。她不甘心,她实在咽不下这口气,她要报复这对令她蒙羞受辱的狗男女。

39 还有一个故人

燕子给刘江的父母打电话,很冷静地把事情的经过告诉了刘江的父母。她要惩罚这对狗男女,让他们的日子也不得好过。多年以后,当燕子拥有了爱情、拥有了自己幸福的家庭,回过头来用平和的眼光再看这一切时,她原谅了那些曾经伤害过自己的人,她觉得其实每个人都生活得很可怜,为情所困,为利益驱使,没有人天生就是十恶不赦的。

刘江的父母知道他俩分手了,分手的原因是因为王红。刘江的父母很生气,觉得这么好的儿媳妇让王红给搅散了实在可惜,他们狠狠地教训了儿子。刘江受了委屈,就向王红发泄,说她是女魔头,是他命中的灾星,他这么多年的不顺都是她带来的。她总是缠着他不放,让他又一次失去合适的结婚对象,这一次连父母都受到了伤害。

为情欲所困的王红没有想到,刘江竟这么痛恨她,她忍受着屈辱,亲自登门给刘江父母道歉,解释说自己和刘江只是合作伙伴关系,自己也并没有想破坏他们的恋爱关系。从刘江家里出来,王红觉得自己受到莫大的侮辱和委屈,只是因为自己太在乎一个人,她这么多年把自己的人格和自尊全丢掉了。想着这么多年来自己对刘江所做的一切,而他对自己的态度,高傲的王红终于流下了痛苦的泪水。回国这么多天来,她第一次想到了远在加拿大的老公,她想回去了。临走的那天在机场,王红告别前来送行的弟弟王军,想着以前每次都是刘江为她送行,又一次流下了伤痛的泪水。她想,她永远都不想再见到那个人了,永远都不想再回古城了。

缺少了王红资金上的帮助,刘江的贸易公司没办法继续支撑下去,他关闭了公司,应聘到一家大公司上班去了。

遭受重创的燕子,久久不能从仇恨中解脱,她要报复,她想把这一对狗男女的事情告诉给王红远在加拿大的老公,毕竟人家也是受害者。燕子从张可处轻而易举地拿到王红老公的e-mail地址。

漆黑的夜里,燕子蜷缩在自己的小房子里,如幽灵一般在网上晃悠。如果说人有七魂六魄的话,此时,燕子身上固有的善良、理性慢慢地在消失,邪恶的魔鬼正在侵袭着她的全身。她在实施着一个计划,她要报复那一对令她蒙受屈辱的狗男女,她不要她的一段恋情遭受如此不堪的伤害。她把刘江和王红这么多年来的私情罗列出来,准备通过e-mail发给王红的老公,她要借助另外一个人来惩罚这一对令自己蒙羞的狗男女!

在那个漆黑的夜里,善良的燕子,鼠标快要点下的那一瞬间,电话铃响了。一阵电话铃声把她从邪恶的边沿拖回现实中,一个电话改变了她的想法,使她在以后的岁月里,不至于活在懊悔中,而是能够灵魂无纷扰地健康快乐地生活着。

电话是韩子清打来的,他从王彩霞处知道燕子失恋了,没有上班在家休养。韩子清想,这么坚毅的一个姑娘,这次怕是真的遇上难处了。他想到自己当初为情所困的情形,他能体会到失恋对人的打击。昔日里多么阳光灿烂的姑娘,竟为情所困到不去上班?他希望她能够尽快恢复昔日灿烂的笑容,他希望她的生活永远艳阳高照。尽管这几年来,他早已不去想象燕子的生活,可是当他得知她的感情生活不顺利的时候,他依然心疼,他担心燕子的情绪,如同担心自己的妹妹一般。他想起当初自己对燕子的影响,总觉得自己这一生愧对于她。现在她遇上了难处,他想他该为她做点什么,哪怕是安慰安慰她,就如同安慰自己的小妹妹。他想了很久,终于拿起了电话。

胭脂河

静寂的夜里一阵脆响的电话铃声把燕子从狭隘、邪恶的空间拖回现实生活。

"是赵春燕吗?我是你初中语文老师韩子清。"

"哦,您好!"燕子一脸茫然。

"大庙中学,你们的语文老师,韩子清,我现在在古城工作。"

"你是……"她集中精神,脑海中努力地搜罗着往昔的记忆。

"前一段时间,我遇上了你的好朋友王彩霞,知道你也在古城工作,就打电话问候一下,一切都好吧?"

"韩老师,您好!"燕子费了很大的劲才从韩子清的自我介绍中弄清楚了他到底是谁。尽管他们之间有过那么复杂的纠葛,那都是他单相思,其实他们很少正面接触过,当她弄明白后,还是很礼貌地说了声"韩老师好",这一点连她自己都吃惊。

"韩子清"这个曾经困扰了燕子好多年的名字,曾经惊扰、伤害过少女心灵的名字,曾经让燕子痛恨不已的名字,不知道从什么时候起早已经淡漠了,淡漠到当她再次听到他的声音、听到他的名字时,竟一时半会儿联系不到实际生活,只是隐隐约约感觉到很遥远,遥远得如同前世前生的人和事了。

那青春的记忆呀!青石峡、龙王潭、胭脂河,青石板的大庙街道,街道尽头的学校,学校里那个争强好胜、心灵手巧、勤奋好学的扎着羊角小辫的姑娘——这一幕幕在燕子接通韩子清电话的那一瞬间,被激活。韩子清一声轻轻的问候:"你好吗?"燕子竟然感动得热泪盈眶,昔日的怨恨全抛脑后,似乎听到了久未谋面的亲人的问候,一丝亲切的温暖在内心涌动,有多久没有这种淳朴的感觉了。

韩子清说:"十几年过去了,我一直想亲口对你说声对不起!我曾经的偏执给你带去很大困扰,影响了你的正常学习。"

一丝感动涌上燕子的心头,在这静寂的夜里,还有人能够想起自己!经受着感情重创的燕子感动得热泪盈眶,"我不知道自己好不好……"燕子说着话竟然有点哽咽。

韩子清说:"有什么不顺心的事吗?能不能给我说说?"

于是在那个人们都已熟睡的夜晚,在电话两端,燕子把自己遭受的痛苦,以及自己的计划一点一滴地倾诉给这个曾经给自己带来烦恼、自己曾经仇恨过的而今却给她一种亲人般的感觉的男人。燕子像是对着自己最信任的亲人诉说,她越说越多,越说越平静。说完了以后她觉得自己的仇恨和痛苦似乎减轻了许多。

夜已经深了,韩子清耐心地听着,直到燕子诉说完毕。韩子清对燕子说:"燕子,你还年轻,要好好珍惜自己,人的一生会遇上各种各样的磨难,一切都会过去的,过去了,一切都会好起来的。记住,生命中没有人比自己更重要,照顾好自己,才会有好的生活。"

韩子清说:"燕子,夜深了,你现在什么也不要想了,照我说的去做,你放下电话,去洗一个热水澡,给自己冲一杯热牛奶,喝完后上床睡觉。明天起来,你依然是大家心目中最优秀的燕子。"

燕子放下电话,果真按照韩子清说的去做了,失恋以后的一个月来她第一次安安稳稳地睡着了。这一觉一直睡到第二天中午,她在苏小卉的敲门声中醒了过来。

40 野火烧不尽

梅元凯向苏小卉求婚。苏小卉又惊又喜。虽然她表面上一再拒绝和他进一步交往,可是在她的内心,她是强烈地渴望能够嫁给梅元凯这样的男人。这也是她这么久以来坚持不与梅元凯越轨的一个重要原因,也是她费尽心机想要的一个结果。她的坚持终于感动了天、感动了地,终于感动到梅元凯向她求婚。她欣喜若狂,她在心里想,自己的霉运到头了,该是出人头地的日子了,该是麻雀飞向枝头变凤凰的时候了。

梅元凯向苏小卉求婚。苏小卉的内心早已经排山倒海、热血沸腾了,可是她还是故作镇静地跟他说,婚姻大事一定要跟父亲商量。其实苏小卉知道自己是不会也没有必要和爹商量,因为前一段婚姻,她与爹这么多年来几乎断绝了关系。她之所以这么对他说,只是想进一步表明自己是一个很听父母话的乖女孩。梅元凯果真认为她是现今社会不可多得的传统的女孩,这些更加坚定了娶她为妻的决心。苏小卉欣喜万分,她觉得自己孤苦伶仃的日子快要到头了,自己终于守得云开见月明了。她甚至想象着自己以后的日子,美容美发的工作肯定是不会再干了,以后,再出入这样的场合,则是别人为自己洗头洁面了。此时的苏小卉,沉浸在对即将到来的幸福日子的憧憬之中,她几乎忘记了她离开家乡的初衷,她把自己后半生的幸福完全寄托在这个她心爱的男人身上。

梅元凯给在台湾的父母和远在美国的未婚妻阿美打了电话说自己想解除婚约。家里人虽然不支持他的决定,但没有太多的反对,说年轻人的事情,让他们自己处理好。梅元凯的父母提出,让他务必回台湾一趟,当面和阿美讲清楚,与阿美处理好关系,毕竟父辈们都是多年的好朋友。阿美的反应令他很意外,他一直以为阿美是一个很开朗、很现代的女孩子,对于这件事情的处理一定也会很干脆利落,可是阿美却说,她希望大家都再冷静一阵再说,最好能够面对面来解决这件事情。

梅元凯打算回台湾,一是想对阿美当面有个交代,二是他要告知父母他要娶苏小卉为妻。他告诉苏小卉他要回台湾一段时间,要同父母商量他们的婚事,等他回来以后再去拜见她的父母。临行前,为了让苏小卉放心,梅元凯特地举行了正式的求婚仪式,他邀请了自己公司的副总陈一雄和唯美浓的老板参加,苏小卉请来了自己的好姐妹燕子、花花和彩霞。梅元凯请他们作为他求婚的见证人,苏小卉请自己的好姐妹一起来分享自己的喜悦,这也是她这么多年来唯一可以向她们炫耀的事情。

美丽的红玫瑰,熠熠发光的钻石戒指,半跪式的求婚,虔诚的誓言——苏小卉完全陶醉了。看着姐妹们投来羡慕的眼光,她感觉幸福极了,她觉得自己终于苦尽甘来。三十多年的岁月里,苏小卉第一次尝到了爱情的甜蜜,被人羡慕的虚荣。她觉得自己是天底下最幸福的女人,她觉得以前自己承受的那些痛苦煎熬都是为了能够拥有今天的幸福。晚饭后,送走了客人,醉眼迷离的她把所有的顾虑都统统地抛开了,此刻她就迫不及待地想躺到这个自己深爱的男人的怀里。可是,梅元凯此时却没有留她的意思,照例送她回家。在唯美浓的门口,梅元凯深情地拥抱着她舍不得她离去,她也任由自己的情感泛滥与之缠绵而没有丝毫的抽身之意。她的内心热血澎湃,那一刻她体会到了水火交融的快感,内心有一种声音在强烈地呼喊着:来吧,来吧!她知道无论是自己的身体,还是自己的精神,都太需要眼前这个男人了。可是他却推开她,喘着粗气对她认真地说:"亲爱的,对不起,我一定要学会克制我自己,我决不能破坏你的原则,我要把你的圣洁留给我们的新婚之夜。"苏小卉奔腾的血液缓缓而止,她意识到自己的失态,瞬间她又恢复了往昔的沉稳、平静,温和地与他道别。

梅元凯为自己编织的圣洁爱情所折服,他当真把她视为纯洁之物,现代人的生活太缺乏这种纯洁的东西了,人们往往在自己编造的谎言里沉醉。望着梅元凯远去的身影,懊恼、失落、伤感一齐涌向苏小卉的心头,她在怜惜自己,自己压抑得太久太久,自己一无所有,唯一能够坚持的就是不能把自己的身子随便地交给他,这也是她能够吸引住他的唯一法宝。太在乎他,就不能随性而为,就只能苦着自己,压抑着自己的情感和需要。

梅元凯只身回了台湾,却带走了苏小卉的心。往日平静、温和的苏小卉开始有些烦躁不安,平日里遇事泰然处之,现在却有些慌乱,她每天都在机械地工作着,魂不守舍。梅元凯一走,她开始从前一阵的欣喜若狂中冷静下来,有时候憧憬美好的未来,有时候她又仔细地分析着他们两人的情况,越分析她越觉得他俩的差距太大,越分析她越觉得他们要走到一块儿其实很难。她还有一个很大的心病没有告诉他,那就是她结过婚并且有一个孩子。他如果知道了,还会不会娶他?她没有学历、没有文化,他的家里人能不能接受她?他的未婚妻会不会放过他?毕竟他们青梅竹马,好了那么多年。她越分析思想就越混乱,她时刻盼望着梅元凯能够早点归来。

梅元凯离开已经一个月了,在这一个月中,苏小卉度日如年。梅元凯只是在离开后的前半个月里给她打过几次电话,后半个月就杳无音信了,说好的最多一个月就回来,可是一个月已经过去了,还是没有回来,本来神经就很紧张的苏小卉越发显得不安了。她总担心出什么事,又不好意思到他公司去问。坐卧不安中,苏小卉隐隐地觉得他们之间的事情可能不会那么简单。

两个月后,梅元凯终于回来了。可是,回来的,却不是他一个人。还有他曾经的未婚妻阿美,确切地说他是带着自己的新婚妻子阿美一起回来的。他回来之前没有和苏小卉通过电话,所以当苏小卉知道他回来的时候就已经意识到他们的事情有了变数。梅元凯约她去他们常去的那家茶楼,电话里梅元凯的声音镇静而又平和,苏小卉听出与往日有不同,她的心一点点往下沉。她在电话里没多说什么,她只是反复在想,到底会怎么样呢?他们家不接受自己?嫌弃自己没有学历?他是不是知道了自己的过去?

苏小卉怀着忐忑不安的心情如约来到茶楼,刚一进门她就一眼瞅见了他们常坐的那个桌子旁和梅元凯并排坐着一个时尚漂亮的女人。苏小卉在他们对面入座,看到这种情景她就明白了一切。她强忍着,眼前一片昏眩,木呆呆地望着他们。梅元凯说:"小卉,对不起,真的对不起,我希望你能够原谅我!"声音遥远得如同从天际传来,恍惚中她竟然无意识地点点头,难道是在答应他原谅他对自己所做的一切?真是窝囊废!她在心里骂自己。阿美说:"苏小姐,你真的和我想象中的一模一样!你真是一个美丽的女孩子,我和阿凯一样都喜欢你这种传统的女孩子,希望我们也能够成为朋友。"苏小卉抬起头看着她,她努力地露出一丝笑容,她悲哀地发现自己竟然一点也不恨面前的这个女人。临别时,阿美热情地拥抱了苏小卉,她说:"你真是一个美丽、特别的女孩。"她还说:"大陆的女孩真好!"苏小卉的面部没有任何表情,她不知道这个女人是因为受过西方高等教育而这么高傲、豁达,还是因为根本就瞧不起她这么一个软弱的、不值得对付的所谓的"情敌"而故作的大方与施舍。苏小卉的大脑一片空白,面对着这个漂亮的女人,自己竟然没有一丝恨意,她冲着她笑,甚至也诚心诚意地配合了她的拥抱。苏小卉一直没有抬头正视那个依然温文尔雅的男人,似乎她来并不是赴他的约,而是因为那个女人。她就这么木呆呆、傻乎乎地坐着,直到他们挥手道别时,她还在想自己究竟来这里干什么?!

苏小卉始终没有一丝眼泪,直到像一缕幽魂飘回到唯美浓二楼自己栖身的小屋时,才禁不住失声痛哭起来。一路上她没有打车,她不知道自己要到哪里去。苏小卉神情恍惚地在熙熙攘攘的人群中穿行,她在想,这些行色匆匆的人们都在忙些什么?她想看清他们的表情,却怎么也看不清。她的眼前又一次闪过刚才那一幕,她觉得很滑稽、很好笑。她甚至觉得自己就是那个剁掉脚大拇指头,偷穿了灰姑娘水晶鞋去见王子的丑陋的女儿,结果被识破了。小时候读的童话故事，居然在现实生活中上演了，而演绎这个故事的不是别人，正好是自己。一想到是自己，她这才一点一点觉出痛来。苏小卉如游魂一样在大街上飘荡到很晚，直到这个城市忙碌了一天的人都睡下了才回到店里。

苏小卉蒙着被子号啕大哭，多年以来的委屈和积怨如决堤的洪水一般涌流出来。自己的命为什么这么苦呀？命运为什么总是把自己逼向绝望的边缘？做女人怎么就这么难呢？童贞、学业、婚姻、爱情，一切都统统与自己无缘。在自己还没有弄明白做女人是怎么回事的时候，就被衣冠禽兽陈民夺去了贞操，害得自己永远地告别了学校；曾经给予她生活希望的婚姻，把她弄得精疲力竭、身心俱伤，最后以失败告终；孤身一人、客居他乡，迟到的爱情似乎让她又一次看到希望，然而残酷的现实却又一次彻底粉碎了它。

恨呀！苏小卉痛恨自己的软弱和无能，痛恨自己骨子里的虚荣和侥幸。怨呀！苏小卉怨生活的不公，为什么幸福总是与自己无缘；怨命运的无常，当自己好不容易触摸到爱情，还没有来得及完全享受它的美好之时，就这么悄没声息地溜走了。苏小卉自己都觉得惊奇，自己恨来恨去、怨来怨去，竟然没有恨也没有怨梅元凯和他的妻子，她只是痛恨自己，埋怨命运。可怜、淳朴的女人呀，如山野间一棵小草，任凭狂风暴雨肆虐、严寒酷暑煎熬却没有抱怨别人，只是抱怨自己没有长成一棵能够抵挡狂风暴雨严寒酷暑的大树。在苏小卉痛哭、伤心了许久以后，她也在反复不断地思考，该不该怨恨梅元凯。自己有什么资格怨人家呢？自己能配得上人家吗？如果自己有燕子那样的本事，自己也能上个大学，那结果恐怕就不一样了，谁让自己没有那样的本事呢？怨梅元凯吧，谁让他喜欢自己，谁让他给自己希望向自己求婚呢？可是谁让自己也喜欢人家并且不自量力地希望嫁给他为妻呢？

再想这些又有什么意义呢？发生的已经发生了，而生活还要继续，苏小卉想想自己三十多年的人生，除了满身伤痕，还是一无所有。在古城里，她连个安身之所都没有，甚至连个喘息、疗伤的机会都没有。现在，不管自己遭受到多大的创伤，她都必须立刻爬起来继续工作，否则，自己将无法继续生存下去。

41 春风吹又生

苏小卉在经历了生命之中突如其来的变故，伤心欲绝、痛哭流涕一个晚上之后，第二天早上照常上班。她按时打开一楼临街的大门，在其他员工陆续到来之前，她照例已经开始了一天的清洁工作。尽管这些并不需要她去做，可是一贯勤劳的她觉得自己住在店里，趁早打扫卫生也是举手之劳，她早已习以为常了。唯美浓新的一天跟前一天没有两样，苏小卉照常上班，照例面带平静的微笑，可是谁也不知道这个看起来柔弱的女人，身心正在经历着巨大的煎熬。其实她多希望自己能够躺下来好好休息休息，可是她没有这个机会，她必须要工作才能维持自己的生活，更重要的是她根本就没有地方休息。唯美浓的一间员工更衣室是她居住之地。美容院晚上需要人住在店里，老板很信任她，就让她住在店里。后来她当了店长，老板就把那间房专门腾出来，让她长期居住，说是对她的照顾，其实就是让她全天候管理美容院。她觉得自己一个人，没有其他的事情，住在店里可以节省一些开支，她也就乐意地接受了，所以就一直住在店里。住在店里就不能赖在床上疗伤，就不能在这里让情绪任意地宣泄，除非在夜深无人之时。过去她满以为离开落后、愚昧的农村，来到经济发达的大城市，只要自己勤奋努力,自己的人生就会有崭新的一页,然而自己还是那种连伤痛、发泄情绪都没有资格的人,想到这里,她就越发觉得心冷。

在苏小卉痛苦的时候,梅元凯来看望过她一次,是在妻子阿美的陪同下,说是想在生活上给她一些帮助,比如说可以送她一套房子。苏小卉想都没想就一口给回绝了,她不想接受梅元凯任何物质上的东西。直到此刻,她才意识到她真正伤心的是抓不住这份感情。她觉得若是自己接受了他物质上的补偿,就等于她把自己的那份真情给出卖了,就等于帮他消除了他精神上的愧疚;他消除了精神上对她的愧疚,他就会忘掉了她曾经的真情;忘掉了她曾经的真情,他就再也不记得她了。苏小卉不甘心,于自己来说一段刻骨铭心的感情,到最后竟留不下一丝痕迹!她想要他记得这段情,要他记住她,她就不能接受他任何物质上的东西。

痛苦万分的苏小卉每日机械地重复着店里的工作。日复一日,她似乎已经麻木了。

压抑多日的苏小卉终于支撑不住了,她感觉自己快要憋疯了,她需要喘口气,她需要一个出口把自己内心的苦痛喷发出去。她想到了善解人意、聪明能干的三姐燕子。她太需要一个地方、一个亲人,哪怕是一个简单的拥抱来温暖自己。苏小卉第一次向老板娘告假,去了燕子的家。

苏小卉一踏进燕子的房门,就有一股刺鼻的气味扑面而来。蓬头垢面的燕子在阴暗的屋子里随意地穿着睡衣,为她打开门后,转身又上床,慵懒地躺着。苏小卉从几乎没有立足之地的地板上艰难地挪到阳台,呼啦一声拉开窗帘,一束亮光,照得多日不见光亮的燕子怎么也睁不开眼睛。苏小卉这才看清楚屋内,食品包装袋、衣服、书报,乱七八糟地堆满一地,如同遭受抢劫般狼藉。茶几上吃剩的方便面不知道放了多少天,沙发上臭袜子、脏衣服乱扔，厨房里能看得见的锅盆碗碟，没有一个干净的。平日里整洁干净的燕子，脸色蜡黄，眼睛浮肿。

看到燕子这般情景，苏小卉才知道自己的好姐妹和自己一样，也遭受失恋的打击。燕子说她已经一个星期没有上班了。望着颓废的燕子，苏小卉伤痛的内心突然涌上一股力量。她劈头盖脸地冲着燕子说了一通："燕子，你的生活太顺了，顺得让你觉得谈一次恋爱没有成功，就以为天要塌下来了。你太幸运了，你没有经历过更残酷的生活，使得你遇上一点挫折就觉得受不了，觉得生活不下去。是的，你失恋了，你伤心、你难过，你可以躲在屋子里不出去，因为你有房子，你有积蓄，你不工作还可以生活下去。而我呢？我也失恋了，被人抛弃了，我能怨恨谁，我也躺着不起床，不见人吗？可我有地方躺吗？我躺着我的生活能够继续下去吗？是的，你是大学生，你有能力，可是生活中有很多事情不是你有能力，你就能够把握的。这么多年，我所遭遇的一切假如让你碰上，难道你就不活下来了吗？"

燕子没有料到一直以来温顺柔和的五妹苏小卉竟冲着自己说出了这样一番话。从来没有人用这么犀利的语言指责过她，她一时懵懂地望着她说不出话来。苏小卉也没有料到自己有勇气冲着燕子说出这么一番话，说完她觉得这些话就像自己说给自己的。两姐妹在相互对望中惊愕了片刻后，相拥而泣。

张爱花是在梅元凯回来一个星期之后来看望苏小卉的。梅元凯的公司为自己新婚的老板举行了盛大的庆祝宴，陈一雄带着花花也在出席之列。此时花花才知道这个儒雅倜傥的台湾商人把自己的姐妹苏小卉给抛弃了。花花起初一直认为，他们两个人结婚是不大可能的，梅元凯可能是真的喜欢苏小卉，但最大程度也就是想把苏小卉包养起来。她认为这对苏小卉来说也算不错了。可是后来，她看到梅元凯那么隆重地向苏小卉求婚，那一刻她是又羡慕又嫉妒。没想到短短的两个月以后,梅元凯竟然结婚了,而新娘子却不是苏小卉,生活的变化真是太快了。

花花在知道这个消息后第一时间去看望苏小卉。此时她是真心的同情自己的好姐妹,并且想帮她采取补救的措施。

花花说:"小卉,你别太伤心了,现实点吧,你们的差距也太大了,结婚是不现实的。他喜欢你,你做他的女人还是有希望的。只要能做他的女人,咱也不算太吃亏。女人一辈子图个啥?不就是衣食无忧嘛!干吗要那么较真呢?只要有实惠,现在人早就不看重名分了。你看古城那些高档社区里进出的俏丽少妇,有几个是有名有实的老婆呢?她们不照样过着富有的生活。"

花花说这些话的时候,心里还是多少有些发虚。没错,自己前些年绝对是这样认为的,可是随着年龄一天天的增长,这样的日子其实是很不安全的,这也是她一年来挖空心思想挤掉陈一雄的老婆自己取而代之的原因。她看着自己的好姐妹一无所有,真的心疼她,希望她能够摆脱目前窘迫的生活现状,才这么劝她的。

苏小卉以前就对花花这样的劝说很反感,她打心眼里嫌恶花花的这种思想和行径。现在自己孤苦一人,承受着巨大的创伤没有向任何人倾诉,花花能在这个时候来看她,她有了一丝丝的感动,所以觉得她的话也不是那么刺耳了。自己经历了这件事以后,再想想花花的情形,她也不再觉得那么厌恶了。女人呀女人,你的名字是弱者,能够求得一点自在的生活,也不是什么罪过。有一个念头在她脑海里一闪而过,如果自己刚一进城就抓住机会去过那种生活,说不定现在的生活已经相当不错了。这个念头一闪,就连苏小卉自己都吃了一惊,人的内心,太可怕了。可是,一想到梅元凯,又觉得他是不同的,是自己真心爱上的男人,也是自己三十年来第一次真正的爱恋。一想到这儿,苏小卉的心又开始发痛,眼泪又禁不住地流了下来。她懊悔自己当初的坚持,面对着自己深爱的男人,压抑着各种冲动,结果连生命中也许只有一次的真爱都没有真正的品尝到。自己真是可怜呀,她后悔自己以前的矜持,哪怕今生能够做一回心爱的男人的女人,她觉得也没有辜负这段真情,可是,现如今是再也不可能了。

花花说:"再找找他,最起码,要让他对你有所补偿。"

苏小卉平静地说:"补偿什么?拿什么补偿?人家欠我什么了?凭什么要人家补偿?"

苏小卉在想,如果当初一开始就跟了梅元凯,那现在也可以忍气吞声地跟着,反正他还是有点迷恋自己的,自己的日子也不会比现在差到哪儿去。可是,自己当初矜持,人家结婚了,若再有这心思,自己找上门去,岂不是自取其辱?真是可笑,自己这种一无所有的人却奢侈地想要爱情,弄到现在这种地步,是绝对不可能再有所发展了。想到这里苏小卉冷笑了一声。

花花被她的举动弄糊涂了,心疼地把她揽在怀里,抚摸着她的头。

苏小卉却说:"你放心,我会好好的,我什么苦没有吃过?过了这道坎,一切都会好起来的。"

花花陪苏小卉到很晚才离开。苏小卉当时只顾自己伤心,并没有过问花花的生活状况,可是她万万没有想到的是,这次谈话竟然是她姐妹俩的最后一次。当那件震撼人心的事情发生以后,苏小卉曾经反复地检讨自己,那天自己真不该只顾自己的伤痛,而没有去关心关心二姐张爱花。

42 无可奈何花落去

正当燕子和苏小卉两姐妹陷入失恋的痛苦时,却传来了花花的噩耗。燕子接到远在家乡的妈妈的电话,妈妈埋怨她,这么长时间也不给家里去电话,问她的工作、生活咋样。妈妈急促地说,花花出事了,她父母已经动身去古城了,让燕子赶紧去车站接人,帮忙处理一下后事。

燕子赶到长途汽车站,接到张爱花年迈的父母,他们早已哭成了泪人。苏小卉和王彩霞闻讯也赶来。在医院的太平间,他们见到了花花留在这个世界上的最后的容颜。原本白皙红润的面容已经枯萎,一双眼睛竟没有合上,她留给人世间的最后一个表情是惊恐,想必她临走时对这个世界并没有绝望,看来对人世间还是有所留恋的。

张爱花是从自己居住的七楼阳台上失足摔下当场毙命的。出事前,花花和陈一雄在一起亲热,有过一番激烈的争吵。花花说:"姓陈的,你给我听好了,想甩开我,没有那么容易,姑奶奶不是那么好欺负的。我再给你一个星期的时间,如果你再拿不出离婚证,我就拖着你从这楼上跳下去。我不是吓唬你,我说到做到,你不让我好过,我也不会便宜你……"花花本来是站在落地窗前的,她越说越激动,一边说一边连带着动作,像是表演给陈一雄看一样,当她威胁他说要跳楼时,她真的拉开窗,抬腿跨了出去。陈一雄知道她又是故伎重演,坐在床边没有理她。花花坐在护栏上,轻蔑地对着陈一雄说:"我可不是吓唬你的。"她似乎为自己的大胆而骄傲,说着话竟然摇晃了一下身子,就那么轻轻地一摇,她的身子失去了平衡,人就飘向了窗外……

张爱花其实并没有想着去死,再说了也不值得为陈一雄去死,在她的观念里为谁都不值得,她只是为自己活。她不但没有想到死,而且是想好好地活着,她想生活得更好。她想要富裕奢华的生活,想要一劳永逸的享受。在她看来,男人都是一个样子,无所谓什么真情,男女的交往只不过是各取所需罢了。张爱花短暂的一生,交往过各色各样的男人,除了最初的男朋友给了她些许爱情的憧憬以外(当然也留给她无尽的伤痛),后来交往的男人都不曾有精神上的感动。经过那次灾难以后,她麻木了,她对于男人再也产生不了美好的情感。她与男人斗智斗勇,费尽心机。随着年龄的增长,她疲倦地周旋于几个男人之间,她开始想着为自己未来的生活寻找一份长期的安全保障,她希望通过一个合法的程序保护她应得的利益。

和陈一雄相处两年多了,陈一雄出手大方,待她也很好。这两年来她的吃穿用度都是他供应的,还带她参加社交应酬等。花花以为要想挤掉陈一雄的老婆是轻而易举的事情,再说他们又没有孩子。可是尽管陈一雄把自己的老婆根本就没当一回事,可是他就是不提与老婆离婚的事。开始花花是旁敲侧击,陈一雄只是装聋作哑;后来花花单刀直入提出要么陈一雄跟老婆离婚娶她,要么分手。陈一雄求她不要离开他,答应与老婆离婚,可是却一拖再拖。花花曾经想利用苏小卉和梅元凯的交往,扬言自己能够帮助陈一雄顺利地拿到元凯电子有限责任公司的股份来迫使陈一雄与自己的老婆离婚,在那种情况下,陈一雄答应了她,说找机会跟老婆摊牌。可是梅元凯却与自己的未婚妻结了婚,抛弃了苏小卉,陈一雄便闭口不提与老婆离婚的事。

张爱花软硬兼施,在一次缠绵之际,花花问道:"你与你老婆在一起也这样舒坦吗?"陈一雄正在享受逍遥,随口敷衍道:"没有没有,我只有你,宝贝。"花花说:"没有,那你为啥还不和她离婚呢?"陈一雄正忙着进入状态,想都没有想就说:"我只不过是想让她为我生养孩子。"花花吃了一惊,没有想到他心里这么想,她一把推下正待达到高潮的陈一雄,厉声问道:"难道我不会生养?"陈一雄被她这么一推一问,一下子蔫了,性欲全无,翻身欲睡下。花花一下子坐了起来,大吼道:"那我到底算什么?"陈一雄被花花突如其来的大吼激怒了,坐起来对着不依不饶的花花大声说道:"你是什么你知道,我对你这样已经不错了,别得寸进尺!"花花暴跳如雷:"陈一雄,你王八蛋!"说着扑向他。陈一雄一把推开她说道:"知趣点,咱们就这么相处,分手对你来说也没有什么好处!"花花一时气得反应不上来,趴在床上嘤嘤呜呜地哭了起来。陈一雄见状又过来安慰她。花花问:"那你为什么还要口口声声说爱我呢?"陈一雄说:"不爱你,能对你这么好吗?让她生养只不过想保持我的子女血统的纯正。"

　　张爱花怎么也没有想到土包子出身的陈一雄心里却原来是这样的想法。男人,丑恶的男人,吃喝嫖赌、五毒俱全却竟然在乎自己子女血统的纯洁,真是滑稽,这跟婊子要立贞节牌坊又有什么区别?花花觉得这个世界真是荒唐,而臭男人就是这个荒唐世界的缔造者,女人始终是弱者。而作为弱者的女人,要想在这个世界上生活得自如,就必须征服男人。

　　张爱花知道陈一雄其实不想与她分手,他对自己的美貌还是有一定的迷恋。她想,软的不行来硬的,她只是想吓唬吓唬陈一雄。花花站在阳台上跨过栏杆,她当时没有任何恐惧,甚至还为自己能够制服陈一雄而暗自得意。可是一幕悲剧就这么上演了。

　　张爱花单位的同事平日里就看不惯她的个人生活,这次事故说起来很不光彩,单位只是配合公安例行一下手续。陈一雄被公安拘留了二十四小时,做了笔录就被保释出来。陈一雄一出来就找到铁蛋,要他无论如何都要安抚好张爱花的家人,不能让他们闹事。公安局已经认定是自杀,若家人不再追究,他就没有多大麻烦。

铁蛋听到张爱花出事的消息,也很震惊和惋惜,毕竟是同乡,从小就认识。陈一雄让他帮忙善后,他本来不愿意,但是自从开了麻将馆,他们的利益实际上就捆绑在一起了,加上前次麻将馆出事,全是仰仗陈一雄把铁生捞出来的,他也就不得不去做了。

铁蛋一接受雄哥交代的这个任务,就拿出当初在家乡协助金矿上处理民工意外事故的办法,他先是对张爱花父母安慰,悉心周到地把二位老人安排到宾馆休息。他说,出了这样的事,谁的心里都不好受,陈老板受了很大的刺激,都伤心得病倒了。铁蛋对张爱花的母亲说:"婶子呀,太可惜了,陈老板本来是打算下个月拜访二老,商量两个人的婚事的,唉,却出了这样的意外。"铁蛋说着说着他还真陪着两位老人掉下了眼泪,就连在一旁的王彩霞都觉得铁蛋是真的在帮助家乡人。

随后铁蛋陪着装病、装悲伤的陈一雄拜访两位老人,陈一雄在老人面前痛哭流涕,说他对不起花花,他忘不了花花,两位老人永远都是自己的家人,他要替花花为他们尽孝,养老送终。张爱花的父母尽管也痛恨陈一雄,但是毕竟不了解他们交往的真实情况,现在,女儿已经不在了,也不愿意多见他。

铁蛋送走陈一雄后,安慰二老:"事已至此,痛恨他也于事无补,就让花花入土为安。陈老板补偿些钱,给二老安度晚年。"看两个老人不作声,铁蛋又说:"花花毕竟没有和他正式结婚,他们是非法同居的,这种事情传出去也不好。叔,让花花静静地走吧。"

铁蛋替陈一雄给张爱花父母送了两万块钱。可怜的两个老人,想着自己女儿短暂曲折的一生,也不想再说什么,他们只想尽快地料理完花花的后事带她回家。

可怜的胭脂河的女儿,就这么悄无声息地去了,而活着的人们还要继续坚强地活着。

43 缘起缘落叹人生

陈一雄让铁蛋给了花花父母两万元钱的赔偿后,连火葬场都没有去,一切事情都交给铁蛋处理,竟然狠心地不送花花最后一程。可怜的张爱花,也算得上有知识有文化的胭脂河美女,就这么悄悄地从这个世界消失了。而她的离去,除了使年迈的父母双亲伤心欲绝,带给几个从小一起长大的姐妹的伤感外,给别人的生活不曾带来任何影响。过去和她相好的男人,没有几个人能记住她;对于陈一雄来说,也没有任何影响,过不了多久,他的怀里又会出现别的女人。

铁蛋、韩子清、燕子、苏小卉和王彩霞一起,料理完张爱花的后事。从火葬场出来,燕子望着两位白发苍苍的老人,特别想念远在家乡的父母。这么多年,她时常沉浸在自己的感情生活中,从来没有去感受父母的辛酸和期待。就在那一刻,燕子决定要回大庙陪父母住一段时间,与其在古城一个人暗自伤神,不如回到父母的身边。母亲的怀抱是疗伤最好的地方!

燕子去报社请假,人事部门刚好下发了新的人事变动通知,免去了燕子经济专刊主任一职,理由是她近期请假频繁,稿件数量、质量下降。燕子没有想到,自己辛苦工作了五六年的报社,竟然对她这么不留情面。人事部主任专门找她谈话,说是情非得已,如今报社竞争激烈,优劣淘汰,人事制度是有规定的。人事部主任安慰她继续留在经济部,过不了两三个月,凭她的能力,又可以做回主任的。燕子心灰意冷,感叹世情淡薄,觉得工作和感情一样靠不住,以前自己那么努力地工作,为报社做出了很大的贡献,可就是因为她在人生低谷的时候,松懈了工作,报社就这样无情地淘汰了她。事已至此,燕子觉得她也没有必要继续留在报社了,这份工作说白了也只是自己的一个饭碗,并非自己的爱好所在,她需要休养一段时间,调整自己。燕子坚持辞职,人事部主任就索性给她放了长假,说她以后想回来,再做商量。

燕子没有想到,为了一段不堪回首的感情,她把自己折磨得半死,结果把工作也给丢了,真是应了那句老话"屋漏偏逢连阴雨",倒霉的事情都让自己给碰上了。可是从内心而论,对于晚报的这份工作,她多少也有些厌烦了,整天围绕着经济利益,写一些很功利的文章,这么多年,她始终没有弄清楚自己到底想要怎样的生活。如今,燕子没有婚姻,没有爱情,现在连工作也给丢了,她真不知道下一步的路该怎么走。唉,还是回家吧,她需要一段时间好好地想清楚自己。

很长一段时间,苏小卉沉浸在张爱花意外死亡的震撼中,不仅仅是因为从小一起长大的姐妹情深,更是对变幻无常的人生,尤其是女人的人生的思考。她想到了胭脂河,想到了大庙自古以来关于女人的一些不幸的传说,想到了从小想找到娘的愿望,她想起了当初她们七姐妹一起对未来生活的憧憬,然而长大以后的生活,却是如此艰难。自己已经三十多岁了,还过着居无定所、看不到希望的漂泊的日子。自己不但找不到娘,还让自己的儿子从小失去娘的呵护。想到儿子,苏小卉不能再为感情上的事情伤心,她觉得自己一无所有,没有资格奢望爱情那样的奢侈品,她现在最重要的问题是如何生活下去。

王彩霞从小胆小懦弱,嫁给铁蛋以后,家里的事处处都是听铁蛋的,尤其是进城以后,她丢掉了工作,又对自己的婚姻彻底失望,就把生活的重心全放在女儿身上。铁蛋和小兔的事,她早有耳闻,可是她没有多少反应,她知道自己已不愿意和他亲近,那么他身边肯定会有女人的,反正她也不在乎,她知道自己这一生就这么完了,她只想好好把女儿养大。铁蛋提出离婚,她狠了心,坚决不同意，就算她这一生就这么完了，她也不想女儿小小的年纪就没有一个完整的家，就算耗，她也要和铁蛋耗到底！

张爱花意外地离去，对王彩霞的打击很大，一个好端端的生命，就这么没了，而自己的生命还在，却如行尸走肉一般，这样活着和死去又有多大的区别？在处理花花的事件上，王彩霞起初还有些感激铁蛋的热心帮助，后来她才知道铁蛋实际上是在帮助陈一雄，对花花的父母谎言欺骗和威逼利诱，她觉得对不起死去的好姐妹花花。王彩霞对铁蛋彻底死了心，铁蛋的行径让她作呕。

花花的意外离去，让王彩霞更加感觉到人生无常，珍惜自己的生命，好好地生活吧！她不想在铁蛋身上浪费生命，更不想这样互相伤害地生活下去，她觉得与其这么拖着，还不如放过别人，也放过自己。料理完花花的后事，王彩霞和铁蛋很快就办理了离婚手续，铁蛋正式和小兔生活在一起，半年后，小兔果然为铁蛋生了一个儿子。铁蛋对女儿的生活就很少过问了。

胭脂河的七姐妹，如今就这么少了一个，当消息传到县城，经历过丧夫之痛的惠秀珍很镇静，她惋惜可怜的二姐，感叹命运的残酷，人生的无常。一心只顾捍卫自己婚姻的栗红，听到二姐张爱花去世的消息，也有一丝伤感，不管她过去怎样看不惯二姐的所作所为，可是，她还是为那个年纪轻轻的二姐，就这么悄无声息地离开了这个世界而惋惜。她回顾了自己的婚姻生活，不管经受了多大的屈辱和难过，她现在都庆幸在最艰难的时候，她多次萌生的轻生念头都扛过去了。小叶子听说了二姐的事难过地哭了几天，儿时一起在胭脂河畔嬉戏的情景不断地在她眼前晃动，她伤痛地对上官桥说，无论如何，他俩和珍姐姐三人一定都要好好地活着。

韩子清是一个局外人，可是当他再次看到昔日胭脂河畔几个青春活泼的女学生，今日已是饱受生活磨难、日渐憔悴的小妇人时,他越发地感到岁月不饶人的道理。当他再次看到燕子,已经完全没有了当初激情荡漾的感觉,可怕的时间是可以带走一切的,哪怕是曾经最执着的情感。现在的燕子,在他的眼里,完全没有了昔日的聪颖和英姿,一双依然美丽的大眼睛失去了往昔的灵气。韩子清感叹道,人世间的美好,原来竟这么不堪一击!青石峡口的小妹是永远地一去不复返了。

44 重返青石峡

燕子回到了大庙,坐在自家的院子里,母亲端上榆钱麦饭,一股清香扑鼻而来,这是初夏时分家乡最常见的一种吃食。榆树新长的叶子形状如铜钱,人们习惯称它的叶子为榆钱,摘榆钱嫩叶,拌上面粉,放在锅里一蒸,不用放任何调味品,一种淡淡的树叶香味便萦绕在唇齿之间。小时候,每年初夏家家都这么吃,十几年过去了,燕子回家最喜欢吃的依然是这种麦饭。

山区的夜晚真静,静得燕子躺在床上都可以分辨出各种声响:青石峡谷传出的风声,胭脂河水流的声音,萤火虫飞过的声音,屋前的大核桃树结果子的声音……"咻噜——"那是小松鼠从屋后的崖下爬上屋顶的声音;"唧唧、唧唧"院子里鸡笼里的土鸡一阵骚动,黄鼠狼给鸡拜年了,而早有防备的鸡笼门厅紧锁,黄鼠狼悻悻而去,土鸡们又恢复了之前的安静……燕子很快就进入了梦乡。梦中她回到了童年时代,她和几个好姐妹一起爬上了屋后的大山,翻过一个山梁,来到一个山坳里,她看见成片的野生樱桃树,树上结满了红红的樱桃。她们钻到樱桃树下,地上全是从树上落下的成熟的樱桃,她们兴高采烈地蹲在地上捡樱桃,边捡边吃,

胭脂河

甜美的汁液顺着嘴角流下……其实,这是燕子童年的一个真实经历,经过了这么多年,童年的经历在她的梦中重现。

清晨,在屋后的鸟叫声中醒来。推开后窗,一股清香扑面而来,屋后的土坡上野草长势正好,各色的野花点缀其间,核桃树结满青色的果实,柿子树的叶子密实地连成一片青绿……燕子静静地欣赏着,直到母亲喊她吃早饭。有多久没有这么清净了,在古城的十几年生活里,她没有时间,也没有机会,更没有一颗闲适的心去欣赏大自然。

午饭后,燕子沿着胭脂河缓缓而上,来到青石峡口。那一汪终年不溢不枯的龙王潭,清澈见底。捧一捧清泉到脸上,顿时神清目明,心旷神怡。青石峡,胭脂河,少女时代的梦想似乎在眼前重现,燕子似乎看见了那七个小姑娘欢快地行走在石子路上。

就在这时,燕子遇上了两年不见的李映辉。燕子完全沉浸在美好的景观和回忆中,思绪早已经飘到九霄云外,一抬头,突兀地几个大活人站在面前,吓得燕子发出"啊"的一声尖叫!

李映辉一行三人从正在开发的草链岭森林公园查看完工程,从青石峡谷的崖壁索道下来,一转弯,看见峡谷口静静地站立着一个人。等走到跟前,他才惊奇地喊出了声:"怎么是你?!"

燕子定睛看清楚是李映辉,笑盈盈地说道:"怎么不能是我呢?我家就住在青石峡谷口呀!"

李映辉见到燕子非常高兴,他感谢燕子给了他这么好的机会,是燕子把他介绍给王董,他才有机会参与这个富有挑战性和发展前途的工作。他说,他一直想找机会感谢燕子当初的推荐,可是工作太忙,好几次去古城都没有时间找她。他说,这下好了,没想到在青石峡口遇上了燕子,他正好还有事情想请教燕子呢。

若不是这次相遇,燕子差一点都忘记了是自己把李映辉介绍给王董协助他开发青石峡谷的。也就是这次相遇,燕子才切实地感觉到自己浪费了光阴,因为感情生活的飘忽不定,荒废得实在太多。两年的时间,燕子在自己的感情世界里起伏,几乎忘记了这个老乡,她怎么也没有想到的是两年前自己不经意的一次推荐,成就了李映辉的一番事业。现在,他参与指挥着开发青石峡谷这么大的一个项目!如果当初自己抓住这个机会,是不是也有一番成就呢?有了一番成就的自己是不是就不会这么伤感了?

草链岭森林公园项目申报成功,华阳县政府联合王董的集团公司正式开发华山南麓草链岭和青石峡谷的景点,青石峡谷度假村是由王董独资兴建的。王董的集团公司专门成立了青石峡谷开发项目办,办公室设在华阳县城,可是真正工作的地方却是青石峡这一带的山里。王董从古城派来的几个策划人员,来了几次大庙和青石峡谷以后,吃不了山里的苦,长期待在县城的项目办,有的干脆回古城了。因此,青石峡谷的开发工作就落在了李映辉的头上。他陪同古城来的专家考察、论证,指挥和监督工程队修建道路和景点设施,日晒雨淋的,和当地的农民差不多。他凭着农民般的朴实、坚韧,抓住了机会,两年的时间,他已经是青石峡谷开发项目部总经理,全权负责项目的策划、开发、宣传工作。目前青石峡谷一期开发工程基本完成,筹备对外开放。配合华阳县政府对华山南麓草链岭的开发,二期工程正在规划之中。

几个人说笑着下了山。燕子看着沉稳、成熟的李映辉,心想,如果自己当初答应了王董,现在这里的总指挥就是自己了。她不仅有了事业,也不会遇上那段孽缘。一想到那段经历,她的心里又开始隐隐作痛。

李映辉说,青石峡谷的一期开发工程快要完了,青石峡度假村计划在夏季正式对外开放,他想请燕子帮他多挖掘一些大庙当地流传的关于草链岭、青石峡谷、胭脂河、龙王潭的故事,来协助他们做度假村的对外宣传工作。

胭脂河

临别时，李映辉要燕子务必帮他这个忙，请燕子利用做记者的优势帮他策划，借助媒体的力量加大对青石峡谷的宣传力度。请她利用自己熟悉家乡独特景观的优势，写一些旅游宣传文章，宣传青石峡谷及峡谷度假村。李映辉说，他们公司也一直在做宣传广告。燕子也注意到，近半年来，古城一些街道的大型广告牌和一些大型公交车车体上的广告标语就是"秦岭最美是商洛，青石峡谷欢迎您"！

燕子没有答应，也没有回绝。可是善于把握机会的李映辉，第二天就赶到燕子的家里，送来一些青石峡谷开发的资料，说是怕燕子回古城去了，他急着送一些资料来，让她写文章时做参考。

燕子答应了李映辉的请求。反正在家闲着也是闲着，试着写点文章也好。凭借长期从事宣传写作的优势，燕子写下了宣传草链岭自然景观的文章：

洛河源头雄峰幽谷，神秘多彩，引人探胜。洛原和灞原遥相呼应，胭脂河与滋水河同出一源。草链岭山体庞大，群山巍峨，地貌奇特。青石峡谷的沟谷地貌千姿百态，鬼斧神凿，天工巧成。草链岭森林公园，古木参天、兽鸣鸟啼，古老珍稀的动植物种类繁多，珍稀动物、花海药国，无与伦比。

洛河源头的群山之中，保存着一个原始村落，原始的自然风貌和生活方式带给人一种神秘之感。

燕子与《华晨晚报》负责旅游版面的同事萧晨取得联系，萧晨正在策划着一个新的栏目，用图文的形式推介省内的各个短线旅游景点，可以采用一些关于景点介绍的文章，也可以请游客参与写游记类的文章。燕子负责撰写以推介草链岭森林公园，青石峡谷的休闲、度假游为主题的文章，作为软广告，青石峡谷开发项目部应该给报社付一定的费用。

有多久没有在家乡的静夜里思考、阅读和写作了?自从参加工作后,燕子每年只回老家一两次,每次也只是三两天,她都是紧着时间陪父母干活、聊天,根本就没有时间静思,更别说写作了。

寂静的夜晚,坐在从前自己写作业的旧桌子前,打开电脑,一气呵成:胭脂河的传说,青龙潭的典故,龙王潭的神奇,青石峡谷的迥异……

燕子知道,实际上,那些自然景观,那些流传久远的典故,早已深深地印在了自己的脑海中。曾经以为自己厌恶、甚至痛恨的家乡,其实早就是她生命中的一部分,无论她走多远,家乡的山山水水一直就在她的生命中。

草链岭上,荆棘、白石之下的那一潭泉水,孕育出了多少美丽的传说!不用去深究"落羊洞"的水流是不是流到洛阳,这个离奇的传说,一定会引起更多读者的好奇!华严寺的壁画到底是不是金人的杰作,这些是需要考古学家去探究的,而在做旅游景点宣传时,只要提到据说就行了。那一汪不溢不枯的"龙王潭",更是浸沉了她童年太多的梦幻和故事。这些在燕子包含了浓郁的感情色彩的笔下,奇异而又令人神往!

燕子也没有想到,自己一旦动手,竟然一发不可收拾,童年的记忆,古老的传说,像一团火苗在不断地喷发。这种写作使她有了以前为报刊写文章所没有体验到的快感,她喜欢上了这种写作,失去《华晨晚报》的工作带来的丧气、失恋带来的苦痛和锥心的往事便在这种写作中如烟般随风而散。

燕子沉浸在自己的情绪中,陶醉在自己的文字和传说中,她的宣传文章连续写了十期,而每期都有许多读者咨询报社这样的人间仙境在何处。也有读者通过报社询问到她的联络方式,用电话和QQ直接咨询她。燕子忙活起来,通过电话和网络详细地向咨询者介绍,她简直成了草链岭森林公园和青石峡谷的推介大使!

45 峡谷风光

　　从古城请来的旅游开发专家、王董和华阳县委宣传部干部、县旅游局的干部,在李映辉的陪同下来考察和检查青石峡谷开发工程的进度。旅游局工作人员带着专业导游,顺便整理一下景区的导游词。

　　王董他们一行八个人来到燕子家的小院,王董对燕子写的宣传青石峡的文章很是赞赏,他大赞燕子是才女,并邀请燕子一同上山。燕子爽快地应允后,顺便说了一句客套话:"下山后赏脸在我家吃个便饭吧!"没想到几个人爽快地答应了。燕子的母亲为难了,觉得自己做不出拿得出手的饭菜来。燕子告诉母亲,城里人现在好吃的都吃腻了,就做当地最常见的"烩豆腐",拌几个小菜就可以了。

　　他们一行人沿着胭脂河上山,关于胭脂河的传说,早已经通过燕子的文章见报了,王董和华阳县的几个领导都已经读过了。王董笑着说:"'胭脂河上遇胭脂',今天就由胭脂河的胭脂美女为我们做向导上山吧!"

　　旅游局的专业导游按照事先准备好的导游词给大家讲解,她每讲解一处,燕子都要补充,而且燕子补充的部分正好是最吸引大家的地方。后来,干脆是燕子成了导游,每一处景点,都给大家做不同版本的讲解。

　　走进青石峡谷,在窄窄狭狭的山路上,人置身于其中,手撑左右两边峭立的崖壁,走过满眼都是高耸石壁的"一线天",随着视角渐渐变低,四周嶙峋的岩壁显得愈发高耸挺拔,而因为光照角度的改变,岩石的色泽也会发生变化。尤其是在清晨阳光的斜射下,支离破碎的岩壁笼罩在繁复错综的光影之中,整个峡谷给人强烈的震撼。同行的古城来的两个旅游开发专家是第一次进青石峡谷,连称这是他们见过的最美的峡谷。

过了"一线天",峡谷开阔一些,只听得悦耳的声音在峡谷中回荡,上山的路顺着崖石攀缘,已在此修建好了索道,在索道的顶端,有一块突出的大崖石,平整地可盖一间房子。几人站在崖石上,听见深谷中不时有悦耳的声音传来,像配了和弦的琴声。此处又名"瓮沟"。清澈的山泉,在流经这一段沟壑之地后,快进入青石峡谷的时候,山坡的地质构造有所变化,以沙土为主的地表形态向以崖石为主的地表形态过渡,河床下面出现整块的黑青色石头,整块黑青色石头在水流常年冲刷的地方慢慢呈现出大大小小的深坑,就像村里人盛水用的瓮,因此此处被人们形象地叫作"瓮沟"。悦耳的声音便是清泉流进石瓮里回旋的声响,就像某种专门的乐器奏出的乐章。燕子灵机一动,现场编撰了一个美妙的故事:据说当年逃避秦始皇焚书坑儒的四皓在华阳隐居时,听闻此处的泉音如琴声般美妙,经常相约来此听泉,这块平整的崖石就是当年四皓听泉对弈的地方。果然,同行的几个人听燕子这么一说,都不约而同地站在那块突出的平整的崖石上,屏住呼吸,倾听泉音,片刻之后,连称"妙哉,妙哉"!后来,在青石峡谷二期开发工程中,这里果然兴建了一个亭子,取名"听音阁",成为青石峡谷一个著名的景点。

经过石门,进入青石峡谷一个最主要的景区"石门溶洞",溶洞的内部几乎不用开发,一直以来都有人进入。经过一个天然的"石门"里面竟然很是开阔,如一个大的庭院,四周是钟乳石的结

223

胭脂河

晶,分别有不同的小洞通往各个分支。燕子告诉大家,这是一个与一般的"阁楼式溶洞"所不同的"厅堂式溶洞",中间如一个大厅,四周的小洞便是各个不同小房间,各有各的精彩。在经过一个小洞口的时候,燕子想起了一个流传很久的说法,传说在钻洞口时千万不能说洞口太小了,若出声说太小了,洞口就会奇迹般地变小,人就会卡在洞口出不来了。王董问燕子:"是真的吗?"燕子笑着说:"不信您过的时候,喊一声试试。"几个人半信半疑地钻过狭小的洞口,可是大家都屏住呼吸,谁也没有吭一声。走出溶洞,燕子说:"这是传说,不知道是真是假,反正没有人敢去试一试。"几个人听了,都哈哈大笑,在笑声的背后,每个人都体会到了传说的力量。

在石门溶洞外休息的时候,燕子给大家讲了一个颇具传奇色彩的故事。在石门溶洞的不远处还有一个不为外人所知、没有开发的景点——"落羊洞",故事是一代又一代人口口相传下来的。古时候,有一个放羊的老汉长年在这山上放羊,为了区分自己和别人的羊,每个小羊一出生,他就在它的右耳朵上打个洞。一天,他的一只羊走进峡谷里的一个山洞内,老汉进去寻找。石洞很深,走了很久,老汉听到巨大的水流声,向前望去,洞子向下延伸,深不见底,只听得水声很响,老汉知道,羊怕是掉进水洞下面去了,只好失望而回。半个月后,老汉沿着洛河去洛阳城赶集,在热闹的洛阳城的一家铺子前,老汉看到了一张羊皮,恰好是右耳朵有洞的,像极了自己养的那只掉进洞底的羊。老汉上前打问来历,店铺人说,羊皮是后街屠宰场送来的。老汉赶到屠宰场,屠宰场人说,羊是常在洛河口打捞的后生送来的。老汉越发觉得好奇,找到那后生,后生说,那羊是他前几日从洛河里打捞出来的。老汉再看看那羊皮,确认是自己养的从石洞里掉下去的那只羊,老汉这才恍然大悟,原来地下是相通的,华阳县草链岭青石峡谷石洞里跌落的羊顺着洛河流到洛阳来了。于是感叹石洞的奇妙!

一行人在燕子的故事中有说有笑地爬上了山顶,只见两边的青石退尽,随着海拔的升高,参天古树开始变为高山荆棘,紧接着震撼的石海进入眼帘。王董惊奇地发现,草甸向阳的地方竟然有开垦的土地,种着农作物。华阳县宣传部的干部给王董解释到,这个地方有一个寨子叫驼子梁,居住着几十户人家。绕过山头,一个如同画面上才能看到的寨子映入人们的眼帘。清一色的石头房子,墙面是用石头堆砌而成,房顶用石板遮盖,猪圈、鸡舍同样是用石板而建。如同长在深山里的树木一样寂静的村子,一切都是那么古老,间或有几个进出走动的村民,都是如同寨子一般古老、枯瘦的老人,似乎是时间的活化石。宣传部的干部说,寨子响应政府的搬迁号召,都搬到山下边了,年轻人都下山了,剩下一些老人,不愿意放弃这里的一切,留下来继续在这里生活。

王董很惊奇,这是怎么样的一群人?怎么能够一代一代生活在这高山之巅、丛林深处?燕子说,这个寨子据说在很久以前就有,不同时期,都有人不断搬迁到此。据说其中有匈奴人和蒙古人的后裔,后来,有从湖北一带上来的逃荒人,有河南黄河泛滥区上来的灾民,有躲避官府征兵的人,也有躲避仇家追杀的人;近代,也有河南南阳一带逃难的人搬迁至此……这个地方很是神奇,什么人到这里都能被接纳,找一个平坦一点的地方,用随处可见的石块、石板垒砌一所房子,开垦一片荒地,就可以生存下来。这里的人一点也不反对外来人,他们对外来人有一种天然的热情,他们希望住的人越多越好,寨子越大越好。当地政府也不反对外来人口,在六七十年代户籍制度非常严格的时候,只要有人想在此地落户,只要不是违法犯罪的人,当地政府都给想办法开户籍准迁证。此地山高水远,生存条件艰苦,历朝历代都不在纳税之列,当地人过着日出而作、日落而息的农耕和狩猎生活。开垦的荒地,种点谷物,自给自足;采摘的珍稀中草药和捕获的野味兽皮,拿到山外或者等待山外的商人来换取所需的铁器和盐巴。由于当地会聚了许多不同地域的人,没有统一的风俗文化,因此包容便是当地最大的文化,人们和睦相处,互相帮助,从不过问别人家的隐私。妇女在这里的地位很高,自古以来,这里的妇女都不缠脚。这里有一句顺口溜:"驼子梁,石板房,石板砌墙墙不倒,姑娘拉人娘不恼!"有串乡的货郎或者外来的男人,姑娘见了,喜欢的就带回家,一住数日,住下不愿意走的,就招赘为婿,定居在此;若住几日要走,也无妨。姑娘因此而有孕的,家里人也高兴,又为寨子添丁,寨子里的男人也乐意把姑娘、孩子一起迎娶到家。

几个人听燕子讲到此,都哈哈大笑起来。王董说:"没有想到我们秦岭大山深处还有'摩梭族的女儿国'呀!"燕子说:"是呀,这要是在二十多年前,像你们这几位高大英俊的男士来此,是很难逃出当地姑娘的手的。"

李映辉接着说:"这种习俗也是迫于生存条件所致。当地偏远,男子很难娶到山下的姑娘为妻,而且漂亮点的女子都愿意嫁到山下,这样一来,人口就会减少,所以当地人就纵容女子去勾住外来的汉子,实在留不住外来的汉子的话,讨个种子也好为寨子添丁。有了身孕的姑娘就很难嫁到山下,就只好嫁给寨子里没有妻子的汉子。就这样一代一代延续着寨子的香火。"

旅游局的干部接着说:"社教那年,政策那么紧,在这儿驻扎的干部,也有几个没有逃过这里姑娘的手,愣是给这里留下了几个漂亮白净的孩子。"一行人听后,哈哈大笑,爽朗的笑声在山谷里久久回荡。忙碌的现代人们,怕是许久没有听过如此轻松、有趣的传闻,许久没有感受到大自然的博大和神秘了吧。

一行人说说笑笑地很晚才出了青石峡谷,燕子的母亲和大嫂早已准备好了饭菜等他们回来。在燕子家的堂屋,几个人围着八仙桌。几个小菜上桌,个个精致可口。香椿拌豆干,土豆粉炒回锅肉,核桃仁拌木耳,凉拌核桃花。王董他们第一次听说核桃花,平日里喜欢吃干果核桃,曾想过核桃树会开花,却没有亲眼见过,更不知道核桃花可以入菜。品尝着筋道、微涩中带着香甜的核桃花,大家赞不绝口。主食是烩豆腐,说是主食,其实也算得上一道菜,只不过当地人在粮食短缺的年代就把这当作主食,一般在宴席作为主食,最后一道端上桌。

大庙地处深山,气候偏凉,昼夜温差大,耕种的农作物生长期较长,尤其是黄豆,营养价值很高。当地的黄豆加上青石峡谷的泉水,做出来的豆腐简直是一绝,色泽白净,质地细腻,口感筋道。

燕子家的豆腐是燕子娘和大嫂当天现磨的,且用的是传统的石磨子打磨。大庙虽然早就有打浆机,可是当地人都嫌机器打磨温度过高,破坏了黄豆的营养成分,打磨出的豆腐口味不佳,燕子爹就把传统的打磨豆腐的石磨子进行改良,用电带动石磨子旋转,免去了人力推磨的辛苦。

燕子娘把现做的豆腐切成薄片,下入滚烫的锅中,同时下一点手工擀的薄如纸张的面片,形状如小旗子,称作旗花面,放上从菜地里刚刨出的小葱,把磨得很细的辣子面放在上面,泼上烧热的油,香味扑鼻的烩豆腐就做好了。盛到碗里,只见红红的辣子飘在上面,及至筷子搅动,白生生的豆腐、面片及翠绿的葱花呈现出来,大家的口水就馋得流了下来。王董和古城来的专家及华阳县的几个干部,连吃几碗,赞不绝口。

王董对燕子娘说:"我先前只在县城吃过大庙豆腐干,入口细腻,筋道有味,没有想到您做的豆腐面片更好吃,我还从来没有吃过这么美味的豆腐呢。"

燕子娘说:"乡下人没有拿得出手的饭食,祖祖辈辈只好在豆腐上做文章了。过去缺粮的年代,家家红白喜事时,就吃烩豆腐,那可真是烩豆腐,用豆腐代替白面,那时候日子穷,不放一点白面片的,节省的面粉蒸馍馍吃。"

同王董一起来的省城专家说:"这可是最健康的吃法,且是无任何污染的绿色食品,现在,如果能把这些传统的菜品开发出来,肯定大受游客的欢迎。"

省城专家的一句话,勾起了燕子探索当地美食的好奇心,一个新的想法在她的脑海里渐渐形成。

46 胭脂河客栈

燕子觉得她在古城的十几年生活,迷失了自我,少女时代所追求的理想在慢慢地被世俗所淹没,她随波逐流,贪图虚荣。在家里小住的一个月时间,她重新审视了自己的内心,她工作多年的生活,未必是自己想要的,为了迎合观众口味的文章,为了讨好某些企业的文字报道,为了满足自己的虚荣心,为了摆脱大龄剩女际遇的人际交往,这些都不是她原本所想要的生活。应该去做一点她自己喜欢的事情,并把它做好,为了自己,也为了自己的家人。

家里的日子比过去好多了,爹娘都是勤俭持家之人,大哥长年在外打工,家里一院房屋都翻修一新,可是这里依然是一个贫穷的农家。燕子想,大哥不应该再辛苦地去外地打工,侄子也该到上学的年龄,也应该有一个良好的教育环境。爹娘日渐变老,也应该早日歇息,去外边走走,看看世界,安享晚年。

燕子缠着娘,让娘给她讲她小时候村子里过红白喜事吃酒席的菜品。娘说,那叫水席,一是因为汤汤水水的菜品居多;二是流水席。所谓的流水席就是菜一碗一碗地上,客人吃完一碗菜,再上下一碗,坐席的时间拉得很长。水席最有名的是九碗菜,因为汤水多,菜都是用碗盛的,摆放起来很有讲究。九碗菜以中间的一碗为中心,四边分别对应的是一热一凉的两个下饭的素菜,另外两边分别是酥肉和丸子,以席位的主次决定其摆放的位置,称作"上酥肉,下丸子"。"九碗菜"的四个角,对称的两个角分别是甜味的红烧肉、咸味的白烧肉,用蒸好的土豆垫碗子;另外对称的两个角分别是红萝卜烩豆腐和白萝卜烩豆腐。菜品整桌摆放好后,才算开席,其余的不动,中间的一碗吃完以后,是要换的,一碗接着一碗,要换够九次,实际上相当于一个桌子要吃够十六碗菜。中间的菜,有用当地的谷子做的甜饭,有用土豆做的糍粑,有整只鸡或者鱼,具体要根据主家的经济能力备料,厨师变着花样亮出绝活。娘说,可惜现在的人都不会做"九碗菜"了。

燕子听得很仔细,她缠着娘说:"再想想,还有哪些老人知道九碗菜的做法。"娘说:"你写文章了解个大概就行了,没有必要问详细的做法。"燕子说,她想开发这桌菜。娘说:"你回城里去,好好地去上班,好不容易读了大学,不能回来学做菜吧。"燕子说:"我是想让你学着做,嫂子学着做哩。"娘听糊涂了,燕子说:"很快就有很多城里人来青石峡谷玩哩,游玩嘛,当然要吃饭、睡觉。到时候咱们村家家都会变成饭馆、旅社了。"母亲还是没有明白,燕子直接对母亲说,她想把家里办成客栈。娘说:"燕子你发疯了,这个家里的一切可是你哥你嫂的,你一个读过大学的人,应该在城里好好工作。"燕子说:"我不是和我哥我嫂争家产,我实实在在是想帮助哥哥、嫂子他们的。"燕子看和母亲说不通,她把自己的想法告诉给嫂子。大嫂是一个聪明伶俐的农家女人,她觉得念过大学的小姑子说得有一定的道理,很是赞同。在大嫂的劝说下,燕子娘才陪同燕子登门拜访了上王村的七十多岁的一个老厨师,他把九碗菜的讲究和做法详细地讲给燕子和她娘听。回到家,燕子就叫娘按照老厨师的做法尝试着给家里人做着吃,大嫂也认真地跟着娘学。

八月底的一天,青石峡谷迎来了第一批古城的游客,是古城一所大学的学生,他们在网上看到了关于青石峡谷的宣传帖子,同时被一个叫作"胭脂河客栈"的地方所吸引,尤其是所罗列的美食。一群年轻人按照网上所提供的路线来到了大庙,一下长途汽车就打听"胭脂河客栈"的所在,人们面面相觑,不知所云。学生们急了,赶紧用手机上网联系上正在网上发帖子的燕子。

燕子家手忙脚乱地接待了第一批客人,燕子娘和大嫂摆上了他们做好的水席。一群年轻人吃得很带劲,一锅烩豆腐吃完了,娘又做了一锅。晚上几个年轻人就在燕子家过夜,第二天一早,在燕子的带领下走进了青石峡谷。晚上下山后,又在燕子家住了一宿。有两个学生,是学画画的,说这里风景优美,民风淳朴,最适合写生,坚持要留下来多住几日,要临摹胭脂河畔和青石峡谷的风景。燕子的家人当然乐意。最高兴的要数燕子的大嫂了,数着两天赚来的几百块钱,高兴地打电话让外地打工的老公早点回家,她很崇拜这个有学识、有胆量的小姑子,并希望她能够在家里常住下来。

王董的投资公司在青石峡谷口修建的青石峡谷度假村还没有正式开业,燕子家却已经正式接待了省城的游客。燕子和大嫂商量着把家里的空房间都腾出来,摆放上单人床和新做的被褥,大点的房间放三四张小床,小一点的房间放两张单人床或一张大床。收拾停当后,燕子去县城做了一块仿旧的木质门匾,上面是"胭脂河客栈"几个毛笔字。大嫂把过年时挂的两个大红灯笼挂在了门楼前。

燕子把娘和大嫂拿手的农家饭和传统的菜品列举出来,做成菜谱挂在院子一进门最醒目的地方。

李映辉再次来到燕子家时,惊得目瞪口呆,连连感叹燕子太有才了!说他们的度假村还没有正式开业,燕子已经抢先一步了。

燕子说她失业了,只能帮帮家里人混口饭吃。以后,还需要青石峡谷度假村的大经理多多关照。

国庆节长假,青石峡谷景区正式对外开放,青石峡谷度假村正式营业,李映辉出任度假村的总经理,负责一切大小事宜。峡谷山庄开业的这天,华阳县旅游局在山庄举办了一台大型演出,压轴的大戏是小叶子主演的《劈山救母》片段。燕子和六妹小叶子激动得含泪相拥,胭脂河的女儿,在经受一番磨难后相聚在胭脂河畔。之后,她俩相约去县城看望了卖豆腐的四姐惠秀珍和七妹栗红。看到惠秀珍辛苦的日子,燕子心酸得直想掉眼泪。

由于前期的宣传工作做得很到位,青石峡谷度假村开业以后,接待的团队就把客房部住满了,零散的游客就被分散住到大庙的农民家里,燕子家当然也住满了。住在度假村的游客,嫌餐厅的早餐太贵或者想品尝一下地道的农家饭,就到附近的农家去,来燕子家的人最多。整个秋天,青石峡谷山庄接待的会议不断,参加会议的大多都是古城来的人,空闲时他们就到农家去品尝农家饭,购买一些当地的土特产核桃、木耳、香菇,还有一些晾干的山野菜金针菇、核桃花、万万叶等。

燕子利用网络宣传胭脂河客栈,吸引了古城大量的年轻人,整个秋天,燕子家的胭脂河客栈都没有空闲。燕子失落的心里此时才有了一丝慰藉。最高兴的当然是燕子的大嫂,大嫂手捧着两三个月挣来的一万多块钱,激动地憧憬着美好的未来。天转凉了,燕子要娘和大嫂趁闲时多做些豆腐,包好豆腐干,以备来年春暖花开游客众多之需。燕子叮嘱爹今年秋收的土豆不要卖了,全部放进地窖里,多做些土豆粉和土豆糍粑。燕子爹以前是村子里的

胭脂河

赤脚医生,跟着镇上的老中医学过不少的草药知识,熟识深山里草药的药性。燕子对爹说,那些珍稀的中草药,在城里人眼里,那都是宝,让爹和村里人在冬闲时多采摘一些中草药。

村子里开始有几户人家学着胭脂河客栈的经营模式,尝到了甜头后,都很上心,有空闲时,都聚在一起谈论饭菜的做法。到了第二年春天,大庙镇大多数家庭都开始学着经营起小客栈。

入冬了,第一场雪落在了青石峡谷和胭脂河上,燕子望着银装素裹的山峦和村庄,这是一个静悄悄的世界。她静静地欣赏着这一片美景的同时,审视了一下自己的内心,她觉得自己浮躁的内心平和了许多。在家里待了小半年,她过着一段忙碌而充实的日子,这半年除了写文章和上互联网外,她同其他村姑全无两样,整日里忙碌在院子和锅台之间,除了和李映辉偶尔的交流外,她几乎没有去想大庙以外的生活。下雪了,不再有游客来青石峡谷,大庙又恢复了往日的宁静。燕子想,自己该走了,毕竟,这里不是自己生活的全部。

燕子说她要走的时候,燕子娘和大嫂在家做豆腐干。娘说,去吧,去城里好好上班,到时候带个女婿回家。这是燕子回家半年以来娘第一次提到她的婚姻问题。娘年轻时也是个美人儿,且读过几年书,有着一颗晶莹剔透的心,她看着燕子,心想,这孩子是太过倔强了,从小就喜欢把任何事情都做到最好,迟早是要吃亏的。这次回家住这么久,娘不问心里也是亮堂的。娘想让她消磨一下自己身上的锐气,练就一点女人该有的柔美。半年了,娘看得出燕子的心气慢慢平和了,她暗自庆幸这孩子终于躲过了这一劫,希望她日后能够有一个好的归宿,一份平静的生活。

47 李映辉

李映辉,出生于秦岭南麓一个偏僻的小山村,家境贫寒。他自幼聪慧懂事,认真好学,终于克服了种种困难考进了古城的财经大学。自考上大学那天起,他就在心里下定决心,将来一定要彻底改变生存现状,不仅仅为自己,而且也要为家人。父母生活的艰辛,使他过早地承担起生活的重担。

大学四年,李映辉是在认真学习中度过的,生活上的拮据使得他没有能力参与各种社交活动,而他也不愿意为此浪费学习时间。只是作为班干部,班级、学校组织的各种活动他都能够积极参加。终于熬到了大学毕业,他以优异的成绩和优秀班干部的履历,被推荐进入国有企业建材公司。他原本是想做他的专业会计工作的,可是当时的国有建材公司已经没有什么业务可做,更谈不上会计工作了。在建材公司上班的两年,李映辉并没有像其他同事那样领着工资而闲晃,他不想浪费光阴,上班时间读书、看报,下班时间代理保险业务。他想多赚一点钱。此时,他的收入不仅要保障自己能够在古城生活下去,还要补贴自己贫困的家庭。这样的生活也没能维持多久,两年后建材公司解散了,他下岗了。下岗后的两年时间,他先后换过几份工作,每干一份工作,他都很用心地学习,很认真地把工作干好。但每一份工作都是他主动提出辞职的。为了有更高的收入,为了有一个更好的发展前途,他在不同的工作中尝试,直到燕子把他介绍给王董。

李映辉和燕子是在古城读大学时认识的。他在古城大学生老乡会上第一次见到燕子,她给他留下了特别的印象,如果不是在老乡会上,他是不会相信她和自己一样来自秦岭南麓那个贫困山区县的边缘地带。她的热情、美丽、聪颖给他留下了深刻的印象。

他怎么也想不出来和自己同样来自边远山区的燕子，怎么会那么自信而充满活力，而自己面对古城里的人和事却常常很自卑！那时的燕子，正与林平相恋，一块儿上街、进书店，一起拜访老乡，李映辉看着他们情投意合的样子，内心很是羡慕。可是羡慕归羡慕，他自己在大学里却没有谈女朋友，甚至参加工作以后的很多年里，都没有真正意义上谈恋爱，不是他没有青春萌动，而是他觉得自己没有能力去谈恋爱。他可以羡慕欣赏人家的神仙眷侣生活，他可以在内心深处偷偷地喜欢某个心仪的女孩子，可是一到现实中，他觉得自己不具备那样的资格，自己还一无所有，必须要经过一番努力，等有一定的生活基础，他才能去考虑婚姻。

一开始，在李映辉认为，燕子是那种贪图虚荣的女孩子，林平家境较好，是他们在读大学时谈情说爱的基础。大学毕业后，他们分开了，燕子一个人留在了古城，他甚至认为是林平抛弃了燕子，燕子一个农村姑娘怎么能攀上县城的干部子弟呢！李映辉认为，生活需要脚踏实地地一步一步去努力，婚姻更是讲究门当户对！不过，后来燕子在古城打拼的胆识和毅力，令他改变了对她的看法。燕子在古城没有正式编制的工作，一个人在古城打拼，靠自己的能力在古城站住了脚，把工作干得有声有色，而且还买了房子（尽管很小）。李映辉在心底不得不佩服燕子，她作为一个女孩子，比自己强多了。他打心眼里喜欢上了这个坚毅、善良的女孩子。可是燕子给她的感觉是太强势了，常常给人一种高高在上的感觉，使他很难有机会走近她。那一次，燕子在吉祥村租住的房屋被盗而请他帮忙组装电脑，李映辉第一次看到她现实生活中最真实的一面。也就是那次，燕子向他诉说了自己只身一人在古城生活的艰辛和不易。她说在古城生活多年，她始终觉得自己只是一个过客，很难从心里融入城市人的生活。在那一刻，李映辉觉得他们其实是同一类人，他感应到了平日热情、乐观的燕子坚强的外表下面那一颗柔弱的心。那一刻,他有了呵护、疼爱眼前这个可爱的女孩子的冲动,可是那一点点的冲动,在他帮助她组装完电脑后,就消失了。燕子诉说完以后,又恢复了她的青春活力和锐气,说她一定要努力成为一个真正的城市人!他又感觉到他们其实只能是两条平行线,他欣赏她,她对他也很友好,他们之间却只能如此。

李映辉从小家境贫寒,每走一步都是经过他很大的努力。他从小就明白,只有自己一步一步地努力,才能争取到自己想要的生活。他下岗后,尝试着干过几个工作,都没有带给他长久的希望。直到后来,燕子把他介绍给王董。王董在华阳县的度假村开发项目,他去了,可以独当一面,他认为那样才能更好地发挥自己的管理才能,说不定还会碰上新的机会。李映辉是不会轻易表露自己内心想法的那种人,他同样有着不甘于平庸的野心。他要抓住机会,来改变自己的生存现状,他要做一个真正拥有生活保障的城市人。

李映辉辞职时,得到工作单位领导的特意挽留。工作单位是一家民办技工学校,他主要负责教学辅助工作。在那里,他实际所学的会计专业根本就用不上。他工作了半年,认认真真,一丝不苟,且头脑灵活,很容易接受新事物,深受技工学校的校长李尚喜的赏识。李映辉了解了王董的项目,反复考虑以后,毅然提出辞职。校长李尚喜想尽了说辞想留住他。李尚喜说:"你是一个很不错的小伙子,咱们俩很投缘,我的学校处于起步阶段,国家政策对民办学校这一块支持力度很大,正需要你这样努力上进、聪敏好学的青年。"李尚喜要他在学校好好干,将来一定会有好的前途,学校发展得好了,他是不会亏待他的。李尚喜还说:"你看,咱俩多有缘分,一个姓,五百年前还是一家呢。"

李映辉在李尚喜对技工学校前景的分析和盛情挽留下,有些心动,但是他是一个非常沉稳的人,他每走一步都是脚踏实地的,他也觉得技校的发展前景很好,但是不适合自己,自己学的不是机械或者电子,在这个以汽车技术为主的技校,他学的会计管理知识得不到发挥,而机械类恰恰是自己的弱项。

李映辉决然地辞别了校长李尚喜,在李尚喜的惋惜声中离开。几年以后,当李映辉着手筹建自己的新项目,在业务洽谈中再一次遇到李尚喜时,李尚喜再一次暗自佩服自己当初的眼力,这小伙子的确是个人才!他在李映辉公司融资之时,依然慷慨投资,其实就是出于对一个自己很赏识的年轻人的信任。

李映辉回到自己的家乡,他的确是抓住了机会,他凭借着吃苦耐劳和努力上进的精神,认真负责管理青石峡谷开发工作,先后负责项目的策划、开发、宣传工作。经过几年的磨炼,李映辉显得更加成熟、稳重。

李映辉就是在这个时候再次遇上燕子的。那一日,李映辉从草链岭查看完工程,从青石峡谷崖壁的索道下来,一转弯,就看见两边对立的峡谷小道上一个红衣女子手扶崖壁艰难地低头行走,红衣女子和两边坚硬矗立的石壁融为一体,衬托出女人的柔弱。李映辉如看风景一般呆住了。因为失恋的打击,燕子身上少了平日的锐气;因为爬山,燕子的两腮堆满了胭脂色的红晕;因为受到惊吓,燕子的双眼大睁,瞳孔里透出孩童般的惊愕;因为一件丝质的红衫,乏力的燕子飘然若仙……

在那一刻,李映辉真以为自己遇上了传说中的仙女。后来燕子写文章来宣传青石峡谷景点,李映辉隔三岔五地去燕子家送资料,谈宣传策划。尽管李映辉一直认为自己找燕子完全是为了青石峡谷的宣传工作,可是到了后来连他自己也说不清,去燕子家的目的除了工作,是不是还有点别的。

李映辉和燕子在一起时,很少过问燕子的感情生活,他太了解像燕子这样的女孩子了,心高气傲、坚韧倔强,她内心的问题只能靠她自己去化解。工作上、生活中的一般困难是难不倒她的,只有感情问题会使她受挫。他明白她这么多年的努力,想要浪漫的爱情,想要体面的婚姻,想要高品位的生活!可是生活怎么会尽如人意呢?所以在李映辉看来,像燕子这样的女孩子,迟早是要栽跟头的!他认为这是现在社会上但凡有点才华的漂亮女孩子的通病。

那一天在青石峡谷与燕子相遇,看到她现在的状态,他猛然觉得这个看似聪慧的女孩子,其实有几分傻气,生活中总是自己和自己过不去。现实一点多好,在古城找一个门当户对的人结婚,平平静静地过日子,多舒服。如果自己是女人,自己就这么做,可燕子偏偏要不切实际地追求浪漫的爱情,结果总是把自己搞得伤痕累累。

尽管李映辉不赞同燕子的生活态度,甚至有点厌恶她的小资情调和不切实际的幻想的性格,但是他还是很佩服她的才气,知道她妙笔生花,所以就恳请她为青石峡谷写宣传报道。事实上,燕子也没有令他失望,她的宣传文章,为他们的度假村和景区带来了很好的效益,他的工作也得到了王董的赞许。而后来,燕子在她们家办的胭脂河客栈,更是令他刮目相看,他认识到燕子热情、高傲的表象下,蕴含着一种很坚毅的东西,这种东西他自己也很熟悉,他觉得其实他们就是同一类人。

48 生存更重要

经历了生活中的种种磨难,苏小卉深刻地认识到,眼下对自己来说,生存更为重要。她要寻求机会改变自己的生存现状。

胭脂河

梅元凯结婚了,苏小卉的爱情梦破裂。对于这段感情,苏小卉觉得自己是做了一场梦,只不过做梦的时间长了一些,梦的内容华丽了一些。她没有怨恨梅元凯,更多的是在懊恼自己。自己当初离开李家,就是想要依靠自己的努力来改变自己的人生,到头来吃尽了苦头,却把自己绕进了感情的苦海,太不值得了。她清楚眼下对于自己来说,最重要的是改善自己的生存现状。燕子回大庙了,王彩霞离婚后很少走动,苏小卉的生活中不再有什么朋友。她每天忙碌在店里,无论内心是如何焦虑与不安,表面的日子都只能是平静如水。

就在这个时候,一个男人闯入了她的生活。一天,在进出的顾客中,有一个人看着她说了一句:原来是你!她仔细端详了半天,才从记忆深处搜索到,原来是三年前她在纺织城那边小理发店里上班时遇见过的那个男人。没想到他们彼此还能认出对方,当时在那么尴尬的情况下相识,而再次相遇他们却像熟识的故人聊起了天。苏小卉说,她进城也有些年头了,可是依然是一个一无所有的打工妹。

那个叫作冯量的男人说,自己这几年也很辛苦,勉强地偿还了先前欠下的债务。他现在在一家装修公司做工头,装修公司揽到工程,再把活分包给他们,具体工程都是他带领工人做的,可是他们的收入并不是很高。

苏小卉纳闷:"你是有手艺的人,收入怎么会低呢?"

冯量说,他们是下苦干活的,装修公司接到工程交给他们去做,公司管理费和提成提取以后,除去材料费等花销,其实真正落到自己手中的却很少。

苏小卉问:"你有手艺,怎么不带着自己的人自己揽活呢?"

冯量说:"只要能够接到工程,是可以这么干的,可是没有一定的社会关系很难接到工程。"

冯量理完发,苏小卉送他出门,冯量说:"我以后可以来看你吗?"

苏小卉微笑着点了点头。

梅元凯又一次约苏小卉见面,是背着老婆阿美的。阿美自结婚以来,就长期陪同梅元凯留在古城,打理公司事务,因为元凯电子厂,也有阿美父亲的股份。

苏小卉原本想拒绝,可是经不起梅元凯的再三请求。在他们过去常去的那家酒楼里,梅元凯说,他对不起苏小卉,希望她能原谅他!

苏小卉很平淡地说,没有什么,感情上的事是不用说对不起的!

梅元凯拿出一串钥匙递到苏小卉面前,他说他是真心想帮她的,他以苏小卉的名字买了一套房子,希望她能够接受。

苏小卉坚决拒绝,说梅元凯并不欠自己什么,自己也没有理由接受。

梅元凯说,房子是他和阿美一起买下的,是他们的一点心意,请她能够接受,不要记恨他。

这时梅元凯的电话响了,梅元凯对着电话说,电子大楼装修的事他打算委托给招标公司,让招标公司负责具体招标的事宜。

苏小卉前两天刚刚和冯量交谈过装修的事情,当她听见梅元凯说到电子大楼装修的事时,就刻意地留心听了。一种大胆的想法就开始在她脑海萌生,她需要一个机会,来改变自己的现状。

苏小卉别过梅元凯,顾不上伤感,当天就联系了冯量,她请冯量吃饭时,谈了自己的想法。

冯量很吃惊,说要承揽那样的工程是需要投标的,而投标是需要一定的资质的,且还要交一定的保证金。

苏小卉要冯量先不考虑能否承揽到工程,她只是想知道他的工程队能否做得了那样的工程。

冯量说那样的工程他们以前做过,进材料到质量把关,他们都能够做到。

苏小卉第一次正式登门拜访梅元凯和阿美。对他们的帮助表示感谢。苏小卉说,既然房产证上已经写了她的姓名,她先接受,算是她借他们的钱,等她以后赚了钱再还给他们。苏小卉说,她今天来还有一事相求,她想看一看元凯电子大楼装修工程的招标文书。

梅元凯和阿美对苏小卉的请求很吃惊,他们不知道这个看似柔弱的女子究竟想做什么。

苏小卉说,她的一个表哥在做装修,想参与元凯电子大楼装修工程的竞标,求她帮个忙。

梅元凯听了她的解释,当即就答应了,说是等招标公司做好了招标文书,就拿给她一份。

苏小卉当即辞去唯美浓美容美发厅的工作,她谢绝了老板娘的再三挽留,借住到燕子的家里。燕子走时给她留了房门的钥匙,燕子在电话里说她短时间不会回来,让她安心地住。

苏小卉去了一趟新华书店,买了一本《公司法》和《招投标知识大全》。

苏小卉找到房屋中介,委托中介把梅元凯送给她的房子尽快卖出去。

苏小卉下定决心背水一战,这是她目前能够抓住的唯一的翻身机会。尽管,她还不知道自己到底能不能拿到这个工程,可是她想就此一搏,即使失败了,也无所谓,自己本来就一无所有。

苏小卉约了冯量,说自己想成立个装修公司,想请他加入,或者帮忙。

冯量在苏小卉很认真地说完这句话后,惊得张大的嘴巴半天合不拢。可是他最终还是答应尽力去帮助这个看似柔弱的女人。

公司的各种证照很快批了下来,冯量在其中帮了很大的忙,尤其是在人员资质审核方面都是冯量帮助提供的资料。公司验资时,用的是卖房子的八十万,冯量拿出二十万,算是入股。苏小卉认真地读完了她买的两本书。连苏小卉自己也不敢相信那么专业的书籍她竟能够读完。

当梅元凯把招标文书送到苏小卉手上的时候,冯量已经陪她把装修材料市场跑了一大半。冯量很佩服这个看起来瘦弱的女人,感觉到她躯体里蕴藏着无限的能量。

苏小卉白天跑建材市场,晚上忙着上网找资料做投标书。她记不住材料的规格,幸好有对工程、材料都很熟悉的冯量在全力以赴地帮她。因此,有好多个夜晚,都是冯量陪她加班到深夜,困极了,就和衣躺在沙发上睡一会儿,第二天天一亮,两人又一起去建材市场考察。

苏小卉做的投标书中,对所用材料的名称、规格、数量、质量都列举得很详细,通过在材料市场货比三家地对比,在保证质量的基础上,尽量把报价控制得很低。等投标书完全做好后,她还是不放心,她打电话给燕子,让燕子给她介绍了这方面的一个专家。燕子介绍来的专家看完标书,只在几个地方做了小的修改。苏小卉说,自己没有上过大学,第一次做这么专业的投标书,担心做不好。专家很惊喜地看着苏小卉问:"是第一次做吗?没有读过大学,第一次就做出这样的标书,已经做得很不错了。"

当梅元凯看到苏小卉的投标书时吃了一惊,他万万没有想到她竟有如此能力。而更令他吃惊的是她投标资料里提供的营业执照的复印件上的法人代表竟赫然地写着"苏小卉"三个字。

招标公司在第一轮检查资料时打回了苏小卉的投标资料,原因是她的公司刚刚成立不久,没有资格参与竞标。

苏小卉思虑再三,她决定去求梅元凯,这也是他们相识一年多来,她第一次低声下气地求他。在她去见他之前,她已经下定决心抛开自尊,只要能拿到这个工程,他想要怎么样就怎么样。

可是梅元凯并没有对她怎么样,而是被她的恳求之情软化了。

梅元凯说,你想让我在别的方面帮你都可以,但是绝对不能拿工程开玩笑。

苏小卉说,她拿她的性命做担保,她所要做的一切都是认真的,请他看在他们交往的这一年的情分上,给她一次机会。她甚至说道:"你也不至于想看着我做一辈子的洗头妹吧!"

苏小卉说她的表哥冯量本来就是国有企业木材厂的技师,专业做装修这行已经八年了,并列举出冯量所做的大型工程。

梅元凯和阿美商量后,让招标公司派专业人士参观、考察了冯量以前所承揽的几个大型工程,在确定工程质量过关的情况下,允许苏小卉参与竞标。

评标时,评标委员会的专家一致认为,苏小卉的标书的价格最接近标的,工程技术质量高,且所列出的工程时限最短。

梅元凯和阿美考虑再三,还是决定尊重评标委员会的专家们的意见,给苏小卉公司这个机会。

苏小卉终于拿到了这个工程,她很高兴,但是她的内心其实很悲凉,她知道自己为了这项工程,是把自己的自尊给出卖了,把自己留给对方唯一的一点美好给出卖了。她一想到自己低声下气地求梅元凯允许她参与竞标,她就一阵阵心痛。她是真的不想丢掉这份情,她原本在想着,不能和他在一起,她也要他在心里记得她,哪怕是愧疚之情,她也想要他记得,所以她不想接受他的任何馈赠。可是,苏小卉明白,自己这样一无所有的人,感情这种奢侈品是要不起的,生存远比感情重要!她知道自己其实是没有资格谈感情的人,她需要借助一切力量来改善自己的生存现状。

拿下工程后,冯量和苏小卉一起庆贺。在燕子的家里,他俩一起吃了饭,喝了点酒后,冯量涨红着脸冲着苏小卉傻笑。苏小卉忙乎了两三个月,终于拿到了工程,人一旦泄了气就一点力气也没有了。

冯量借着酒劲,拥吻了苏小卉。他看苏小卉没有特别的反抗,就把她抱上了床。苏小卉恍惚间,眼前晃动的全是梅元凯,她饥渴长久的身体,放纵地配合了冯量。直到第二天醒来,两人尴尬地离开。

49 燕归来

燕子又回到了古城,她终究还是要继续她的城市生活。王董邀请燕子去他们集团公司上班,负责公司的宣传策划工作,王董说,燕子是难得一见的人才,名副其实的大才女。

燕子婉言谢绝了。她心里想,什么才女不才女的,只不过是虚名。是才女又能怎么样呢?才女也渴望实实在在的生活呀!此时的燕子已经不想去追求那些表面光鲜的虚荣生活,只是想实实在在地做一点自己喜欢的事情。燕子心里想,没有爱情,没有婚姻,她还有自己,她要好好地努力,去做一点事情,做一点自己喜欢的事情,为自己积攒一点财富,这样才不会辜负自己的人生!

燕子回到古城,报名参加了导游资格证的考试,然后一头扎进师大的图书馆,重新拾起书本,认真地学习。她想在最短的时间内拿到导游资格证。

在积极迎考之余,燕子重新阅读部分宋史,从历史系资料室

胭脂河

找来大量的史料,她初步证实了大庙人的传说,大庙的华严寺最早应该是兴建于南宋时期,以后各个朝代都有不同程度的修缮。南宋朝廷只有半壁江山,大庙当时的确属于金人的统辖范围,所以可以初步推断现存的华严寺的残垣断壁上的画是金人画的。燕子兴奋地把这一推断告诉了自己的老师——古城师范大学历史系的申教授。申教授对此颇感兴趣,当即就说,等放了寒假约上考古方面的朋友去一趟秦岭深山中的大庙镇。

经过认真地学习,积极地应考,三个月后,燕子考取了导游资格证。很快她给自己组建了一个办公室,挂靠在中青旅行社下,她办起了旅游公司。她聘用一个旅游专业毕业的大学生小孙做助理,先从青石峡谷这条旅游线路做起。她和小孙一起去公园、大学门口等人口聚集的地方散发传单,通过网络和写文章给报纸杂志宣传青石峡谷和自己的旅行社。

在做这些的同时,燕子没有改变去图书馆看书学习的习惯。寒假里,燕子陪同申教授和他考古方面的朋友景先生回到大庙,他们一行就吃住在胭脂河客栈。景先生带着他的研究生在华严寺做了详细的样本采集,说拿回去做进一步考古研究。尽管天气比较寒冷,申教授和景先生还是抵挡不了青石峡谷的美景和洛河源头美丽传说的诱惑,一行人上了山。冬日的峡谷和山野失去了夏日浓郁的草木的庇护,山脉筋骨裸露出来。正是在这冬日草木枯萎的季节里,申教授和景先生一行人又有了一个重大的发现。而这个发现对燕子来说,又是一个很大的收获。

一行人沿着胭脂河走进了青石峡谷,在草链岭森林公园,快到分水岭的地方,山势开始平缓。景先生建议不走建好的石级路,沿着旁边的缓坡走一走。一行人沿着缓坡走出约半个小时,一处险要的山峰矗立在他们面前,而山峰的崖壁上在枯草的掩盖下依稀可见星罗棋布的洞穴。景先生像发现了聚宝盆一样,沿着陡峭的山崖向上攀缘,在靠近山崖的陡坡处,学生在他的指挥下拨开了一处枯草,显露出了一截用石块堆砌的石墙。残墙高约两米,分为上下两层,下面的石墙垒砌宽厚,宽约一米到三米不等,在其上面另筑较低且狭窄的石墙。石墙一面与山峰相接,三面为陡坡,地势异常险要。景先生说,这有可能就是传说中的秦岭深山中的古代山林防御体系——古山寨,可能建于明清,是为防战乱而建的,很有研究价值。

他们爬上另外一个山峰,站在一个制高点上从上往下观看。山寨保存较为完好,该山寨一峰突兀,直插云霄,根据地形,在两个小梁上各有一个寨门。山寨平面呈椭圆形,寨墙高大宽厚,防御功能齐备。

申教授说,这些山寨是宝贵的古老寨堡文化遗存,更是秦岭山脉独有的历史和人文景观,有很大的考古研究和旅游开发的价值。

燕子从小就见惯了这些,听老人们常说那是新中国成立前占山为王的土匪们所建。而听了景先生和申教授这么一解说,忽然对这些习以为常的事物多了一分神秘感,她在想,这样的山寨背后不知隐藏着多少鲜为人知的历史和故事呀!

由于意外的发现,一行人在谈论古山寨时耽误了时辰,到驼子梁时,天色已经暗了下来,看样子,晚上是赶不回去了。燕子很着急,申教授却笑呵呵地说:"正好我们可以在山巅之上过夜,也是一种不错的感受嘛!"燕子联系了几户人家,晚上居住,说好了住一个晚上、吃一顿晚餐和早餐,每人付五十元钱。驼子梁村的年轻人前几年都响应政府的号召,集体搬迁到大庙镇了,只留下一些老年人在家。这些老年人平日里难得看到这么多人留在寨子里过夜,很是高兴,他们高兴地拿出山里的土特产,想着法子招待山下来的客人。土炕烧得火热,申教授和景先生他们在山上度过了

245

满意的一晚,特别是他们带来的年轻学生,在山上欢喜得几乎一夜没有合眼。

下山以后,燕子迫不及待地查阅资料。大庙位于陕西的东南部,地处秦岭南麓的崇山峻岭之中,是古关中通往西南、东南的交通要道。据《华阳县文史资料》记载,华阳山寨大多建于明末清初,多为防御太平军、白莲教义军、兵患及土匪等而修建。嘉庆九年(1804),鉴于镇压白莲教义军的教训,陕西巡抚陆有仁奏言:"商州、华阳、山阳、镇安、孝义五处,责成潼商道,务必每邑在各有险可守之处,号召地方自行修建寨子,堵御要隘,以堵侵袭而避战乱。"于是,山寨依山就势建筑于地势险要的山顶,以山为基,以石为墙。多为当地名士富户出资、贫民出力合作修建。

燕子翻看的史料越多,越觉得自己知识匮乏,她像一个嗷嗷待哺的婴孩,贪婪地汲取知识的养料,并且从这种求知过程中获得了平静和快乐。

这次从青石峡谷返回以后,申教授着手研究秦岭南麓华阳人口迁徙以及当地民俗文化特征。燕子从大庙一带的实际人员构成等方面,提供了大量翔实、具体的资料,同时燕子还帮助申教授查阅了大量的相关史料。申教授对历史资料进行分析、论证,两人对当地居民的构成的观点初步形成,这些更增加了燕子研究历史的兴趣。燕子沉浸在这种探索式学习中,一时忘记了孤独和伤痛,当她意识到的时候,她感觉自己的内心很平静、很快乐,是在不断汲取知识的过程中,她平静的内心涌现出的一种快乐,而这种快乐是她在其他方面所无法感受到的。

同样是这次青石峡谷之行,对燕子的旅行社事业的发展,带来了一个良好的开端。景先生对在华严寺和古山寨提取的样本进行考证分析,之后,又带着学生去了几次大庙,每次都邀燕子同行。当他们得知燕子做旅行社时,就按照市场行情付旅游团费,吃住和行程都让燕子给安排,还付给燕子一定的导游费。燕子再三推辞,申教授和景先生却说,应该感谢燕子给他们带来这么好的研究项目。

有了申教授和景先生考察,燕子的旅游公司前期起步很顺利,他们的学生又不断地介绍同学,燕子基本上每个周末都出团。第二年春暖花开,清明前的一个周末,燕子带着自己旅行社的游客踏上了青石峡谷之旅。燕子租用中旅的旅游大巴,自己做导游。她为李映辉打理的青石峡谷度假村带来游客,她拿到应得的提成。燕子家的胭脂河客栈也是游客爆满。奔波疲劳的燕子取得了经济上和精神上的双重收入,在游客的欢声笑语之中,她感受着生活原本的美好。那个原本热情、自信的燕子终于又回来了。

50 彩霞满天

王彩霞和铁蛋结束了十年的夫妻生活,女儿归她抚养,高科花园的房子归她和女儿,铁蛋定期给女儿付相应的生活费。后来小兔给铁蛋生了个儿子,铁蛋对女儿的生活就不如以前那么在意了,有很长一段时间,都想不起来给女儿送生活费,王彩霞也不愿意向他索要。

王彩霞搬出了原来的家,她在女儿学校附近租了一套小房子,把原来的大房子出租出去,多出的房租补贴家用。离婚以后的王彩霞,想过一种独立的生活,想实实在在地自己养活自己,想理直气壮地为自己活一回。她觉得,十年前,为一份正式工作,她把自己给出卖了,她嫁给一个自己并不喜欢的男人,她忍气吞声、委曲求全地想求得一份平静的生活,可是她却得到了这样一个结果。而现在,她想要靠自己的努力,真真正正地为自己活一回。她开始四处找工作,后来,她在一家家政公司找到一份家政保洁员的工作,她每天从早到晚辛苦地工作,身子很疲惫,可是她心里却很平静,她也没有想到,离开了铁蛋,自己也会很坚强。可是,她心理上再怎么坚强,一个人又要工作,又要带着孩子,她的身体还是很难支撑的。

一次,她在送孩子上学的时候,遇上了韩子清。细心的韩子清看出了她的变化,关切地询问了她的生活现状,韩子清很同情她现在的际遇,在她忙不过来的时候,他主动帮她把孩子送回家,并辅导孩子的功课。后来,韩子清介绍王彩霞到新世纪国际学校做保育老师,就是负责寄宿学生的吃饭和洗衣工作。王彩霞工作稳定了下来,收入也可以维持生活。工作忙的时候,幸亏有韩子清的帮助。有时候她下班回到家,韩子清已经把女儿送回了家,在耐心地辅导她功课。她心里很感激韩子清老师,做好可口的饭菜,请他一起吃晚饭。韩子清也不推辞,吃完饭,帮她收拾好碗筷,嘱咐她晚上睡觉关好门窗,便轻声离开。有时候,时间早,女儿做功课,他俩坐在一起聊一会儿天。他们说得最多的事情还是大庙中学的人和事,当然要提到燕子。韩子清说,大庙真是个好地方,胭脂河的水真清。王彩霞说,她们结拜的七姐妹中,她是大姐,只有老三燕子考上了大学。韩子清说,燕子是他教过的学生中最有灵气的一个,可惜当初他影响了她。王彩霞说,七姐妹的命运都不济,二姐张爱花已经不在了。说到此,两个人半天都沉默不语。偶尔,心情好的时候,王彩霞会记起韩子清以前在课堂上给他们诵读的他自己写的诗句,她脱口而出地背上两三句,会令韩子清很吃惊,随之而来的是爽朗的笑声,他许久没有这么轻松过了。他说那是他年轻时"为赋新词强说愁",王彩霞说如今识尽愁滋味,却道天凉好个秋!这是王彩霞一天中最美好的时光,有时候,韩子清没有来,做完家务,她就一个人静坐着发一会儿呆,她想着韩子清的文质彬彬、温文尔雅,她的脸上会露出笑容。更多的时候,她在叹息,当初她做姑娘时,都没能入韩子清的眼,如今,离了婚带着个孩子……她不能多想,只要能够有机会和他在一起吃个饭、聊个天,她就心满意足了。

韩子清也喜欢去王彩霞家,他觉得和她交谈很轻松。他在古城工作多年了,也没有几个知心的朋友。有时候,几天没有去她家,他就觉得似乎少了点什么,傍晚,散步时,就会不由自主地走到她家楼下。

一次,他们又谈论到大庙、胭脂河。王彩霞说,青石峡谷开发成景区了,燕子在做旅行社,专做这条短线旅游。韩子清说,我一直都认为青石峡谷是一个美妙的地方,它作为旅游景区是很吸引人的,还是燕子有魄力,敢于抓住这个机会。王彩霞笑着说道:"那当然啦,燕子是胭脂河畔的小精灵呀!"接着她吟诵起韩子清写给燕子的诗句:"青石峡口的小妹哦,你是游走在人间的精灵,那一汪永不枯竭的龙王潭水,哺育了你离合的双眸……"不知道为什么,韩子清以前也这样被王彩霞调侃过,可是那天晚上听她这么一说,心里却不是滋味,脸上有些挂不住。王彩霞没有看到他的变化,继续说道:"燕子现在还是单身,韩老师可以继续追求燕子呀!"韩子清是真生气了,他站起身来,一声不吭地走开了。王彩霞知道自己说错了,想对他道歉,可是看着他离去,却说不出口。

韩子清有一个月没有去王彩霞家了,偶尔送王彩霞的女儿回家,也只是送到楼下。他不明白平时那么善解人意的王彩霞,怎么能说出那样的话来。他是喜欢燕子,那个扎着羊角小辫、行走在胭脂河畔石子路上的小姑娘,早已是他心中一道永恒的风景,可是现在,他对于燕子已经没有丝毫想法,他知道他们之间是永远地错过了。而王彩霞,温柔善良、情感细腻,他的内心开始喜欢上了这个女人,他们在一起的机会多了,他以为她会明白,没想到她却提醒他继续追求燕子。这才是韩子清真正生气的原因。

韩子清一个多月没来家里,真正内心痛苦的是王彩霞。她想自己离婚了,生活上的困难她可以忍受,可是精神上她是孤单的,韩子清的帮助正好填补了这一点,她喜欢和韩子清相处、聊天的时光,那是她一天身体疲惫却精神愉悦的时候。她对他不敢有太高的奢求,能有和他在一起聊天的机会就足够了。她懊恼自己不该开那个玩笑,不该惹他生气。韩子清不再来了,每天筋疲力尽的她回到家,辅导女儿作业,她没有了一丝生机。她内心很痛苦,自己的确是很难入韩子清的眼,开个玩笑人家都会生气不理她了。痛苦了一段时间,王彩霞也想通了,毕竟自己只是一方面暗恋人家,配不上人家。这么一来,她就不生韩子清的气了。

这天傍晚,她做了韩子清最爱吃的家常豆腐,正要打发女儿去请他过来吃饭时,韩子清敲门了。看到站在门外的韩子清,两个人不约而同地笑了。王彩霞说:"我还以为韩老师从此不来了呢!"韩子清说:"青石峡口的小妹,又不是只有燕子一个!"两个人说完,都开心地笑了。女儿莫名其妙地看着两人在笑,也跟着欢快地笑了起来。

51 经济互助组

苏小卉终于拿到了元凯电子大楼的装修工程,她全身心地投入到这项工程,她在为自己的人生奋力一搏。然而,在整个工程进展的过程中,所面临的问题却是她难以想象和应付的。

当初成立装修公司的时候,冯量拿出了二十万元,算是入股,公司是她二人合伙的。当工程真正启动,大量的工作全凭冯量去做。冯量凭借过去做工程的关系,主要进的材料都是只付一部分定金,即便如此他们的资金缺口依然很大。工地上三天两头催材料,建材市场三天两头催材料款,冯量整天忙前忙后求人说好话赊购材料,就这样,进行了一半的工程还是不得不停工。苏小卉急得心急火燎,实在没有办法,她又低三下四地求了几次梅元凯和他老婆,请求他们提前付部分工程款。

自从苏小卉收下了梅元凯送给她的房子,求梅元凯答应她公司竞标,阿美对她的态度明显地发生了变化,她从阿美高傲的眼神里看出,她把自己当作那种贪图财物的女人了。但是,如今工程已经启动,开弓没有回头箭,她只能这么去做。她想只要渡过这次难关,等工程做完,她一定会把房款还给他们的。在她多次恳求下,梅元凯也担心停工会影响交工日期,就勉强地多给他们付了十万元的工程款,可是,这点钱要做完整个工程依然很难。

苏小卉和冯量自从上次那次事件以后,谁也没有再提起那件事,由于工程任务重,资金短缺,两人在一起的时候,都是在谈论工作,谈论如何渡过难关。只是从那以后,两人很少单独在一起工作到深夜。

在工程进行到一半的时候,资金严重短缺,欠的材料费越来越多,正当苏小卉愁得一筹莫展的时候,冯量向她提出要和她结婚。苏小卉一直以来并不讨厌冯量,在合作的过程中,她还很欣赏这个吃苦耐劳的男人。自从发生上次那件事后,尽管她有些懊恼,但是她没有怪他。可是要她嫁给他,她却不甘心。在工程关键的时刻,他提出要和她结婚,令她很意外。冯量说,目前这个工程对他们两个人来说,都是压上了身家性命,如果不能按时完工,工程的违约金是赔偿不起的。到时候即使给了工程款,赔了违约金,他们等于白干了一场。如果他们俩结了婚,成了夫妻,就成了真正的利益共同体,他可以把他城墙根儿的一院子老屋卖掉,用卖老屋的资金来把工程顺利做完。

苏小卉平静地听完冯量的分析,觉得有几分道理,不和冯量结婚,人家是不会卖掉祖屋救急的。可是嫁给他,苏小卉心里有太多的不甘,自己这一生不能嫁给心仪的梅元凯,但也不能嫁给冯量这样一个工地上干活的粗人吧!自己弃家别子,毅然同李东离婚,不就是想要追求一份更好的生活吗?可是更好的生活在哪里?苏小卉进城多年,吃过很多苦,可就是看不到生活的希望所在,好不容易想借助梅元凯电子大楼的工程翻身,可是又遇上了如此的难关。为了渡过难关,就这么轻易把自己给嫁了,同当初的日子又有多大分别?

可是,不与冯量结婚,冯量就不会舍得卖掉祖屋,那可是他准备用来娶媳妇的房子。冯量不卖祖屋,他们的工程就做不下去,工程做不下去,苏小卉的翻身梦就无法实现!当初在大庙无法生活下去,坚决要和李东离婚,是因为李东给不了自己生活的希望,然而,自己来城里闯荡多年,生活又有什么希望呢?一想到生活的希望,苏小卉就对自己多年如浮萍般的飘荡生活叹息不已,她想要美好的爱情,但是她更需要安定、实在的日子;想要安定、实在的日子,自己就必须强大起来,要有经济实力;想要自己有经济实力,就要把自己的装修公司做好,公司做好了,生活才能有希望;想要把公司做好,只有和冯量组成真正的利益互助组。

苏小卉权衡再三,答应了冯量的请求,两人很快地办理了结婚登记,冯量向银行抵押了城墙根儿祖上的老屋,取得贷款使得工程顺利进行下去。

两人在租住的一间民房里开始了婚姻生活,他们的婚姻没有婚礼,没有婚纱照,甚至没有买新衣服,没有请任何亲朋好友,可是他们却开始了真正的夫妻生活。两个人表面上看起来都没有在婚事上倾注过多的关注,可是他俩心里都知道,这桩婚事是两个理性的成年人经过深思熟虑后的决定。结婚后,他们成了真正的利益互助组,两人一门心思放在装修工程上,继续忙忙碌碌、夫唱妇随。他们是在为各自未来的生活,也是他们的未来而努力。

一年以后,元凯电子大楼装修工程全面竣工,他们收回了应有的工程款。苏小卉首先拿出八十万,还给了梅元凯。她说,感谢他给了她这次机会,她要依靠自己的辛劳去生活,她不能白要他的房子。当初收下房子,是因为当时的确没有办法,现在她赚到了钱,理应还给他。苏小卉的一番话,令梅元凯的老婆阿美很费解,她始终没有弄明白这个胭脂河畔长大的女子的心思。

冯量本打算用赚到的钱买一套大房子给苏小卉住,以弥补没有给她一个像样的婚礼的遗憾。可是苏小卉坚持要冯量先赎回城区里的老屋,说既然是祖屋,就不应该在他们这辈人手里丢了。

苏小卉终于有了自己的家,在城墙根儿,在冯量的那座老屋,有一个有手艺、在工地上干着粗活的男人。有时候她在想,自己绕了一大圈,还是和一个粗人冯量结婚了,而且没有婚礼。她想起了她和李东的那场在当地农村还算比较排场的婚礼,然而,最终她得到了什么?冯量尽管是一个粗人,可是他勤劳、善良,待她很好,很体贴。这些,就够了。况且,他们还有一个共同的奋斗目标,就是把他们的装修公司经营好。两个人的生活有共同的奋斗目标,苏小卉渐渐地看到了生活的希望。苏小卉常常在想,这就是自己的婚姻家庭,不这样,还能怎么样呢?

52 我们结婚吧

李映辉回古城集团公司做年终工作汇报。他去看望燕子,他对她说:"我们结婚吧!"直截了当,干脆利落,不是询问的口气,而是直接的要求!似乎他们已经是恋爱已久的情人,结婚只是水到渠成的事情。

李映辉直截了当地向燕子求婚,是经过深思熟虑分析过的。他有把握燕子会答应他。尽管他没有正经八百地谈过一场恋爱,可是三十多岁的他对于女人、对于婚姻还是有自己独到的认识的。在他看来,感情上几经周折的燕子到了现在的年龄,要找一个合适的结婚对象并不是一件容易的事情,自己现在向她求婚,时间上是对了,若是在几年前,他估计燕子或许看不上他,而他也没有勇气向她求婚,今时不同昔日,事业有成的李映辉底气十足。他清楚燕子是个有点小资情调、富于幻想的女人,可是他认为这并不影响她会成为一个好的生活伴侣。因为燕子有热情、善良的本性,有勤奋、上进的品质,这些正是他所喜欢的。他之所以直截了当地向燕子求婚,而不是先求爱,是因为他太了解燕子了,他不希望和天性浪漫、多情善感的燕子在感情上迂回,他只希望燕子能像他一样,理性、认真地分析他们俩之间的实际情况,做一个理性的选择。

对于李映辉的求婚,燕子一点都不感到意外,她觉得他似乎就是自己命中注定的那个人,是她在情感路上一波三折、受尽磨难、精疲力竭的时候,正好遇上的那个人。只能嫁给他,不然,又能怎么样?!自己已经三十三岁了,标准的大龄剩女,能碰上一个没有陋习的男人都不错了,更别说这个男人还是事业有成、知根知底的男人。有恋爱的过程又能怎么样呢?和林平的恋爱浪漫,和刘江的恋爱热烈,可是却都没有结果。李映辉有什么不好吗?勤奋、上进,事业有成,待人诚恳,应该说优秀男人所具备的品质人家都有。要拒绝吗?两个人年龄相当,学历、见识相当,他勤奋、上进,高大结实,这些还不够吗?够了,结婚是够了。

很快,燕子和李映辉结婚了,尽管燕子的父母对李映辉的家庭条件不是很满意,他们还是结婚了,在李映辉的老家举办了简单的婚礼。原来结婚可以这么简单,简单得让燕子觉得今天和昨天没有什么差别。

婚后的燕子依然奔波于古城和大庙之间,忙碌着自己旅行社的生意,忙里偷闲,她还会去师大图书馆查阅资料,和申教授探讨问题。只是,她出团去大庙的时候,不再住在家里,而是和自己的丈夫李映辉住在一起。燕子总是觉得她和李映辉在一起谈论工作远比谈情说爱来得顺畅,她常常暗自问自己,这是自己真正想要的婚姻生活吗?自己能够得到自己想要的幸福吗?

李映辉总是忙着打理度假村的事宜,忙碌着策划、宣传度假村,他能够闲下来陪燕子的时间很少。两人短暂地在一起的时候,也是谈论工作的时间比较多。

燕子每一次带团去上草链岭,时间都赶得很紧,天蒙蒙亮就带着团队进入青石峡谷,往往要到天黑以后才能出谷。青石峡谷幽长,草链岭风景优美,景点众多,游客都来不及仔细欣赏,就匆匆而过,为的是要赶在天黑之前下山。燕子和李映辉几次谈论这个问题,他俩一致认为这一点是制约这条旅游线路发展的一大弊端。燕子想起了带申教授和景先生上山的那次山巅之夜,一个想法在她的脑海中形成。

李映辉几乎是和燕子同时想到了这一点。李映辉说,他想自己成立一个公司,开发驼子梁村,把洛源驼子梁的石板房开发成客栈,让来此旅游的游客可以在山上过夜。燕子说,若能开发驼子梁就好了,华阳之旅就可以由过去的两日游改为三日游了。游客第一天从古城出发,到华阳县城品尝当地特色小吃,游览文庙、仓颉园、谢湾水库、洛河风光,参观"华阳猿人遗址"龙牙洞,然后到大庙参观华严寺、古戏楼,夜宿大庙镇,观看"戏曲大舞台";第二天进入青石峡谷,缓缓地欣赏峡谷风光,登上草链岭,夜宿洛河源头驼子梁;第三天游览"马刨泉"、分水岭、古山寨,然后从另外一条路下山,返回古城。燕子凭借着导游的优势规划着未来的旅游线路。李映辉过去一直觉得燕子喜欢不切实际的幻想,现在看来,幻想也有幻想的好处,最起码燕子现在的这种想象,不得不令他佩服。

　　景先生再次来大庙镇考察华严寺的时候,李映辉和燕子邀请景先生和申教授再次登上草链岭,请二位专家为他们指点、把关。申教授和景先生很赞赏他们的想法,给他们提供了一些宝贵的参考意见。

　　李映辉关于开发驼子梁的报告很快得到华阳县政府的批复。县政府开发草链岭的力度进一步加大:重新修整大庙的华严寺,复原古戏楼,草链岭上复原几个古山寨,供游人参观。李映辉的申请,正好符合了华阳县大力开发草链岭的宗旨,县政府在政策上给予了大力支持。

　　燕子把自己的旅游公司交给助手小孙打理,自己全身心地帮助李映辉筹建洛源旅游开发公司。她请来古城旅游规划方面的专家,帮助他们做旅游定位和旅游规划。一连几天,燕子在草链岭、青石峡谷穿梭,小腿肚子跑肿了,都不喊累。李映辉心疼自己的妻子,要她别参与了,不要她劳累。燕子笑着说:"嫁鸡随鸡嫁狗随狗嘛!嫁给你,我就是劳累的命。"李映辉看着天性率真、达观的燕子,在心里暗暗下定决心,将来,一定要让她过上舒舒服服的日子!

中国西部经贸洽谈会在古城召开,李映辉随着华阳县旅游局带着自己的洛源旅游开发公司的企划案参加。他想通过招商引资,吸取大量的资金来完成洛源驼子梁的开发。在这次洽谈会上,李映辉碰到了他当年在古城就职的汽车修理技工学校的校长李尚新,经过几年的发展,他已经成为古城教育界赫赫有名的人物,他的技工学校已经升格为汽车科技学院。看到李映辉的成绩,李尚新很感慨,他证实了自己当年的看法,这个小伙子的确是个难得一见的人才!得知李映辉此次的融资计划后,李尚新爽快地投资五百万,作为对他所欣赏的年轻人的事业的鼓励。他拍着李映辉的肩膀说:"金融危机,经济不景气,钱投资到你那里,我放心。"自此,李尚新成了洛源旅游开发公司继王董以后的第二大股东。

李映辉的融资能力让燕子刮目相看。他离开王董的青石峡谷度假村成立自己的公司,王董就给了很大的投资,而他以前仅有一年工作经历的单位老板竟然也给了他这么大的投资。这一点燕子不得不佩服。她以前在华晨晚报经济专栏做记者,遇见各种各样的老板和成功人士,可是,像李映辉的这种人格魅力,她还是头一次遇见。这个外表憨厚朴实、内心坚毅的男人,是一个不一般的男人!燕子又一次认识到这一点。

资金一到位,驼子梁开发工程就开始动工。在华阳县政府的政策支持下,驼子梁村民很快就接受了改造工作。李映辉的洛源旅游开发公司和村民协商,村民以现有的房屋和院落入股,接受统一的经营管理,愿意参与经营的村民,条件合格的经过培训参与经营,不愿意参与经营或不适合经营的村民可以响应政府的号召,接受政府的补贴搬迁到大庙镇居住生活。不愿意下山的村民也可以留在驼子梁居住,可发展养殖业,养猪、养土鸡、养羊,或者采摘山野菜、药材等,度假村开业后供住宿的游客食用。

申教授和景先生建议,尽量保持驼子梁村落的原始风貌,这样才会吸引游客;保持住它的神秘感,才会令游客流连忘返。

李映辉接受了申教授和景先生的建议,驼子梁的开发完全保留了村落的原貌,石板房完全保持了原本的外部特征,在修缮的过程中只做了内部的装修和卫生条件的改善。

入秋了,草链岭上开始变冷,早晚有厚厚的寒霜,偶尔飘落一点雪花,驼子梁的开发工程不得不暂停。李映辉拿出一串钥匙交给燕子,让燕子陪父母去古城过冬。他们在古城文化产业园区新买的房子是精装修,家具齐全,拎包入住。李映辉笑呵呵地说:"我娶了这么勤快、能干的媳妇,得好好报答岳父岳母大人为我养育媳妇的恩情,以后,每年都让他们过一个暖暖和和的冬天。"

53 戏剧大舞台

草链岭森林公园对外开放,青石峡谷开发工程全面竣工,青石峡谷度假村的游客络绎不绝,华阳县旅游局在旅游开发和招商引资上取得了很大的成绩。为了进一步发展,戏曲演员出身的旅游局局长上官桥,想在传统戏剧上做一点文章。他和县领导去外地考察回来,决定在大庙、在青石峡谷口兴办"戏剧大舞台",把过去剧团里的一些传统剧目整编出来,排练演出一台戏剧晚会,弘扬地方文化,以吸引游客,为青石峡谷旅游项目再添亮点。

项目经过审批通过以后,华阳县和古城易俗社合作,一场大型自然山水情景的戏剧晚会"戏曲大舞台"应运而生。上官桥和古城易俗社的专业导演,就地考察、策划,以西岳华山为精髓,以华山南麓草链岭为实地背景,以《劈山救母》剧目为主线,演出其中主要片段,以突出宣扬华山文化。整台晚会,穿插了表现华阳县人文历史的"仓颉造字""四皓听泉"等历史典故的屏幕背景。一条发源于秦岭南麓的小河,顺着山势东拐西弯,在县城的东南部绕了几百里的一张大弓,最后汇入了滚滚的黄河。华阳县的母亲河胭脂河,在晚会上得到了宣传。一些流传已久的地方剧目得以展示,如花鼓戏《刘海戏金蟾》等片段,还有表现新时代、新生活的戏剧《六斤县长》《月亮光光》等。"戏曲大舞台"的演出地点就在青石峡谷度假村旁边,同度假村的宣传、推介同步,取得了双赢的效果。在旅游旺季,"戏曲大舞台"每晚演一场,场场观众爆满。

在晚会上演出的,主要是过去县剧团里的老演员。当年剧团解散后,为了生计,大家各奔东西,为了筹办这台晚会,上官桥亲自出面,请回了一些老艺人。当然,这台晚会更是少不了小叶子。小叶子作为压轴主演,她饰演的"三圣母"惟妙惟肖地活跃在家乡真实的山水之间。

"戏剧大舞台"的演出成功,带来的利润很可观,小叶子等签约演员的收入都很丰厚。重新登台的小叶子,出演着自己喜爱的剧目,有着丰厚的收入,她感到万分幸福,她感叹命运的眷顾,她感谢她酷爱的戏曲,在她落魄到三十多岁的时候,重新看到了生活的希望!

小叶子作为"戏曲大舞台"的签约演员,除了演好自己的角色外,更重要的任务是尽快带领出一批新的接班人。"戏曲大舞台"招聘了一批有一定的戏曲基础的年轻演员。小叶子和几个过去剧团里的老演员,对他们的一招一式进行悉心地指导,年轻的小演员们都很尊敬地称呼她老师,失业多年的小叶子终于在自己喜欢的工作中找回了自信。

上官桥所做的"戏曲大舞台"这个项目,给青石峡谷的旅游增色不少,为华阳县的旅游业做出了很大的贡献,他被县上评为当年有突出贡献的人物。可是,只有他自己明白,他极力申报和促成这个项目的真正目的,完全是为了他深爱的女人小叶子。可以说,他是看着小叶子长大的,小叶子的一个唱腔、一个步段,都是他看着练就的,他一开始就很喜欢这个颇具戏剧天赋的学生、剧团的新人,他断定她将来会在戏剧上有一番成就,可是在她刚刚正式入行,戏剧走了下坡路。他受托为媒,想她能够有一个好的归宿,可是短暂的婚姻却害了她。他想帮助她,却无能为力。她爱上了他,而他却只能看着她受苦。当他得知她曾经怀了自己的孩子,而一个人承担了苦楚后,他认定了她是自己的女人,他要照顾她!小叶子跟了他,真心地对他好,而他却不能给他名分,不能给她一个家。他有自己的家庭,有自己的妻子,他不能抛开妻子,他对她有割舍不了的亲情。妻子病魔缠身,他要悉心地照顾她,陪伴她。然而,他也渴望真正的男女之爱。小叶子成就了他作为正常男人真正的需求,又诚心地照顾阿珍,对他没有丝毫的要求,使他更加敬重她。他想为这个女人做点什么,他知道只有让她重登舞台,那样的她才是最快乐的。世事辗转,他正好碰上了这个好机会。

小叶子全身心地投入到这来之不易的机会当中,不管是登台演出,还是指导年轻演员排练,她都能做到一丝不苟,尽善尽美。她充分发挥少年所学,半年后,县旅游局把这台晚会的日常管理工作交给她。小叶子没有想到,她从小酷爱的戏曲,在她人到中年之时竟成就了她的事业!

小叶子去县城看望珍姐姐。不管她后来的工作有多忙,她都坚持定期去看望她,帮她梳洗,整理家务,陪她聊天,陪她看医生。小叶子收入高了以后,每次去都带给她一些礼物。这次她给阿珍带去一件大红的薄毛衫,她帮阿珍悉心地梳洗后,帮她穿上了红毛衫。她兴奋地给她讲"戏曲大舞台"的盛况,说上官老师真有眼光,这个项目开发得真好。

小叶子只顾兴奋地讲着,阿珍却满腹心事,听她说到兴奋之处,她一把拉过她说:"给上官生个孩子吧!"小叶子笑容满面的脸上顿时失色,她一时不知如何是好,想走开却无法挣脱阿珍紧抓的手。阿珍伸开双臂,把她揽在怀里,小叶子胆怯地顺从了。阿珍说:"委屈你了,这么多年,我拖着个病身子,难为你和上官了。"小叶子结巴着说:"上官老师一直爱着你。"阿珍笑了,她淡淡的笑容让小叶子觉得害怕。阿珍不管她,接着说:"我明白,你和上官都是好人,不想离弃我,我也舍不得你们。"她说着话,把小叶子抱得更紧。"你是一个乖巧懂事的孩子,懂得知恩图报的道理,我一个女人都喜欢你,别说上官是个男人了,我能理解他。"阿珍接着说,"若是旧社会,我早帮上官把你娶回家了,可是,现在不兴这个,就只能委屈你了。"

小叶子眼泪禁不住地流了下来,她连声说:"珍姐姐,我真的不想伤害你!"

阿珍说:"我从来没有怪你,怪只怪我自己的身子不争气,拖累了你们。"

小叶子说:"珍姐姐别说了。"小叶子已经泣不成声。

阿珍说:"傻丫头,别哭了,这都是咱们的命,咱们命中注定有缘分,要姐妹一场。你还年轻,给上官生个孩子吧,等有一天我走了,你们的日子还长。"

自这次看望珍姐姐以后,小叶子有很长一段时间不敢去看望她,她不知道该怎么面对她。在这一段时间里,她也避免和上官桥见面和来往,她想冷静地思考一下,处理好他俩的关系。离开上官桥,重新找个男人结婚,她不愿意,现如今的她,宁愿一个人过,也不愿意和上官桥以外的男人结婚。要上官桥娶她,她也做不到,她不想伤害饱受疾病折磨的珍姐姐。可是,现在珍姐姐已经知道了一切,已经受到了伤害⋯⋯她想不明白,她想暂且先不和上官桥来往,几次上官桥想找机会与她亲近,她都躲开了,她把她的全部心思投入到"戏曲大舞台"之中。有一天晚上,她演出完毕下台卸装,上官桥推着坐在轮椅上的阿珍出现在她的面前。

在青石峡度假村宾馆的房间里,阿珍当着上官桥的面,求小叶子不要离开上官桥,不要离开她。阿珍说,她才是横在他们之间的多余人,如果小叶子愿意嫁给上官桥,她和他离婚,成全他们。上官桥原以为阿珍要来青石峡口是为了看小叶子唱戏,他却没有想到事态竟然会发展到这一步,他望着两个自己深爱的女人,痛苦得跪倒在地。

小叶子说:"珍姐姐,你永远是我的姐姐,没有你们,也没有我今天的生活,我们三个人永远在一起吧。"

阿珍伸手拉起跪倒在地的上官桥,把他的手交到小叶子的手中。

54 度尽万劫回头看

栗红觉得自己这一辈子最痛恨的人是惠秀珍,自己一切的不幸都拜她所赐,是她不顾姐妹之情、不顾廉耻地勾引了自己的老公崔建军,使她的颜面尽失,使她始终摆脱不了被老公嫌弃的怨妇形象。正因为如此,她不愿意与从小一起长大的姐妹联系,总觉得自己的生活不如意,在姐妹面前抬不起头。一想到这里,栗红会更加痛恨惠秀珍,即便是在她遭遇了家庭变故,沦落到在桥头以卖豆腐为生,她都不觉得解恨,认为她是罪有应得!

栗红一直觉得自己是那种"开窍"比较晚的人,不像自己的那些结拜姐妹,从小就有心眼,就有将来生活的打算。而自己对于生活的打算是被迫从惠秀珍破坏她的婚姻生活开始的。在此之前,她无忧无虑的童年,父母安排好的婚姻,她原以为她会这么幸福地过一辈子,没想到这一切都让自己最好的姐妹惠秀珍给破坏了。在父亲、婆婆和及时到来的儿子的共同努力下,她总算是保住了婚姻,可是以后的日子该怎么打算呢?

婆婆在世的时候私下里对她说:"小红呀,你要学会抓住男人的心,把他照顾好了,你叫他离开你,他都不离开你了。"栗红内心里也拿自己同惠秀珍做比较,自己没有惠秀珍高挑,没有她会穿衣服,可是自己比她丰腴白皙,以后在穿着打扮上,栗红学会了多用心思。在和崔建军的相处上,她学会了多用一点心思,不再像以前,温柔、热情、撒娇一股脑全盘托出,而是收缩自如,该出哪一招时出哪一招。公婆在世的时候,栗红尽心尽力地照顾好公婆,不是因为与他们的感情有多深厚,而是他们的儿子与他们感情深厚,她这么做,是做给他们的儿子看的,她要他感动而不再离开她。栗红的父亲说:"小红,你永远记住一点,你要时刻抓住家庭的财政,你抓住了家庭的财政和儿子,你就守住了这个家。"生完孩子以后,栗红主动在他们承包的宾馆上班,负责开票、收钱。不管后来带孩子、做家务有多累,她都一直坚持着。看着存折上的数字慢慢增加,她对自己的婚姻就多一份安全感。

在仇恨中度过了十年,在战战兢兢的婚姻保卫战中度过了十年。起初的几年有婆婆站在她这一边,怀了孩子以后,崔建军不再提离婚的事情,可是她知道,他和惠秀珍的来往并没有间断。后来,惠秀珍家出了变故,两人终于断了来往,她终于松了一口气。没有想到,没过多久,崔建军又与别的女人有染。栗红欲哭无泪,她知道崔建军是真的变坏了,再也不是当初那个纯洁的、不经世事的少年。她痛恨崔建军,但是,她更加痛恨惠秀珍,是她勾引了他,使他变坏的。栗红知道崔建军在外边的那些事后,没有同他争吵,她没有精力同他吵闹,她要聚集精力管好家里的财政,管教好

胭脂河

儿子,这才是她在这个家中所能触摸到的实实在在的东西。年少时对崔建军的柔情爱意在日渐逝去,她的心在不时泛起的仇恨中结成厚厚的茧子,又冷又硬。崔建军没有提出离婚,只是十年间,他却从来没有间断过在外边找别的女人。崔建军交往的女人,有的是结了婚的,有的是没结婚的,也有风月场上的。栗红不再过问他这些事情,只要存折上的数目在增加,账簿上的钱不少,崔建军按时督促儿子写作业,定期带儿子去游乐场,偶尔陪她上街买衣服就行了。

栗红常常在想,人生只能如此,匆匆过往的人群中,能有几张笑脸?而堆满笑容的面孔,有几个是真正幸福的?得意一时的惠秀珍不是整天在辛苦地做豆腐、卖豆腐吗?活该!看她见天日在水里浸泡的手再如何去勾引男人!可怜的六姐小叶子,从小那么聪明,小小的年纪就那么幸运地被招进县艺术学校,由此摆脱了农民的身份,可是后来又怎么样?不也是一样经历了失败的婚姻,没有了正式工作,至今还是孤身一人吗?心高气傲的五姐苏小卉,嫁了个不成器的农村丈夫,安宁的日子没能过长久,离婚、母子分离远走他乡,至今漂泊不定,没有归宿。大姐王彩霞和三姐燕子毕竟是念了大学,王彩霞还算有福气嫁给了暴发户铁蛋,可是听说离婚了。可怜呀,二姐张爱花,年纪轻轻,来世上那么一遭,就无声无息地去了,什么也没有留下。栗红由自己的人生,想到别人的人生,她想起年少时结拜的姐妹,想着她们现在的生活,想到她们辛酸曲折的人生。想到这些,她冰冷的心没有丝毫的悲悯,她甚至在心里冷笑,大家都是同样的命,没有人有权利嘲笑她的生活!她从别人凄凉的人生中得到的不是悲悯,而是些许安慰,甚至是快感!一个得不到爱的女人,灵魂已近乎枯萎!

十年的时光,老去了青春的容颜,养大了一个十岁的儿子。十年间的仇恨,使栗红的心变得又冷又硬。她没有朋友,有的只是一些聊天的对象,从彼此的闲聊中获取一些生活的谈资,以对照自己的生活,获取一丝快感。栗红的生活中,她让所谓的爱情、友情统统地去见鬼!十年间她没有主动同昔日的结拜姐妹联系,什么结拜姐妹?亲姐妹还相互陷害呢,更何况结拜的姐妹!惠秀珍那样对待自己就是最好的例子,在这个世界上她只相信存折和自己的儿子。

崔建军的生活又有了新的变化,他开始在自己穿戴整齐的衣领上喷洒香水,每天把胡子刮得干干净净的。开始的时候,不管多晚,他还能够回家,后来,他干脆隔三岔五地不回家,在外边过夜了。

起初,崔建军在外边有女人的事,栗红有所耳闻,但是,她已经麻木了,她的底线是不管他在外边如何,只要能按时回家,只要经营好他们的宾馆就行了。可是,后来,崔建军干脆就不回家了,每天处理好宾馆的事宜,就直接去陪那个女人了。

栗红没有想到十年以后,游戏人生的崔建军竟然又迷恋上一个女人。

栗红怎么也不敢相信,十年前的事情又一次在她的生活中重演,崔建军向她提出离婚,而且态度很坚决。崔建军直截了当地说:"存折和房子归你,如果你愿意,承包的宾馆也可以归你经营,儿子的事你自己决定。"崔建军对她的口气压根就没有商量的余地,是深思熟虑后的最后通牒。

栗红明白自己的一生就这么错了,十几年的婚姻保卫战,她不知道自己保卫了什么,自己得到了什么。衣食无忧的生活吗?养了十岁的儿子?十年前是疼爱自己的婆婆和父亲帮忙保全了他们的婚姻,而十年后,婆婆已经离世,父亲已经衰老,儿子尚未成年,她要拿什么来保卫自己的婚姻?和崔建军吵闹吗?崔建军自从与她摊牌后就很少回家,吵闹也逮不着对象。栗红欲哭无泪,她决定以沉默对付，无论如何她是不会和他离婚的。

和崔建军交往的那个女人，主动约见栗红，说是想和她好好谈一谈。尽管大家同在一个小县城里生活，栗红只是耳闻，却没有见过那个女人，她决定去看看，令崔建军痴迷的到底是怎么样的一个妖女。

在约好的茶楼前，栗红看见了惠秀珍的背影，高挑的身材，挺拔平展的背，修长的双腿。是惠秀珍，是她死也忘不掉的、痛恨不已的身影。栗红揉了揉眼睛，定定地看着那个背影，许久她才走进茶座，她有些恍惚，她眼睛里摆脱不掉那双她所憎恨的长腿。那个身影一直跟着她走进茶馆，坐到她的面前，她这才注意到这个酷似惠秀珍身影的女孩，并不是惠秀珍，而是一个二十出头的姑娘。那个女孩落落大方地冲着她说："大姐，我认识你，我知道你们的婚姻早就没有感情了，你放开崔哥吧，这样大家都好过。"

栗红和那个女人对面而坐，她一句话也没有说，那个女人说了什么，她都没有听，她的脑海里呈现的全是惠秀珍。崔建军和惠秀珍当年在一起的情景在她眼前历历重现。直到她看见了今天坐在对面的这个女孩，她才明白，崔建军曾经真心地喜欢惠秀珍，这么多年她一直在他心里。而自己，同这个男人生活了十多年，始终都没能走进他的心。当年少不经事，以为婚姻是件东西，别人抢了，一定要争，整个家人帮她保卫了这桩婚姻，然而她最后得到的却是把自己包裹得越来越厚、越来越冰冷、越来越坚硬的心，她的心一直浸泡在痛苦中。

她一直痛恨惠秀珍，认为是她破坏了自己的幸福，然而自己的婚姻有幸福可言吗？

离开了茶馆，栗红不由自主地走向县河桥头，大老远她就看见正在忙碌招揽顾客的惠秀珍。惠秀珍像一块磁石一般地吸引着她不断靠近，她直接冲上去，拨开人群，拥抱住惠秀珍，叫了一声

"四姐",便晕死了过去。

惠秀珍被栗红突如其来的举动吓坏了,赶紧送她去附近的诊所。虽然她不知道发生了什么事情,可是她知道这位可怜的七妹一直生活在痛苦中,尽管自己当初也恨透了她,可是遭遇了生活的种种变故之后,她不再恨她,就算栗红后来在卖豆腐摊子跟前,当众羞辱她,她也原谅了她。她一直想找机会和七妹重归于好,可是十多年来她一直视自己如仇人一般。今天,栗红主动叫她"四姐",使她又想起了她们上初中时的姐妹亲情,她意识到七妹的生活又有不小的事情发生。

大家同在一个小县城生活,关于崔建军的生活作风问题,惠秀珍早有所耳闻,可是,自从丈夫严严出事以后,她就再也没有被曾经令她神魂颠倒的男人牵动过,那一段陈年往事永远地压在了心底,再也没有翻腾。后来,她一个人带着儿子艰难地生活,崔建军找过她,想在生活上给她一点帮助,也被她冷言拒绝了。一见到他,她就想到严严,她就觉得是自己杀死了严严,她就陷入了不可饶恕的自责。后来,他们就成了陌路。崔建军在外边寻花问柳的事,她只是觉得栗红可怜,有时候也在自责,是不是自己害了栗红,可是自己的日子也如此艰难,那又是谁害了自己呢?惠秀珍在想,这一切都是命,是那张冥冥中看都看不见的大手掌,在翻云覆雨,在操纵着这一切,任谁都躲避不开!

栗红醒过来以后,没有说自己的事情,只是坚持要回家。惠秀珍提出要送栗红回家,栗红没有拒绝。一路上,两人始终默默无语,栗红任她搀扶着,一起行走。

哀莫大于心死!几天后,栗红很平静地和崔建军办理了离婚手续,儿子她自己带,房子和存折归她,承包的宾馆她自己经营。

55 相逢一笑泯恩仇

惠秀珍也没有料到,七妹栗红最终还是没能守住自己的婚姻。世事难料!

惠秀珍的日子依然是走一步看一步,这样的日子她走得很平稳,知足了。儿子渐渐长大,已经上小学了,公婆早就接纳了他们,周末不上学的时候,公公会来接儿子去他家玩,看着两位老人和孙子在一起其乐融融的样子,惠秀珍感到很欣慰,她觉得她总算对得起死去的严严了。豆腐摊子的生意一直很稳定,刨开日常的开支,还有一定的余数,她都仔细地存起来,儿子慢慢地长大,以后用钱的地方还多着哩。一个人生活久了,她必须学会自己计划自己的日子。

燕子带着旅游团回大庙,路过县城的时候来看望惠秀珍。燕子建议惠秀珍回大庙开个豆腐坊,她可以介绍惠秀珍专供青石峡谷度假村的餐厅用,雇几个人来做工,自己只做管理,也轻松一点,也可多赚一些钱。惠秀珍知道三姐燕子是真心想帮助自己,她也清楚,只要豆腐销路固定,规模扩大,是能多挣一些钱的。可是开豆腐作坊,她没有把握,她不知道豆腐坊的规模扩大了,自己是否有能力打理,自己是否还有精力照顾儿子。一想到儿子,她就觉得这才是自己能看见也能抓得住的生活。儿子从小缺少父爱,她决不能让他的母爱减少。惠秀珍平淡、朴实的日子过久了,她甚至想象不出她挣很多钱以后的日子怎么过。她没有这种想法,也没有这种欲望,她只想好好教养儿子,儿子健康成长,长大成才了,比她给他留下任何财富都重要。惠秀珍觉得,就目前的状况,摆个小摊卖豆腐,精心照顾儿子上学,生活虽然清贫了一点,但内心很踏实,她知足了。

儿子严浩上小学以后,惠秀珍每天早早收摊,按时接送儿子上下学,陪孩子写作业。严浩班上有一个瘦瘦的小女生,腼腆、乖巧的样子,她爸爸经常晚接她,小女生看着别人都被父母接走了,就急得直哭。惠秀珍看着小女孩哭得伤心,就让严浩陪她玩一会儿,直到她爸爸来接她。小女孩的爸爸叫徐兵,是县信合储蓄所的营业员,要是下班后立刻来接女儿放学,时间刚刚好,可是下班时交接现金比较麻烦,常常会因为核对账务而耽误他正常下班,所以他经常会迟到。徐兵连声感谢惠秀珍母子对女儿的陪伴,惠秀珍说,没什么,两个孩子是一个班的同学,在一起多玩一会儿挺好的。小女孩和严浩玩得很开心,有几次,她爸爸来接她,她都不愿意回家,惠秀珍只好把她和儿子一起带回家,两个人在一起写完作业,小女孩的爸爸再接她回家。

日子久了,惠秀珍才知道徐兵也是一个可怜人,老婆嫌弃他人木讷,在女儿四岁时和他离了婚。他一个人既当爹又当妈,拉扯个孩子很不容易。知道这一切后,惠秀珍觉得小女孩和儿子一样可怜,平日里对小女孩的吃穿就多了一份照顾,徐兵很感激。

县信合储蓄所刚上任一位女领导,元旦过节发福利,除了米、面、油外,每人还发了一套化妆品。徐兵自己用不着,就带着女儿给惠秀珍送去。徐兵的女儿很喜欢惠秀珍,她拿着化妆品盒子对惠秀珍说:"爸爸希望阿姨打扮得漂漂亮亮的做他的新娘子。"两人一时尴尬得不知道如何是好。

栗红和崔建军很快办理了离婚手续。崔建军在收拾好自己的衣物离开的时候,内心泛起一丝愧疚,说实在的,栗红算不上什么不好的女人,只是他不喜欢她而已。可是,一想到自己终于摆脱了这桩自己不喜欢的婚姻,那仅有的一丝愧疚便消失得无影无踪了。想着即将光明正大地投入一场自己心满意足的新的婚姻生活,崔建军就有一种狂喜。三十多年的岁月,终于自己可以为自己做主了。崔建军带着这种对未来婚姻充满期望的狂喜去见他的新欢,他要好好庆祝一下他俩崭新生活的开始。

崔建军和他的新欢在他们的新居里开香槟庆祝,过度狂欢的崔建军几杯啤酒下肚,人竟然晕倒在地失去知觉,那个女孩一下子慌了手脚,拨打了120把他送进了医院。经过一番紧急抢救,人是活了过来,可是说话和走路都出现了障碍。一个星期之后,检查结果出来,崔建军高血压、高血脂、高血糖都很严重,那天晚上是"三高"引起脑供血不足的晕倒,幸亏送医院及时,才捡回了一条命,日后康复的程度要看治疗的效果。和他相好的那个女孩在得知医院的检查结果以后就失去了踪影,并卷走了崔建军给她的所有财物,气得崔建军的姐姐直骂婊子无情。

栗红在听说崔建军的事后,咬牙切齿地骂道:"老天有眼,报应!你崔建军害了我一生,你也有今日!"栗红感谢老天爷帮她报复了那个负心汉!

栗红带儿子去医院看望崔建军,她想看看这个待她无情无义的男人的悲惨下场。在医院里,她看到昔日高大强健的崔建军,竟萎缩成一团,冲着儿子竭力动着嘴却吐不出话语。儿子趴在爸爸的身边,要爸爸快点好起来。栗红心中那个痛快,她拉起儿子,指着病床上的崔建军对儿子说:"他已经抛弃了我们俩,他不配做你的爸爸!"然后,她走到病床前,俯下身子,对崔建军说:"这就是报应,你罪有应得,你的好日子才刚刚开始!"栗红说完,带着儿子扬长而去。崔建军的姐姐知道栗红受的委屈,此时,也不好说她什么。

栗红的仇恨得到喷发,伤痛的心平衡了一点。幸亏存折和房子在自己名下,自己和儿子日后的生活才有保证。栗红甚至庆幸和崔建军离婚,不然,那样的病人要把日子拖成什么样子。栗红打理着宾馆的生意,照顾着儿子,和街坊们扯着闲话,打发着日子。

可是,这样的日子,她越过她越觉得没有意思。没离婚以前,她过日子的目标很明确——捍卫自己的婚姻,提防着崔建军外边鬼混的女人,精心地提高存折上的数字。现在她再也不用斗智斗勇地和别人斗了,存折上的数字对她也失去了引力。崔建军得到了报应,她的仇恨也减轻了,栗红猛然觉得自己活得漫无目的,如行尸走肉一般。

儿子天天吵着要去医院看爸爸。崔建军,昔日里健壮的大活人如今蜷缩成一团躺在病床上,他痛苦的表情时不时在她眼前晃动,栗红的身体本能地感到一丝疼痛。她有一种冲动,想去医院看看那个伤害她很深的男人现在到底怎么样了,可是,她内心有一种声音——绝不能可怜他,那是他罪有应得。

夜晚,躺在床上,栗红抚摸着熟睡的儿子的脸颊,似乎看到了崔建军的脸,多么像呀!她原以为自己冰冷的心早已失去悲悯,她原以为她恨他恨得入骨,可是,她还是想他,想着他的病痛的时候,她的身体也有了隐隐的痛。十年的夫妻,他早已融入自己的身心,他疼痛,她便疼痛!可是,已经离婚了,再疼痛,他已经和自己没有关系了,自己的日子还要自己过。栗红还是坚持没有去医院看望他。

三个月后,崔建军的姐姐推着坐在轮椅上的崔建军出现在栗红面前。崔建军艰难地抖动着笨重的嘴唇,断断续续地说,他对不起栗红,对不起儿子。崔建军说,栗红是个好女人,他只是很不甘心父母为他做主的这桩婚姻,因而冷落、伤害了栗红。这么多年,他对自己放纵自己的借口是不满意这桩婚姻,他遇上了那个女孩,他想重新开始一种新的婚姻生活,他想好好地给自己做一回主、做一回男人。崔建军僵硬的面颊淌下两股泪水。他接着说,他错了,他忽略了时光,时光一去不复返,他已经三十六岁了,他不可能再重新开始了,身体已经给他敲了一个警钟。他希望栗红能够原谅他,能够让儿子认他,他就知足了。

  结婚十几年,崔建军从来没有对栗红讲过如此动情的肺腑之言,栗红眼圈红红地,答应了他的请求,定期带儿子去看望他,偶尔给他做顿饭,陪他复诊。

  惠秀珍带着她的新婚丈夫徐兵来看望栗红的时候,栗红和儿子正准备带崔建军去复诊,经过一年时间的理疗康复,崔建军已经能够站立起来慢慢地挪步行走了。

  栗红告诉惠秀珍,这就是他俩的命,命运把他们俩拴在一起,谁也别想挣脱谁。

  栗红觉得自己一直是一个对生活缺乏远大目标的人。过去,她的生活目标是捍卫自己的婚姻;现在,她生活的目标是照顾好自己的男人和儿子。她现在内心很踏实,她从来没有像现在这么踏实过,她知道这个男人永远不会再离开她了。

56 人生是一场修行

  整个冬天,燕子陪着父母在古城度过,李映辉来回奔波在古城和大庙之间。在古城的时候,他抽空陪燕子的父母去易俗社看戏,去大雁塔广场晨练,燕子的父母渐渐地从内心认可了这个女婿。有空闲的时候,他会陪燕子看一场电影,去科技路上的高空旋转餐厅吃顿饭,听燕子讲一些夹杂着历史典故的随机编撰的故事,两个人开心地笑着。

  更多的时候,李映辉在大庙、草链岭忙他的工作,燕子除了去师大图书馆看书,就是猫在家里上网、看电视。又是一年岁末,网络上评选出全国"十大幸福指数最高的城市""十大幸福指数最高的职业""十大幸福指数最高的人群"等,一夜之间,人人都开始关心自己的幸福问题。报纸、杂志、电视媒体都在策划一个全民参与的活动"你幸福吗?"的抽样调查。一时之间,各种媒体什么样的回答都有。

自己幸福吗?这是我想要的生活吗?燕子不止一次地问自己。一些久远的陈年往事在脑海里翻滚,胭脂河畔那个巧手的会剪各种各样花草图案的小姑娘哪去了?当年的雄心壮志还有吗?那七个形影不离的好姐妹现在都幸福吗?哦,现在只能是六个了,二姐张爱花,去了天国,她幸福吗?韩子清老师终于有了自己的爱人,真没有想到,他最终竟然跟大姐王彩霞走到了一起。那一日,看着他们俩平静、祥和的脸上洋溢着笑容,燕子才明白,原来生活在这里!很久没有想到林平了,你在他乡还好吗?学生时代青涩、浪漫的柔情在眼前浮现。偶尔有刘江的影子蹦出燕子的脑海,她已经能够微笑地面对了,他也算得上一个不错的男人,只可惜投机思想和侥幸心理太强,现在他已过不惑之年,该实在了吧。

苏小卉带着自己的丈夫冯量来看望燕子和她的父母。她说,她现在过得很忙碌,很充实,她想多挣点钱,接儿子到古城来念书,娘这么多年杳无踪迹,怕是再也找不到了。送苏小卉下楼,燕子望着他俩并排远去的背影,感觉到了他们的幸福。

六妹小叶子的事业很顺心,"戏曲大舞台"的工作圆了她心中的梦。她告诉燕子,她现在很知足,很满意自己的生活状态,她一个人生活,并不觉得孤单,因为有她最热爱的戏曲陪伴着她,只要她能够继续唱戏,她就是快乐的。小叶子说这些话的时候,脸上浮现着幸福的笑容,只有她自己知道,那是因为她一个人的日子还有底,那就是她挚爱的男人上官桥也真心地爱着她。这样,就够了。

可怜的四妹妹惠秀珍依然在县河桥头卖豆腐,她坚毅的脸上透露出一份平静。每天早晨出摊时,丈夫帮她推着车子,她一手拉着一个男孩,一手拉着一个女孩,一家人幸福地说笑着。

七妹栗红,不计前嫌地悉心照料着自己偏瘫的丈夫崔建军。她说,丈夫的康复、儿子的成长就是她最大的幸福。

更多的时候,燕子想的是自己现在的生活,自己生活中的男人李映辉。他没有给过她热烈、浪漫的恋情,可是他给了她实实在在的生活,以及未来生活的希望和向上的力量。想到他,她心里很踏实,她可以清晰地看到未来,那就是他会和她携手并进,白头偕老。

燕子久久以来都在回味着电影《非诚勿扰2》中的一句经典台词:"人生是一场修行。"她在生活中不断地琢磨这句话。现在,她有点明白了所谓"修行"的真意:人生是一场修行,是一场不断地与自己的性情、陋习、丑恶、贪婪、欲望做斗争的过程,是一个不断地完善自我的过程。人要学会不断地调整自己的生活状态,剔除人性中的贪欲,平衡自己的内心,学会享受当下的生活,使自己能够处于一个舒适、平和的生活状态。

电视节目直播着"今天,你幸福吗?"的市场调查,主持人把话筒递给一个手挥扫把的环卫工人,主持人悦耳的声音响起:"大妈,您今天感觉幸福吗?"环卫大妈擦了一把额头上的汗水,对着镜头说:"我很忙,没有时间考虑自己幸福不幸福。"

燕子想起很久以前读过的一篇文章中的一段话:"黄土地上的阶级是永远不知道自杀的阶级,老汉的儿子是憨憨,娶了个媳妇是半憨,生了个孙子三岁半,老汉每天带着孙子去放羊,扯着嗓子唱信天游……"

现在的都市人太在乎自己快乐不快乐,幸福不幸福了。媒体的某些宣传是对人的一种撩拨,没有定力和缺乏理性的人会受到诱导。其实生活就是很自然的样子,不要过多地探究自己到底快乐不快乐,不要过分地在意自己幸福不幸福,真正的快乐和幸福就在其中了!

燕子在这种自然的生活状态下迎来了她人生两大喜讯:一是她怀孕了;二是申教授和她一起查阅史料,撰写的《秦岭南麓华阳县人口迁徙以及当地民俗文化特征》的论文,在全国核心期刊上发表,得到理论界的一致好评。燕子作为论文的第二作者,陪同申教授去各地参加该论文的学术研讨会。

尾声

三年以后,洛源驼子梁村庄改造完成,华阳县旅游局为其正式开业剪彩。来自四面八方的游客,在艳阳高照的夏日,穿过景色迷人的青石峡谷,登上凉爽宜人的草链岭,在胭脂河源头的驼子梁村惊奇地欣赏着带有原始意味的独特建筑——石板房、石板墙、石板门楼、石板瓦,还有用石头砌墙的猪圈、鸡舍、牛棚,石板打磨的石碾子、石磨子等。石板墙上挂着兽皮、鹿角、木犁、锄头作为装饰。游客沿着石板铺就的狭窄的街道,走进石板堆砌的房子,室内完全是现代宾馆的装修,整洁的墙壁,舒适的沙发,玻璃钢浴室,只不过有一点是独特的,大部分的房间没有现代的软床,而是保留了当地的特点,用泥巴和石板盘的土炕,冬暖夏凉,适合当地的气候特征,更能激起游客的好奇心。

游客们体验着原始、简单的生活,惊奇它竟然存在于现代社会,存在于景色秀丽、层峦叠嶂的高山之巅。而分水岭的另一侧,与大庙遥相呼应的,由滋水河滋养、同样创造了光辉灿烂的古代文明成果的灞原,也成了备受游客喜爱的神奇之地。

胭脂河

燕子牵着刚刚学步的儿子，和李映辉一起陪同着古城来的旅游专家，欣赏着洛河源头的美景。胭脂河的女儿们，也来参加了这一盛典，在她们昔日熟悉的自然山水中，感悟人生。

申教授和景先生带着自己的学生也赶来了，他们是真心喜欢这个地方。景先生的华严寺和古山寨的考古项目已经完成，新修缮的大庙华严寺已经正式对外开放，为华阳县的旅游业增色不少。草链岭上的古山寨也正在复修，这一条旅游线路上将会有更多的人文景观呈现。

申教授此次到来，带给燕子一个好消息，通过他的申请，古城师范大学已经破格录取燕子为硕士研究生，师从申教授门下。这一点正是燕子所希望的，通过几年的生活磨难，燕子觉得能够再回校园踏踏实实地读书，是一件快乐的事情。儿子慢慢地成长，和儿子一起进入校园学习，是一件幸福的事情。

2013年5月一稿
2015年5月二稿
2016年3月三稿

后记

秦岭深处有一条河,名字叫洛河,古称雒水。是陕西省东南部唯一入黄河的支流,它所灌溉之处,是秦岭南麓唯一的黄河流域。秦岭腹地,大山连绵,闭塞与贫瘠伴生;洛水源头,天水渐生,溪流百折不挠蜿蜒汇集。先民调适于自然之中,求得生存,创造出当地独具特色的文化。我从小生活在那里,还有我儿时一起长大的姐妹们。

动笔写这部书是十年以前,那时我儿子刚刚出生,我漂泊了十多年的城市生活才开始稳定下来,我开始思考人生,回望自己走过的路,我仿佛又看见了那几个活泼可爱、聪慧善良的姑娘,她们的人生遭遇常常令我唏嘘不已。我常常在想,她们的资质和勤奋并不比我现在身边的朋友差,倘若她们从小能够生活在秦岭北边灞河灌溉的平原上,那么她们的人生又会是怎么样的境况呢?我开始有了写她们的冲动。

书稿写作的过程中,姐妹们的生活也在不断地变化,而我的思想也日趋成熟,由惋惜姐妹们的遭遇而憎恨生存环境的闭塞贫瘠,上升到一种对人生之路更为理性的认识。生存环境的优劣,固然对一个人的成长有很大的影响,但是,百折不挠的努力才最为重要。羡慕着关中平原的一马平川,可是平原上也有河流泛滥的灾难。洛河和灞河,一东一西,在完成自己的使命以后,殊途同归。人生便是如此!

姐妹们的人生也应该如此。书稿基本上是按照人物原型来写的,写作进展得很慢,我几次沉浸在姐妹们的遭遇之中,禁不住泪流满面。"小青衣"江莲叶的人物原型,真实的生活际遇远比书中描写的还要差,她上完三年级就考入县艺术学校学唱戏,可是正式登台唱戏时,声带出了问题,陆续做过两次咽喉整形手术,最终未能复原,为了在剧团待下去,开始扮武生,结果却因一场武打戏从高台子上摔下来,大腿骨粉碎性骨折,只好学伴奏拉二胡,可是也没能长久,剧团解散了,短暂的婚姻失败了……苏小卉的人物形象是融合了两个人物的经历塑造出来的,进城以前的那个女孩子不幸的遭遇和懦弱的本性,使得她二十多岁就有点痴傻,至今仍然生活在那个偏僻的小山村。我不想带给读者太多的悲情,所以后半部分让她进城了,进城以后是另外一个女孩的励志故事,这是我心中对她美好的期望。

　　书稿完成很久,我迟迟没有动手写后记,我的思绪一时陷入混乱之中,我不知道该从何处入手。书稿几经修改,都很难令我满意,以这样的面目问世,留有太多遗憾。那个我从小就听他吹拉弹唱的江爷爷,我在书中描写很不到位,他是我眼中的老艺人,更是我眼中的智者,他洞悉世事、爽朗豁达,给我留下深刻的印象。我笨拙的文笔和浅显的人生阅历,很难谱写这样一位精魂式的人物,只能寄希望我以后的书中。

　　书稿完成后,我久久不能从故事中走出来。那片我生活了十多年的大山,那条养育我成长的洛河,我曾经以为我是多么憎恨它的闭塞和贫瘠,到了不惑之年的我却渐渐意识到它早已和伴我一起长大的姐妹一样融入我的生命之中。如今,随着经济的发展、互联网信息的广泛传播,这一方的山水正以它独特神秘的特征吸引着更多的游客。

　　书稿耗费了我太多的心血,几经修改,才敢拿出来和大家见面。希望能有更多的人了解我的家乡,也衷心地祝愿我的家乡越来越美好!

　　感谢著名禅意散文家、美术评论家姚展雄先生,他是我书稿的第一位读者,他悉心的指点和耐心的鼓励,给了我很大的勇气。与姚老师多年的交往,他富含人生哲思的禅意美文给了我太多的启迪。

感谢陕西师范大学原副校长、陕西省教育书法研究会副会长、陕西省老教授协会书画院院长吕九如教授——一位年逾七旬、精神矍铄、常年临池不辍的老先生,几十年如一日的苦练,使得他的书法飘逸隽永而自成一家。而老先生勤学苦练、以书求道的精神深深地鼓舞着我。承蒙先生抬爱,惠赠墨宝,题写书名,使得《胭脂河》以飘逸典雅、行云流水之姿呈现于读者面前。

感谢太白文艺出版社的编辑李玫——一个敬业、勤奋的小姑娘。其实,她已经是有六年出版工作经验的老编辑了,称她为小姑娘是因为她长了一张乖巧可人的娃娃脸,满含笑意的眼睛和微微上翘的嘴角,带给人一种纯净美好的力量,和她交流,如沐春风。而李玫对于文字的推敲和标点符号的深究,令我敬佩不已。《胭脂河》的顺利出版,离不开她的辛勤付出。

感谢《胭脂河》的每一位读者,你们的阅读是对写作者最大的奖赏,谢谢你们!

红叶李
2016.5　西安